OUT OF
THE GARDEN

出花园记

陈再见 ◎ 著

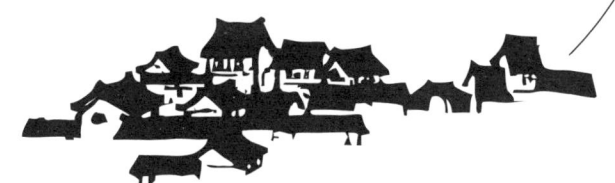

南方出版传媒
花城出版社
中国·广州

图书在版编目（CIP）数据

出花园记 / 陈再见著. -- 广州：花城出版社，2020.10
ISBN 978-7-5360-9218-1

Ⅰ. ①出… Ⅱ. ①陈… Ⅲ. ①长篇小说－中国－当代 Ⅳ. ①I247.5

中国版本图书馆CIP数据核字(2020)第173663号

出 版 人：肖延兵
责任编辑：周思仪　梁宝星
技术编辑：凌春梅
封面设计：八牛·设计

书　　名	出花园记 CHU HUA YUAN JI
出版发行	花城出版社 （广州市环市东路水荫路11号）
经　　销	全国新华书店
印　　刷	佛山市迎高彩印有限公司 （佛山市顺德区陈村镇广隆工业区兴业七路9号）
开　　本	880毫米×1230毫米　32开
印　　张	8.75　1插页
字　　数	205,000字
版　　次	2020年10月第1版　2020年10月第1次印刷
定　　价	38.00元

如发现印装质量问题，请直接与印刷厂联系调换。
购书热线：020-37604658　37602954
花城出版社网站：http://www.fcph.com.cn

花开花落漫同论,雨露栽培在本根;
预卜春风红杏好,一枝今已出花园。

——清·温应广《南澳竹枝词》

目录

第一部
    出花园   1

第二部
    蜂鸟停在忍冬花上 99

第三部
    直至世界末日 181

后 记   273

第一部

出花园

1

李阅国没有像往常那样端着个茶壶进教室。

平时短短一节早读课,他要喝掉一壶铁观音,茶叶被泡成相思树叶那样沉在玻璃壶底,偶尔出去抽根烟,黄壳沉香牌的香烟雷打不动插在白色衬衣左上角的袋子里,使之看起来左胸部凸起了一小块长方形的"肌肉"。他站在走廊上抬头看相思树梢停栖的白头鹎,一口烟雾可以在嘴里含半天。

这天却反常,李阅国手里拿着一沓白布条,是办丧事时才要用到的物件,看着都晦气。李阅国沉默不语,站在门口把班长郑昕叫了出去。郑昕回来时,白布条就到了她手里。郑昕挨着座位,一个个把白布条发了下去。同学们平时看惯了郑昕发试卷发作文本子,突然看她发葬礼用的白布条,忍不住有人窃笑。不用猜,带头笑的肯定是罗一枪。

同学们戴上郑昕发下去的白布条,接着闹哄哄地跟着郑昕来到了操场。

那年春天像是一幅色彩清淡的水彩画。扇背二中依山傍水,前后两排平房,靠近水库那一排是学生教室,灯芯山下一排是老师宿舍,简单得不像是一所中学,倒像是一间聚满童工的插花厂。

操场刚好落在一处平地上，出奇的大，每次上体育课我们都有种上沙场的感觉，从操场这边望不到操场那边。体育老师要我们跑一千米，根本不用记住绕了几圈，只要来回跑一趟，就一千米有余了。那天没有体育课，至于全校师生都上操场干什么，我们心里都不太清楚。我和陈静先走一块，罗一枪扒着我俩的肩膀，像被我们拖着走。罗一枪埋着头笑，他觉得我和陈静先手上戴着那么一条白布条，像是家里真的死了人；他说回去一定告诉我们家人，让家人骂我们。我说罗一枪你别说，千万别说，我妈最忌讳这个了。母亲平时连个"死"字都不让我说出口；陈静先倒无所谓，他家都是文化人，不迷信。

每次操场大集合，都得花不少时间维持队形和秩序，这似乎成了每个老师的心头痛。数学老师加班主任李阅国平时说话做事都慢吞吞的，像是一只午后的树袋熊。这会看着他班上的学生一个个歪歪斜斜地挤在操场东面，靠着一排木棉树交头接耳，也有些着急了。他拍了拍手掌，露出那块银色的手表。谁都知道，李阅国戴手表不单是为了看时间，还因此养成了一个习惯，时不时，他得抬起手来，晃两下，好像不那么做，手表就会顺着手掌往下掉了。所以，当李阅国举着双手在人群前摇晃时，他的学生们都还有些犹豫，直到班长郑昕率先参透了班主任的意图，往前跨了一大步，人们才跟着往上走，列出两行还算整齐的队伍来。

挨着初一排过去的，分别是初二和初三年级的学生。

罗一枪拿手戳了戳我的后背，我回头一看，知道罗一枪眼神里的意思，他注意到了几个高年级的女生。平时只是在校园里远远碰见，那么近距离地挨在一起，整学期无非两次，要么开学典礼，要么结学典礼。我没罗一枪胆子大，反倒低着头，不敢四处张望。

"罗一枪,你做乜个?企好。"

李阅国喊的是罗一枪,却把我给吓了一跳。

那天具体还干了些什么,我的记忆有些模糊了。一直到校长站上去讲话,我才隐约知道,学校之所以弄操场大集合,似乎跟某个领导人的去世有关,联想起早上陈静先神秘兮兮说过的话,我才恍然大悟。我拉了拉身旁陈静先的衣袖,陈静先目不斜视,只是点了点头,似乎已经明白了我要说什么。罗一枪却还蒙在鼓里,他实在站不住,像个多动症患者。看见台上的校长拿出手帕擦了擦眼睛,他扑哧一声笑出了声。全校师生都哗啦啦循着笑声回头,我生怕被人误会,连忙埋下头装不知情。罗一枪还挺光荣,继续嘿嘿笑着。校长对着话筒干咳两声,这时有人带头鼓掌,接着所有师生都啪啪啪鼓起掌,才把罗一枪不合时宜的笑声给掩盖了过去。我惊出了一身冷汗。罗一枪竟然趴在我肩头,笑着说:"校长都哭了。"

悼念仪式的尾声,是把旗墩上的红旗降下一半。上去降旗的除了我们的班长郑昕,还有初三一名男生,我不知道他叫什么,满脸痤疮,让他看起来比郑昕羞涩多了。那面被降了一半的红旗后来没再升起过,大概是校方给忘了,或者不知道该不该往上升。总之,一直到那年九月,我们都升了初二,旗子还贴在旗杆边上,垂头丧气,经过风吹日晒,早已成了一块破布。

2

我有些伤感,却不知道伤感从何而来,一想起领导人还没活到香港回归就去世了,感觉就像母亲没能活到我长大成人结婚生子一样让人遗憾。那阵时,我还挺担心英国人会变卦,不把香港还给我们了。我特意收集了不少有关回归的新闻报道,报纸是从陈静先厝内拿的。陈静先的父亲陈四九是村主任,人们背地里更喜欢叫他三十六。陈四九生于1949年,与共和国同岁。陈家是村里唯一订阅各种报纸的人家,完了还会把旧报纸都装订起来。我求陈静先帮忙偷带一些出来,再把它们从报纸上小心翼翼地剪下来,用米糜贴在笔记本上,拿三角尺刮平米粒的凸块,贴了满满一本子。

罗一枪怀疑我是给哪个女同学写情书,抢过去一看,发现都是让他头痛的蝇头小字,立马就还给了我。他可不关心什么香港回归,他忙着组装一套音响,正到处筹钱买材料。我是穷光蛋,除了每天带半斤米去学校食堂换一张绿色的饭票,身上就只有母亲给的一块钱,五毛买卤水豆干五毛要个咸鸭蛋,帮不了罗一枪;陈静先是有钱,是他家里有钱,他可做不了主,不能从厝内像拿报纸一样给罗一枪拿个千儿八百。

不过,罗一枪很快就喜上眉梢了,听说他哥哥要回来了。

罗一枪的哥哥叫罗大炮,不用看人,光听名字,就知道两人是兄弟。罗大炮在深圳做生意,至于做什么生意,是大是小,湖村没人知道。罗一枪在村里没服过谁,就崇拜哥哥,崇拜不是因为罗大炮从小罩着罗一枪,相反,罗大炮老早就外出了,兄弟俩一年才见一次面,陌生得很,崇拜恰恰是因为陌生。

罗大炮每次都能从深圳带回些好东西给弟弟,都是旧物件,八成新的纯棉格子衬衣,罗一枪穿在身上明显大一码,下摆得扎进校服的筋皮裤里,双袖要折上,纽扣反过来再扣上,远看还行,近看就挺别扭。罗一枪没觉得,他恨不得天天穿。罗大炮还给罗一枪带回来过一个半旧的手持游戏机,罗一枪整天揣在口袋里，见谁都要摸出来玩两把，堆砌各种形状的砖块。后来我们知道那玩意叫俄罗斯方块。罗大炮还有个手机，诺基亚，据说可以发短信，即是如果我要给远在县城的笔友写信，不需要去邮局，只要在诺基亚上写完摁一下发送过去就行了，当然了，对方也得要有个诺基亚。

那年春天，罗大炮回来了，他大包小包装了一板车，据说都是做生意时卖剩下的货物，有玩具、剃须刀，更多是女人的胸罩和三角裤。罗一枪对玩具早没了兴趣，女人的内衣裤对他而言更没用，他只希望哥哥能像往常那样，问他是否缺钱。罗大炮却似乎忘了弟弟的存在，每天吃饱饭，首要之事就是到巷口的榕树下找人讲古。罗一枪的名字起得名副其实，爱"车大炮"，车大炮就是吹牛。罗大炮没去深圳之前就爱吹牛，那时没几个人愿意听，都瞧不起他，讥笑他的大炮都是哑弹；后来就不同了，只要他一回来，村里人都巴不得他天天来榕树下吹牛，他们爱听，听着舒服，听着过瘾，他们不嫌罗大炮吹牛了，他们夸罗大炮让他们长了见识。

与往年不同，那年罗大炮大谈香港，情绪那个激动，口沫横飞，喋喋不休，仿佛香港的回归除了领导人也有他的一半功劳。

他说："哎哟，到底是国家大事……"

罗大炮在榕树下一坐就是一整天，一说也是一整天，那个绘声绘色，像个讲古人，没有一句重复。村里最好的讲古人要数我二叔马东河，他讲西游、讲三国、讲封神、讲隋唐、讲岳飞，能把听众带到古时候去。罗大炮不讲西游也不说隋唐，他另辟蹊径，讲领导人如何一口痰把英国首相撒切尔夫人给吓住。

3

半个月后，罗大炮带着女人的胸罩和内裤走了，回了深圳。那是他的原话，"不行了，村里待不下去了，得回深圳了。"罗大炮用"回深圳"来表达自己与深圳的关系，听起来，好像深圳才是他的家乡，在湖村，他只是一个回来串串门的客人。罗大炮不仅让罗一枪感觉陌生，让全村人也感觉陌生了。

我不知道罗一枪在哥哥那要到钱没有。罗一枪也没说。这完全不符合他的性格，通常他一有什么事，就会急于告诉我们——比如上学路上，他在路边挖了块沥青，像捏一块软糖一样握在手里，笑嘻嘻地跟我们说："你们别说哦，我收拾一下郑昕。"他用这种方式都收拾过不少同学了，那玩意要是涂在凳子上，屁股往上一坐，擦不掉也洗不净，裤子就报销了。那次他却没能让郑昕的裙子报销，我偷偷去告了密，郑昕抬着凳子去找了李阅国。李阅国正愁没机会治罗一枪呢。我告密的事当然不敢让罗一枪知道，不是怕他把我怎么样，只是说不清楚为什么以前不告密，偏偏轮到郑昕了就去告密。

罗一枪还是继续捣鼓他的音响。他为什么要组装音响，原因倒是很明了，我想全村人应该都知道，就是因为老猴——直白点说，罗一枪嫉妒老猴。老猴厝内有一套二手音响，是渔船从香港走私过来的旧货。那年月，有一套音响可不简单。

老猴其实年纪不大，村里大小都管他叫老猴，一是他家是村里的独姓，姓侯；二是老猴这人精，比江西人牵来耍的猴子还要精。老猴家不但有电视音响一整套家电，还经常开一辆面包车，出出入入，别说有多拉风。当然，面包车并不是老猴的,是他老板的。老猴那时在扇背镇一家海鲜店当司机,老板信任他,车钥匙都归他保管。他参过几年军,开车就是在部队里学的,如他吹牛时说的,在西藏开的可是拉练的大卡车。老猴退伍后在村里折腾过几年,扇背镇海鲜店老板是他战友,见老猴没事干,就叫他过去帮忙。全村人都羡慕老猴打了一份好工,工资高不说,还有面包车开,时不时可以揽点私活,帮村人往镇上拉点货物,或顺道捎个姑娘小伙去县里上学,都能赚点小钱。年底了,有人要去隔壁镇看戏,就包了老猴的面包车出发了。我母亲没少掺和,有一次还带上了我。那天晚上面包车半路抛了锚,全车人都下来推。在山道上,月朗星稀,车被推上了坡,往下滑了一段路,老猴才伸出头喊:"走啊!"我们拼命奔跑,生怕被遗弃在半道上。

我坐过老猴的面包车这事让罗一枪很不爽,我们还因此吵过架。我说坐面包车很舒服,至少比踩单车舒服。罗一枪满脸不屑,他说:"面包车算乜个,要坐就坐的士。"他还说,的士城里才有,开起来跟飞机似的,从湖村到扇背镇,一脚油门就到了。

让罗一枪受不了的,不是老猴的面包车,车又不是他的,而是老猴每天傍晚把音响开得很大声,整条村都听见了。

老猴把音箱安在屋顶的晒坪上,像是他家长出了两个黑耳朵,都那样了,还不满足,非得把整套音响搬到家门口,把挂了蓝色塑料膜的黑白电视、镭射机、功放机,逐一摆开,两边还竖着两个黑乎乎的大音箱,足有一人高,粗黑的电线拖得满地都是,像是把戏团来了,准备开演。小孩子们没有不被吸引的,吸溜着两条长长的黄色鼻涕,手里还握着个发粿,《忘不了你的人是我》都会跟着唱了,"是我是我还是我……"

黄昏时光对老猴来说具有某种仪式感。

老猴身材很好，结实健壮，也不怕人说闲话，就赤裸着黝黑的上身在巷口晃荡。放好歌，他提个水桶去池里舀水，洗他的面包车。他把车子里里外外都刷一遍，有些磕碰生了锈的地方还用砂纸打磨。他边洗车，边跟着唱歌。谁也听不清老猴唱得怎么样，音响太大声了，有时我们放学回家，没进村子，还以为来了歌舞团。我们把单车停一边，过去凑热闹。围观的人越来越多，有人伸出手去触摸颤动的喇叭，像是被电着了，又把手快速抽回。我不记得罗一枪是否也做过类似的举动，他与老猴有过一次过节，要不也无法解释他们的仇怨。

时不时，赤着膀子的老猴回头，朝孩子们呵斥："别碰啊，坏了恁赔不赢。"

我是真不敢碰，确实赔不赢。

陈静先赔得赢，可他对那玩意不感兴趣，印象里他还真没靠近过。

罗一枪倒是语出惊人："信不信？这物件我能做出来。"

自那以后，罗一枪经常不去上学，这让李阅国有点喜出望外。罗一枪不去上学不是躲在厝内，还和平常一样，我们三人踩着单车离开湖村，只是快靠近学校了，他就把书包扔给我，立起身子，加了劲，继续往镇上骑。他是去街市的旧货店买材料。那时街上一长溜都是电器店，专卖从香港走私过来的旧电器，还都是名牌货，松下、索尼、飞利浦……罗一枪张口能说出一大串。到了放学时间，他就准时在校门口等我们，单车后架上会多出一些乱七八糟的"材料"，都是一些电器的零部件和半成品。

经过一段时间的淘买，罗一枪厝内堆了一角落电器残骸，像是收破烂的。那些东西与其说是买的，不如说是捡的，或者是偷的也不一定，否则没法解释他哪来那么多钱。不过，在我看来，那就是一堆垃圾。罗一枪却把它们当宝贝，轻易容不得我们乱动，看样子快跟老猴一样小气了。

为了组装音响，罗一枪不惜拉下面子，故意靠近老猴家门口，近距离观察，有一次入了迷，竟伸出手去，要掰开功放器看个究竟。此举刚好让老猴逮了个正着。老猴差点跳了起来，把洗车的抹布往地上一掷，扯着喉咙骂道："罗一枪，我甫恁母，你做乜嘢？"

老猴故意那么大声骂，早就看罗一枪不顺眼了，一直在寻找机会收拾他。

罗一枪在村里也是个刺螺，一般没人敢那么对他说话。那天老猴变脸，对罗一枪使凶，事态已经很严重了。人们都站开一边，准备观看一场激烈的战斗。可是，他们失望了。罗一枪并没有接茬，看样子一点都不生气。他后退几步，远离了老猴的音响——音箱里正放着"甜蜜蜜，你笑得甜蜜蜜，好像花儿开在春风里……"

罗一枪第一次在众人面前认了尿。

罗一枪事后跟我说："君子报仇，十年不晚。"

4

罗一枪一门心思扑在音响的组装上，他甚至还研读起了音响组装手册，一页页翻得破烂，并用红笔划了不少横杠斜杠。读书如果有那么勤力，他也不至于那么招李阅国讨厌。

每天放学回家，他除了猫在厝内捣鼓音响，剩下的时间还得帮家人种沙参。沙参作为一种中药材，出了名的难伺候，不过能卖个好价钱。那些年，湖村好多人家热衷于在沙地撒上沙参种子，收成之时得费一番工夫，要洗，要煮，要晒；遇到雨天了，更麻烦，还得把沙参堆成草垛状，燃硫黄在底下熏干。罗一枪夜里熏完沙参，第二天还能闻到他身上散发出来的硫黄味，我们都不敢怎么靠近他。

我不记得罗一枪的音响是什么时候组装成功的，好像是他被老猴骂后的一个月，或两个月。总之，在年少的记忆里，那是相当漫长的一段时间。我都差点忘了他每天在家里干些什么了。

记得那是个周日，天气很好，池塘的芒花开得正艳，一束束淡紫色的花穗子像是刀马旦头上的翎子。我正和陈静先想去芒花丛里套翠鸟，路上就撞见了罗一枪。

"去我家看看。"罗一枪从未有过的激动。

他先让我们在门楼外等着，自己噔噔噔跑进屋，窸窸窣窣一阵声响。一会，从屋里抱出一堆颜色各异的机器，明显是东一块西一片拼凑起来的东西，连电线也用黑色胶布接得像是五步蛇身上的花纹。两个音箱倒是崭新，像是长方形的木柜子，外壳用夹板装订，夹板上糊了一层黑色贴纸。纸糊得颇见功力，没有一点起皱，边角也修饰得近乎完美。音箱底下加装了四个轮子支脚，可以随时推着走——单看这点就比老猴的上档次。

我和陈静先可算明白了这堆东西的来头，一下子兴奋不已，绕着它们转了起来。

陈静先说："好家伙，一枪你不会真把音响给装出来了吧？"

罗一枪撇撇嘴："等下就知啰。"

罗一枪俯身从杂七杂八里拎出卡带机。卡带机是他父亲作为老游击队员几年前从民政局领回来的纪念品，上面还用红色油漆写着个"奖"字。罗一枪的父亲平时就用它来听潮剧，一出《四郎探母》，都听了好几百遍了。罗一枪不爱听潮剧，他喜欢听迪斯科，音量调到最大，把卡带机两个小喇叭都给憋裂了，发出吱吱的声响，像是一个人被卡住了脖子。因为卡带机放潮剧还是放迪斯科的事，他们父子俩没少拌嘴。

功放机则是罗一枪组装的，他把几个破功放凑合成一个，甚至连个盖都没有，就那么把内里的主板线路裸露在我们眼前。多年后，我在深圳的音响店见过同样透明的功放机，十分昂贵，主板线路也是一目了然。罗一枪把所有的聪明才智都用在了这个事情上，他蹲着为一堆线路接驳时的专注神情，我多想李阅国也能在旁边看见。那样李阅国可能就会明白，罗一枪为什么会把书念得那么糟糕了。

没过多久，罗一枪就把卡带机里的音乐成功地接到了音箱上，看起来蛮神奇的，两个木柜子突然像是通了电，立马颤抖起来，声音之大，大概几条巷子的人都能听见。我们都乐疯了，跟着迪斯科胡乱跳了起来。罗一枪却异常平静，只见他用手轻轻抚着颤动的喇叭，自上而下，扯着喉咙对我们喊："这是高音——中音——低音——"

从表情可以看出，他已经把老猴报复了。

5

没过多久，罗一枪的山寨音响就派上了用场。谁都料想不到，竟是用在陈静先爷爷的葬礼上，从时间前后上看，像是罗一枪特意为那场盛大的葬礼而打造的。

起初，陈四九似乎并没有觉得他父亲得的是什么大病，只是接回来村里静养。陈四九还有个弟弟叫陈志军，是教育局的领导，以前陈爷爷多数时间就随小儿子在镇上住。陈爷爷退休前是镇里的领导,据说还是个副镇长,是我们村官当得最大的人。当然,后来陈志军的官当得比他父亲大多了。

我随陈静先去过一次他叔叔家。那时我们还在读小学,路都没认熟,第一次往镇上跑,靠问教育局陈志军的名字,就被我们问到了家里去。记得是在城东海滨,顺着东宫码头继续往上走,海边是一整排木麻黄树,过了水泥桥,就是新开发的小区——具体位置我忘了,陈爷爷往我们每人的书包里各塞一把汕头糖这事,我却记得清清楚楚。

我对陈爷爷印象不错,羡慕陈静先有个好爷爷。我爷爷在我出生前就去世了,至今我都不知道爷爷长什么样。陈爷爷回来后,我们也没见着他,那时他已经是弥留之际了,有人传言他肺里长了恶物——我们管癌症叫恶物,广州的医生都没办法。如果不及时接回村里,万一死在镇上,照湖村的殡丧风俗,死在村外的人是不能进村里办丧事的,对老人家"落叶归根"的遗愿将是很大的遗憾。

记得那天正上着美术课,李阅国突然出现在了教室外面,招手把老师叫了出去,耳语了句什么。老师沉着脸进来,走到陈静先身边。所有人的目光都盯着陈静先。

"你先返去吧。"老师对陈静先说。

陈静先愣了一下,不过很快他就知道是怎么回事了。他的眼睛瞬间红了,强忍着泪水,静静地收拾课本,放进书包,走出了教室。我也起身,跟着往外走。经过罗一枪的座位时,我敲了一下他的课桌。罗一枪从睡梦中突然醒来,看着我发蒙。

我说:"还不走,出事啦。"

罗一枪来不及弄清楚出了什么事,就起身跟着我走。班上的同学忍不住都笑了,郑昕起立说,"笑乜个?"笑声才稀稀拉拉停下来。

美术老师并没有拦我和罗一枪，李阅国也没拦我们。我们把单车踩得跟摩托车一样快，风呼呼地在耳边叫着。一路上，谁也没先说话。

回到村里，已经能明显感觉到气氛的凝重。我把单车停在三山国王庙门口，罗一枪也跟着我停了下来，我们看着陈静先继续往他家的巷子骑去。他家门口早已挂起了白色布条，进进出出围了不少人。

我和罗一枪回来干什么呢？我们根本帮不上什么忙。陈爷爷也不需要赶在最后一刻见我们一面。我们只好各自回家。

那个时候，父母肯定都不在家。我父亲总是很忙，他整天把自己扔在田里。冬天农活歇下来了，他又要去糖厂做工。作为一名技艺过人的制糖工，他被村里几家糖厂抢着要。所以说，热天时一身泥，寒天时一身糖，父亲几乎没有一天干净过，还养成了经常不洗澡的习惯，吃了晚饭在门楼里倒头即睡。我没有兴趣靠近他，他也没时间搭理我。母亲在省道摆摊卖粥，早出晚归，有时一天到晚也见不着人。她还养了几只猪崽，无论多晚回来，得先挖一勺沤到发酸的番薯叶再掺把粗糠把猪喂了，才会想起给家人做饭。

门楼的门是关着的，不过没锁，我一推就进去了。厝内空荡荡的，几个弟妹还没放学，我们家从来没有那么安静过，或者说，我从来没有单独在厝内待过。我突然感到一阵彻骨的悲伤。悲伤突如其来，有些没来由，我独自在家哭了起来。

葬礼在两天后进行。

应该说，陈爷爷的葬礼，刷新了我对葬礼的认识，不但是我，全村人估计都没见过那么大排场的葬礼，至少是湖村有史以来最为隆重的一次。光南塘师公，陈四九就请了十八个，把廖家所有师公都请到了湖村；至于乐队，更是数不清楚，有铜鼓、舞狮、唱曲、八音……小汽车和摩托车把巷口所有空地都塞满了，送行的人密密匝匝，像是来赶一场妈祖诞辰。陈家想要的，无非就是借着死人，向活人展示雄厚的实力。这样的目的显然是达到了，至少短时期内，湖村没有哪户人家能够超越。再说，陈爷爷八十多岁高龄了，完全可以按喜丧操办，灵棚贴了红，西装革履的彩色遗像安在中间，两个孝子麻衣草鞋，一左一右立于灵堂门口，喜迎每一位前来吊唁的贵客——扇背镇有点声望的人几乎悉数到场了，他们三三两两打起了招呼，姓氏后面都加了职位，杨所长李局长的，气氛倒没有了哀悼的意思。

我在混杂的人群中，竟然看见了班主任李阅国，便扭头跟罗一枪说，"嗨，班主任也来了。"罗一枪正蹲着往火堆里扔纸锭——作为外人，我们是不能和陈静先一起烧纸的，不过人多事杂，也没人会注意。罗一枪说，"你还不知道吗？扇背二中都放了一天假呢。"这我还真不知道。陈家的面子真够大的，连学校都放假了。罗一枪接着说，"不只放假了，铜鼓队也来了。"铜鼓队都来了？我知道罗一枪指的是扇背二中的铜鼓队，平时也就是领导来视察了才会拉出来敲敲打打，我就见过一回，刚上初中那会，陈志军去了我们学校，后来才知道那个擎着指挥棒走在队伍前面的女孩就是我们的班长郑昕。这么说，这次郑昕也会来？我心中暗自紧张，没敢问罗一枪。我有些坐不住了，抬着屁股时不时往人群里搜寻。只可惜我们的位置在灵堂角落，看不全外面的情景。罗一枪大概猜透了我的心思，故意碰了我一下，扮出一个鬼脸，低声说，"我睇着郑昕了，等下看我做呢收拾她。"

葬礼漫长得有些拖沓，光念悼词，陈四九就折腾了一个多小时。乡间丧葬，本来就没有念悼词这一环节，治丧委员会事先没准备，是某位领导提的醒，才临时加上去的。陈四九平时口才是不错，真要让他临场憋出悼词来，确实有些为难。不知是因为紧张，还是本来就没组织好语言，现场听着有一句没一句的，声音多次被嘈杂的人声淹没，像是罗一枪当着语文老师的面背诵文言文，也是经常会被同学们的笑声打断。有人提议，是不是该向老猴借套音响，那样就不用太费劲了。陈家人找到老猴时，老猴倒不便拒绝，他只是独自嘀咕，用他的音响治丧，有些不吉利，应该包个红包吧？陈四九满头大汗，当着那么多外人的面，冷不丁喊一句，"老猴，你说吧，要多少钱？"声音之大，所有人都听得很清楚。有人笑出声来。老猴站在他家楼板上回答，"我也不是这个意思。"陈四九问，"那你乜个意思？"老猴隔一会才说，"那过来搬吧。"

这时，罗一枪突然站了起来，"要不用我的，我……我……我的免用钱。"

看得出来，罗一枪鼓足了勇气。

众人笑了，陈四九也笑了，问罗一枪，"你的音响行不行啊？听讲还是你私家生产的呢。"

罗一枪说，"肯定行，不信问你儿子。"

陈四九说，"好吧，恁几个去搬过来。给老猴的钱就归你了。"

罗一枪说，"真免用钱。"

众人又笑了。

罗一枪做梦都没想到自己的音响能派上如此庄严的用场，再怎么晦气，他也觉得是莫大的光荣。陈四九的声音开始像一只只野鸟噗噜噜从树丛中散开，带着回响，似乎隔壁村也能听到了。奇怪的是，声响被放大之后，陈四九的思路也清晰了许多，悼词在他嘴里，终于顺畅了起来。罗一枪则守在音响边上,装模作样地调节着功放机上的几个旋钮,像是表演现场的工作人员,仿佛我们听到的并不是悼词,而是他特地为我们播放的音乐。

陈四九念完悼词,葬礼就交给师公了。相对而言,师公要好玩得多,师公词唱起来也好听,配着二胡唢呐,尤其是担经、过桥、骑马穿五斗,纯粹就是表演节目,既要把人唱哭,还得负责把人逗乐。师公先是往惨里唱,罗列逝者生平功绩,声调哀怨,时不时还得故意凑到孝子孝孙的头上去,把他们都唱哭了,才算见功力;当然也不是把人唱哭了就好,还得讲理,从盘古开天门唱起,唱到三皇五帝、地府阎王,再唱到历代各路英雄,最后点出一个亘古的真理:是人都得死。人家英雄豪杰都死了,我们又何憾之有呢?这么一来,孝子孝孙也就释然,烧衣敲竹送逝者西去,逝者赐过子孙圣杯便能入土为安。葬礼能不能顺遂进行,靠的全是师公的唱功,唱不好,不动人,没把亲人唱哭,唱哭了又没办法把他们唤醒,都属于不成功。师公在我们那一带是受人敬重的职业,地位高,赚钱也多。扇背镇最负盛名的便是南塘廖姓师公,师公世家,传内不传外,传男不传女,神秘得很。

晌午时分,葬礼才结束,我的屁股都坐疼了,像是一块发粿粘在了地面上。半天下来,我和陈静先至少烧掉了一板车纸锭,两人的小脸蛋都被火映得通红。

出殡是葬礼最后的高潮,送葬的队伍排出一条长龙,日头又大,所有人脸上都浮着一团热气。师公打前领头,接着是抬灵轿的、抬香炉的、抬棺椁的、抬草龙的、抬灯笼彩旗的、抬花圈的,再往下才是铜鼓乐队、孝子孝孙、亲朋好友,女婿则尾随其后放鞭炮……光排个队,理事的人就差点将罗一枪的音箱喊裂了。出殡的道路本来就狭窄崎岖,荒草杂生——扇背人的风俗：一个村子得有两条路进出，一条是阳路，供活人进出；另一条是阴路，供丧葬时进出。阳路平时走的人多，自然好走；阴路一年才走那么几回，早就被杂草掩埋了。

我和罗一枪谈不上是陈爷爷的亲戚，治丧委员会安排我们尾随其后，拿灯笼彩旗。不过为了看扇背二中的铜鼓乐队，我们偷偷溜了，披了件白衣混在孝子孝孙里，跟着陈静先一起，走在了队伍的前面，那样一抬头，就能看见郑昕手里擎着的指挥棒了。那玩意看着有点怪，顶端酷似红缨枪，底部是个圆球，里面装着金属颗粒，郑昕每动一下，就会发出沙沙沙的声响，权当也是一样乐器。

我感兴趣的并不是郑昕的指挥棒，而是想看她一身色彩斑斓的乐队彩服，肩头胸前都是黄色流苏，头上戴着一顶大盖帽，镶嵌有五角星——这身装饰要是穿在别人身上，要多丑有多丑，穿郑昕身上，看着却英姿飒爽，像是古代的女将军。郑昕本来就高大，都已经长到一米六几了，还前凸后翘，像个大女孩，有了开阔之感，这也是她能当上领队的原因。

还没等我反应过来，罗一枪却突然蹿上前去，跟郑昕并排站在一起，模仿她的动作踏步往前走。郑昕继续擎着指挥棒领队，没搭理罗一枪，似乎还白了他一眼。我几乎看不下去了，心想罗一枪可真够丢人的，他所谓的捉弄就是这样作践自己？我低着头不敢看他们。好在队伍庞杂，没多少人注意到罗一枪的怪异举动，隔了一会，他又退回我身边，一脸好不得意的笑容。

我问他："你都跟她说了乜个？"

罗一枪继续笑着说："我问她要胸罩吗？我厝内有好多。"

6

葬礼过后,陈四九信守承诺,给罗一枪包了一个大红包。具体是多少钱,没有人知道,陈四九也不会到处说。罗一枪又不可能把钱上缴给父母,他在家里,比较尊重的,或者说稍微怕的人就是哥哥罗大炮。哥哥不在家,罗一枪就有点为所欲为了,平时帮父亲卖沙参时,也会偷偷留下尾数。

罗一枪惦记着的是"出花园"的事——出花园是我们那一带的古旧习俗,即是小伙子小姑娘到了十五岁这年,就得在七月初五婆生之前择个好日子"出花园",说白了就是成人礼,出过了花园,就不再是小孩子了,等于置换了一副全新的体魄和心肠。在这件事情上,罗一枪比我和陈静先都要上心,作为同龄人,他比我们要成熟多了,出不出那个花园其实都无所谓了。

罗一枪不止一次跟我们说,要在出花园之前,送自己一份大礼。在此之前,我一直以为那套音响就是他声称的大礼了。后来才知道,那只是序曲,罗一枪真正想拥有的,是一辆摩托车。当然,我猜想,肯定是陈四九那个神秘的红包给了他勇气,要不做不到那么信誓旦旦,胆敢把买一辆摩托车作为花园礼。不过说实话,罗一枪对他的破单车早就厌烦透顶了,三天两头,不是掉链子就是破轮胎,每次在省道见着别人的摩托车飞驰而过,他尾随其后的眼神,得好一会才能收回来。

在我的记忆里,见过最早的摩托车是带偏斗的三轮摩托车,开的人腰间通常也都别着枪,是公安局的人。小的时候,我就在陈静先家门口看到过几回,他们来找陈爷爷,或者陈四九。电影里也看到过,不用说,那是最拉风的摩托车,可惜一般人开不了。我们刚上初中那会,东宫码头的货轮开始走私来一种轻便型的摩托车,浑身漆黑,被称为"黑色嘉陵"。黑色嘉陵一时之间风靡全镇,有点钱的人家都想拥有一辆。趁着码头的货轮靠岸,镇上一眼望去,沿街几乎都是黑色嘉陵,新的,旧的,半新半旧的,价格不一,最便宜的也要上千块。

二中的老师几乎都开上了黑色嘉陵,只有几个不会开摩托车的老头,才和我们一样每天骑着破单车上下学。

罗一枪邀我和陈静先去镇上时,他并没有明说要去干什么。

那时我们一有空就往镇上跑,踩单车,来回逛一圈也就几小时。罗一枪这人话多,去了镇上也爱惹事,我们一般不太愿意跟着,除非他答应给我们好处,比如吃瓯刨冰,或去一旅书店买本当期的《读者》。记得有一次,罗一枪请我们去相馆照相,结果照没拍成,差点跟人打了起来。当时相馆有一对小夫妻在拍结婚照,第一次,没经验,表情僵硬,像是被迫结的婚。摄影师着急了,我们在背后等着也急了。罗一枪突然站起来就说:"笑一个嘛,又不是拍遗照。"小夫妻的脸色骤变,像是挂着两块猪肝。女的破口大骂,男的一跃而起,要和罗一枪拼命。罗一枪求之不得,抡了拳头就要上。我和陈静先立马把他们架开了。紧要关头,陈静先比我们懂事多了,只见他一个劲地道歉,说罗一枪并没有什么恶意,就是话多嘴臭。好说歹说,事情总算平息了。罗一枪还大言不惭,说要不是我们架着,他非要打得那男的一转身连那女的也认不了。我和陈静先提醒他,那可是扇背镇,不是罗一枪蛮横的地盘。扇背镇是扇背一中的地盘,听说扇背一中有几个特痞的家伙,耍的不是拳头和刀,而是上了膛的霰弹枪……

总之,每次跟着罗一枪去镇上,我们都得特别小心,像是遛着一条恶狗，随时得拴着，怕咬了人。

那天到了镇上，天气热得着火，整个扇背镇都散发出一股浓烈的汽油气味，似乎快要爆炸了。东宫码头又来了货轮，那些走私货轮大摇大摆，它们来自香港、台湾地区，也有来自日本、韩国，或者别的什么我们不认识的地方，拉来一船船的香烟、二手皮衣、旧电器，还有就是半新半旧的黑色嘉陵。那些年，扇背镇就靠着码头走私活泛起来，货轮一靠港，小船一趟趟来回摆渡，货物一上岸，立马就跟鱼仔虾一样被沿街各大店铺消化掉，经过师傅修修补补，摆上铺面，就等着我们乡下人来付钱挑拣了。

罗一枪带着我们转了大半个镇区，大大小小、新车旧车的店铺都让我们转了个遍。他老练地和车店老板讨价还价，还亲自启动了几辆摩托车，趴下身子装模作样地听发动机的声响，而且还真能听出问题来，什么摇臂声、曲轴声较大，活塞环有问题，等等，弄得那些店老板真以为罗一枪是个行家，不敢轻易糊弄——鬼知道一个指头没沾过摩托车的罗一枪怎么懂得那么多东西。我和陈静先就在一边傻站着，目瞪口呆，暗自佩服。

罗一枪迟迟不出手，就算货比三家，也早超过了，都看了十几家了。我怀疑罗一枪钱没够，他只是先来过过眼瘾，并不当真。从他对每一辆摩托车都两眼放光的神情看，实际上用不着挑选，随便塞给他一辆，他都会中意，只差钱了。走了半天，肚子饿得咕咕叫。陈静先叫苦连天，说本不该答应罗一枪来受罪，把单车停在一棵木棉树下，不走了。

罗一枪依然淡定，抹了一把额上的汗水说："再睇睇。"

直到傍晚，罗一枪总算买下了一辆八成新的黑色嘉陵。他竟然真能从身上拿出一千块钱，这不但超出了我的能力范围，还超出了我的想象范围。我知道罗一枪有钱，没想到那么有钱。我平生第一次被一个有钱人征服，一直到往回走，仍平息不了激动的心情。

罗一枪把他的破单车用一条尼龙绳绑在摩托车后座上，他竟然连尼龙绳都备好了。罗一枪在前面推着摩托车，我和陈静先在后面跟着。我心想，罗一枪该不会就这么推着回家吧。他也只能推着回家啊，他还没学会开摩托车。我们三人就那样前后行走在扇背镇的石板街上，街市的灯火开始亮起来，海鲜粥和炒粿条的味道逐渐把汽油味覆盖了。福建发廊、烟酒茶、水果铺、时装店、书店，还有网吧……它们的面目随着夜幕的降临开始在街道上清晰起来，一个个像是小孩的眼睛，盯着我们看——我们也贪恋夜晚的街市，应该是第一次，我们滞留在小镇的夜晚，几乎都迈不开脚步。尤其是彩灯闪烁的网吧门口，对于我们而言，简直是另一个世界的出入口。网吧当时在镇上还是新兴事物，就算花钱进去了，也玩不上，我们连电脑长什么样都还没见过。

街上不少路人都用好奇的眼神看我们。我们那样子，一看就知道是乡下来的，就算衣裳整洁的陈静先，混迹在我和罗一枪中间，自然也成了一路货色。

出了街道，路过加油站，罗一枪把摩托车推进去加油。他不知道怎么取出油鼓的盖子，一边站着的加油工也懒得提醒，就看着罗一枪捣弄。罗一枪拧了半天，还是没能拧出来，他满头大汗，从没有那么狼狈过。罗一枪心浮气躁，抬头望着加油工，大声问："这物件怎么弄开？"那人吓一跳，这才问罗一枪钥匙呢。罗一枪说："你呐不早说？"

出了扇背镇，回头望，小镇已成了隔岸的风景。我憋着一口气。抬头一看，省道上抹黑一片，像是一条布袋子伸进墨水里，只有几米的能见度，其余全是黑暗。道路两边是绵延的山坡和荔枝林，时有野鸟忽地大叫，从路面上蹿过，吓我们一跳。夜晚的省道车辆稀少，偶尔有一辆大车擎着光柱迎面奔来，呼地擦身而过，巨大的风把我们的头发和衣领都翻了起来。路上空荡，大车开得极快。我们担心被车撞到，只好紧挨着路牙子走，脚步都没踩在沥青路上，而是踏着草丛前进。草上开始有了夜露，把我们的鞋面和裤脚都染湿了，冷飕飕的，像是水蛭在皮肤上爬。

我们不知走了多久，翻过湖村的后壁坡时，才看见了村子瘦弱的灯火。心情那个激动，简直都快哭出来了。

7

《天若有情》成为露天电影队的宠儿时，罗一枪拥有了一辆八成新的黑色嘉陵。当然了，和电影相比，罗一枪还缺点什么——比如车后座上缺个"吴倩莲"。

不过，学校偌大的操场倒开始成为罗一枪耍车的理想场所，用不了多久，他就能耍出各种花样，跟电影里的赛车手那样，起步时摩托车头不着地，像人一样站立起来，单靠后轮跑出一大段路，车头才掉下来，上下弹几下——罗一枪从容地两脚着地，忽地再抬起一脚，右手加油门，左手压离合，利用腿力原地转动车身，后轮转出一个半圆，沙石纷飞，掉转车头后，再加大油门，直冲过来，在我面前吱地踩下刹车，拖行一段，停下来时，前车轮离我的膝盖刚好一拃的距离。那个潇洒！罗一枪坐在车座上得意地笑着。他还真把自己当刘德华了。

与此同时，罗一枪还学会了抽烟。

扇背二中松树林里的小卖部是一对外地夫妻开的,他们家除了在学校开小卖部,还在湖里养了一群白鸭子。小卖部卖水卖面包都不太赚钱,不知是谁想出的点子,竟然卖起了散装香烟。一包烟不好卖,拆了一根根卖,一根二毛五,双喜牌,这么一拆,一包就能多赚一块钱。课间休息,罗一枪就去买一根,几步路,他也要开着黑色嘉陵过去,生怕人家不知道他已经是"有车一族"了。要是遇到他不想上的课,他干脆待在小卖部里不走了,有时还帮着人家划个小木船下湖赶鸭子,完了外地人会派他一根烟,当是感谢。

罗一枪撑着长长的竹竿,面向学校,竟像个过路人,吼唱起了《追梦人》。那首《天若有情》的插曲可真是太好听了,整个扇背镇的年轻人都在学,每次唱,脑海里还重温着电影里刘德华骑摩托车奔驰在香港的马路上,后座的吴倩莲穿着白色婚纱,婚纱上沾满血迹,音乐正是在这时候悲壮而温情地响起……罗一枪有音响,学着就比别人快。他还斗胆在学校筹备的庆祝香港回归晚会上报了节目,准备唱的正是《追梦人》。郑昕受李阅国委托在班上征集节目时,罗一枪第一个报了名,还怂恿我和陈静先也报名。我们实在不知道表演什么节目,说到底还是因为胆子小,没敢上台。罗一枪看着郑昕,笑眯眯的,如果是往时,郑昕会懒得理,把他的报名当作捣乱。不过那次,很奇怪,郑昕竟然不言不语,默默在本子上登记了罗一枪的名字,算是第一回把他的话当了真。

罗一枪抽烟的事,我们暂时还不敢往村里说。罗一枪的父亲管不了,他可以让罗大炮回来管。罗一枪一方面算是讨好,一方面也是过意不去,总之往返学校,我和陈静先就不用再踩单车了。

罗一枪把黑色嘉陵当宝贝,每天放学,他也学老猴那样,把摩托车停到池塘边,用小桶从池里提水,赤着胳膊洗车,还备有一块专用的棉布,车轱辘的钢丝,发动机的边边角角,都被擦拭得闪闪银亮。罗一枪对修摩托也表现出罕见的天赋,他完全具备一个准科学家的探索精神,如果心血来潮,甚至愿意花一整天的时间,把黑色嘉陵的零部件一件件拆卸下来,再重新组装回原来的样子。车子要是有什么毛病,他不用推着去维修店,自己摸索着就能修好。罗一枪能修车的名声传出去后,村里有人摩托车坏了,干脆直接推到了他家。罗一枪不收人家的钱,偷偷塞两包红双喜就够了。

罗一枪还替李阅国修过一次车,这在他看来是极其长脸的事情,李阅国当然不会买烟给他。李阅国的黑色嘉陵有些老了,老踩不着火,那一次干脆在半道上熄了。前不着村后不着店的,李阅国只好狼狈地停在路边,启动杆踩得脚都麻了。刚好让我们撞见了,罗一枪停车看了一下,立马断定是火塞头烧了。他那会像是个资深的修车师傅,容不了我们半点怀疑。李阅国表情茫然,他和我一样,不知道火塞头是什么东西。

李阅国问:"那怎么办?"

罗一枪说:"换呗。"

事实上罗一枪是故意那么说的,他肯定还有别的办法,否则不会那么自信。

果然,只见他从工具袋里取出一个铁筒子和一把螺丝刀,俯身拔掉坏车的一根线头,套上铁筒子,横插上螺丝刀,转动几下,很快就把火塞头取了下来。火塞头末端乌黑一片,是被烧过的样子。罗一枪又把火塞头放在马路牙子上,用螺丝刀把火塞头末端被烧黑的一小圈瓷片挖了下来。

"好了。"罗一枪松了口气,看样子那是个技术活。

罗一枪把火塞头拧上,呼地一脚下去,李阅国的摩托车就启动了。

罗一枪骄傲地看了李阅国一眼,"暂时没问题,不过回去得换个新的。"

李阅国笑了笑,拍了下罗一枪的肩膀,当是感谢。临走,他回头跟罗一枪说:"香港回归晚会记得参加哦,你报的节目学校通过了;还有你们,都要过来哦。"

我和陈静先一起点头,齐声说好。

暑期将至,香港还没回归,扇背二中的庆祝晚会却提前开始了。

说是晚会,其实从傍晚就开始了。全校师生都聚在食堂里,平时吃饭的桌椅就成了观众席位,打餐的地方几张桌子一拼,盖上红布,再往墙上拉条横幅,演出舞台基本也就成型了。我对晚会的期待,刚开始是对香港回归的期待,我那本专用的笔记本上已经密密麻麻贴满了有关香港的简报,可是到后来,我的情感有些冷却下来,无论我期不期待,反正它的回归是板上钉钉的事情了;倒是罗一枪在晚会上的演唱节目,能不能成功,或者说,如他所讲,能不能博得郑昕的好感,在我看来,却是个未知数,充满不确定的期待。

那几天,我肚子痛的老毛病又犯了。我经常肚子痛,死不了人,痛起来也要死。家人没把我的病当回事,事实上也没办法,每次都只能找翟先生抓几服杀蛔虫的青草药,一喝就是一锅黑水,苦得跟猪胆似的。那回我没敢告诉家人,一个人扛着,痛得厉害的时候,整身衣服都被汗水染湿。我想我活不了多久的,我的病迟早会要了我的命。这么想时,倒也释然,真希望罗一枪能成功地赢得郑昕的欢心。于是,肚子就不那么痛了。

对于僻远的扇背二中来说，晚会当然可谓隆重，也是绝无仅有的一次。

那天放学后，除少数溜掉的同学，绝大多数师生都到了现场，平时看着还十分宽敞的铁皮食堂，竟显得拥挤起来，像是八月初八八仙宫的庙会。校长上台致辞时，底下都闹哄哄的，一直到主持人上台，场面才算安静下来。不消说，担任主持的除了郑昕，还有那个初三年级的满脸青春痘的男生，他们站在台上，看起来一点都不般配。接下来的节目则更草率，都是自编自导自演，以高年级的学生为主，初一年级的节目不多，几乎都被排在了后面。我看见罗一枪就坐在舞台下第一排的座位上，他大概是等急了，也可能是紧张，时不时起身，回望整个会场。

有那么一会，大概是初三某位学长慷慨激昂地朗诵《沁园春·雪》之时，罗一枪竟然离开座位，站到了老师们身边，也装作老师的样子，抽起了烟。没有哪位老师阻止罗一枪那种公然挑衅的行为，他们是没注意呢，还是觉得一个即将上台的表演者，应该拥有某种解压的权利？不过，罗一枪抽烟可不像老师们那么老实，他几乎把抽烟也当作表演，抽得那叫一个花样百出——只见他把烟放手掌上，另一只手一拍，烟在空中翻转两周半，瞬间用嘴巴准确叼住。点烟也有花样，人家打火用的是大拇指，他用小拇指，再将整个手掌翻转过来。罗一枪还会仰望四十五度角朝空中一个一个吐烟圈，那些小圆圈飘在空中，久久不散。烟快抽完时，他还会来一个压轴的惊险动作，突然大嘴一张，迅速卷动舌头，双唇一合，烟嘴子立马就不见了。哪去了？吃进嘴巴里了？怎么可能，烟嘴子还红艳艳，不烫死他才怪。隔了一会，罗一枪嘴巴一张一翻，烟嘴子又吐了出来，继续冒烟……罗一枪的抽烟表演比台上精彩多了。

晚会进行到一半时,有些同学开始坐不住,以各种借口离开了现场。时间不早了,操场已染上了夕照的色彩。我有些等不及,问陈静先,罗一枪什么时候唱啊?陈静先好多消息比我灵通,他说,好像是最后一个。我想完了,最后一个,意味着我们必须坚持到最后离场。有些觉得关系不大的老师已经开溜了,剩下的就是各班级的班主任。李阅国就一直站在我们旁边,为了表示平易近人,他还时不时故作微笑,刻意鼓掌,再扭头问我们,好看吧?我们只好点头。事实上,除了初二的武术表演让人有点振奋外,其他节目都枯燥乏味。

一直到舞台上响起了《追梦人》让人沉醉的前奏。

出乎意料,现场瞬间安静了下来。我都快在座位上打瞌睡了,被这突然而至的安静惊醒,抬头一看才知道,让人们安静下来的,不全是《追梦人》,甚至可以说,完全不是,而是舞台上翩翩起舞的女孩。乍一看,还真看不出来那就是郑昕。她简直变了一个人,换上一袭白色长裙,看起来更高了,俨然一个丰满的成年女子。她的舞蹈一看就是现学的,肢体的协调不够流畅。不过在我们看来,已经很惊喜了,想不到在那么沉闷的舞台上,竟然还能看到如此脱俗的表演——有人甚至吹起了口哨。

我有些纳闷,《追梦人》不是罗一枪的节目吗,上台的怎么是郑昕?还没等我反应过来,罗一枪拖着长长的话筒线从舞台侧面的台阶上来了——"让青春吹动了你的长发,让它牵引你的梦……"难免有些紧张,尤其是他还穿了一身明显大一号的黑色西装,肯定是哪位老师临时借给他的,当然是为了配郑昕的白色长裙。整首歌下来,罗一枪还算是正常发挥,至少没忘词,我在底下为他捏了把汗。不过人们也不计较罗一枪唱得怎么样了,他们的目光完全被别的吸引了。郑昕那天确实美极了，略施粉黛的脸因为害羞而泛着红晕，裙子在胸口处的开衩有些大，至少比校服要大得多。平常很难见到她脖子以下的部位，这下可好，她不单露出了整个脖子，还隐约见到了两边的锁骨，弯腰鞠躬之时，衣领处还显出一抹模糊的肉色。台下顿时哗然，口哨吹得更响了。

这下惨了，所有人都被郑昕迷住了，包括那些以前并不熟悉她的高年级学生。罗一枪如果真的喜欢郑昕，他以后面临的竞争压力可就大了。就像眼前，他跟郑昕同台表演，一个唱歌，一个跳舞，主角明显应该是歌者，可是恰恰相反，人们只把目光落在舞者的身上。确实，论相貌，罗一枪还真配不上郑昕。

回家路上，罗一枪说："郑昕好睇吧？"

我说："好睇好睇，雅过月，奶子真大。"

我故意这么说，有刺激他的意思，也是在试探他。

罗一枪急了，"勿乱说，别日她可是你嫂子。"

我和陈静先都笑了。

罗一枪又说："对了，明天开始，你们胶己（自己）踩单车吧。"

——也就是说，香港回归晚会过后，郑昕就开始明目张胆地往罗一枪的黑色嘉陵上坐了。

8

罗一枪算是春风得意，正如老人家坐在门楼口说的，"十五成丁，出花园啦，就要给你一把竹竿铳啦。"竹竿铳是什么呢，起初我不清楚，后来才知道是一种乡间械斗的武器，类似于土炮。也就是说，在扇背镇，人长大了还意味着可以自主拥有"武器"。这意思要是进一步引申,也可以说十五岁的小伙子,裤裆那玩意也发育成熟了,要是在旧社会,都要开始说娶媳妇的事。这确实蛮吸引人的,罗一枪比我们更为期待出花园,想想也就情有可原了。

看好的日子还没到呢,罗一枪早早就把他的红色木屐穿出来溜达了,木屐敲打着地面,听起来像是老猴穿着厚屐皮鞋从身后走来。照旧礼,出花园要穿新衣、着红屐,腰间再扎个红腰肚。我不知道罗一枪是否把红腰肚也扎上了。我们都笑话他心太急,出了花园想早点娶郑昕过门。

罗一枪就故意用木屐踩我的脚后跟,问我,你的红木屐呢?

这家伙哪壶不开提哪壶。我们都是同一年出生,包括陈静先,只是不同月份,罗一枪四月,我十月,陈静先十二月。罗一枪最大,陈静先最小。虽然不是同一天出生,却被安排在同一天出花园,无论去找哪位算命先生择日子,他们翻的都是同一本通书。我是正愁着呢,家人该不会把我出花园的事给忘了吧,这事完全有可能,日子都差不多了,家里却一点动静也没有。陈静先因为爷爷去世,家里带了丧,不能出花园,不过花园之神还是要酬谢,只是不能穿红。至于其他,也有区别,出花园要采集十二种鲜花泡在敞口的桐油箍桶里洗花浴,要坐在眠床上吃十二大瓯,谢花园神就省了不少环节,只需要吃五碗头,跨过子孙椅,走个仪式,就算礼毕了。好在陈静先不是很能吃,五碗头对他来说也足够了。

临近出花园的前几天,父亲才从镇上给我买回一双木屐。我们父子俩用了一个早上的时间,总算把木屐染成了红色。用的是清明节润碑用的红铁油,刚刷上去,久久不干,像是蹚过血水,放在屋顶沥一天,总算干了,不过结出厚厚一层皱痂,重了不少,穿着像是拖着一个小沙袋。

罗一枪取笑我,害我轻易不敢往外穿。

出花园这天,一大早母亲就起床忙碌了,破天荒地,她给自己休了一天假,不再去半路站卖甜粿。母亲进来推我时,实际上我早已醒了,正想着母亲会为我出花园准备些什么。之前我一直觉得家人把我的节日给忘了,那会心里却甜滋滋的,原来母亲老早就把该买的物件都备好了,等着在这天清晨变戏法般地给我一个惊喜呢。我假装刚醒来,睡眼惺忪的样子,母亲示意我别说话。她叫醒我也不能唤我的名字,出花园这天我只能被称作"花儿",是全家的主角。这样的待遇我还是第一回遇到,能像朵花儿那样被家人呵护,真巴不得每天都出花园呢。

起床一看,才知道母亲一切准备就绪,就等着我这朵花儿上场。难以想象她是怎么做到的,光那十二瓯菜,虽然不是什么大鱼大肉,也足够她忙一晚上了,还有三牲果品、银锭香烛、浴桶花叶,等等,几乎摆了一厅堂,琳琅满目。我心情那个激动,几乎都快哭出来了。

按照指引,我先是脱衣洗花浴,浴桶就摆在厅堂中央,半桶温水里漂着竹叶榕枝和各种野花,能辨出来的有石榴花、桃花、马缨丹和木槿……母亲则站在一边念念有词——"众神公嬷,今日是花儿出花园吉日,来答谢花公花嬷看护庇佑之恩,保贺花园清净,出花园顺利,花儿一生顺遂,平平安安。"洗过花浴,母亲先是为我扎上腰肚,口中又念:"腰肚白白,肚里明白,换了肠肚,恁着乖乖。"做过"四句",母亲再为我换上新衣和红屐,"红衣红屐,一世人不愁穿食。"……

我不知道这些是出花园共用的祝语,还是母亲自创的,听着却一点也不反感。几个弟妹倒是围在一边,偷偷笑了起来。

母亲转身瞪了他们一眼,他们便噤声,不敢再言语了。气氛的凝重不仅没让我感觉烦躁,反而乐享其中,似乎只有这样,我这一天的主人地位才是严肃而牢靠的。我乖巧地配合着母亲的一切指引,关于出花园的礼仪和步骤,她也没多少经验,毕竟我作为她的长子,她算是头一遭,肯定得事先问过村里懂礼数的老人,她又不识字,只能强记于心。但还是有些烦琐和复杂,她时不时要停下来想一想,紧张得满头汗水,实在把握不准的,还得中途差我弟弟去老人厝内再问个究竟,一点也不敢马虎,似乎这一天的礼俗能否正确而顺畅地做下来,真的会影响儿子一生的运势。

要是在往常,我会很不耐烦地跟母亲说,算了,随便弄几下就好了。那天我却出奇的冷静,亦步亦趋,像是对待自己的命运,不敢有任何造次。好多细节当然是记不起来了,只记得先是拜别过婆神。这个被安置在眠床底下的神一直是我整个童年的噩梦,轻易不敢往床底下张望,上床睡觉时两只脚也不敢垂在床沿往下耷拉,生怕神的手会伸出来摸摸我的小脚。直到出花园这天,我才得知,原来婆神还承担着操带婴孩的重任,我之所以能好好地活到十五岁出花园,全靠她的庇护呐。母亲对此深信不疑,因为在她看来,要顺顺利利地带大六个儿女,没有神的保佑是做不到的事情。只有出了花园,才不再需要婆神保护了,于是要和她拜别,感谢她十五年来的照顾之恩。事后我曾想,这婆神的来历虽然蹊跷,据说是一位被富足人家收留的乞丐婆化身而成,但细究起来,那不正是为母者的化身吗?

别过婆神,敬过三牲果品,烧了银锭香烛,又拜过天地父母、灶君等厝内供奉的所有神祇,这出花园的礼仪算告一段落,至少三叩九谢过了,接下来的事情才轮到"花儿"本身。

我对此充满期待，当然是对吃的充满期待，十二瓯菜呢，满满地挤在敞口的大竹箕里，包括那个必须要吃掉的公鸡头，我每样菜都得吃一点。从来没吃过这么丰盛的早餐，无论是此前还是往后，估计都是绝无仅有的一次，就发生在我出花园这天的清晨。抬头一看，外面天刚亮起来，天井里铺满银灰色的晨光，像是涂了层鸡蛋清，厅堂门槛前周正地摆放着一张木凳子。吃饱之后，我必须头也不回地跨过它，大力打开门楼的柴门，寓意"开门开窍"，然后穿着那双笨重的木屐出门，足足绕村子走一圈，才能返回厝内。

在此之前，我们已经约好了在巷口的榕树下会合，先到一步的是罗一枪，陈静先姗姗来迟，没木屐穿，他兴趣不大，眼角处还残留着未洗干净的眼眵子。陈静先很少有那么不修边幅过，他是我们当中最爱干净的，上小学开始，他就习惯了刷牙。他们全家都喜欢刷牙，一大早，总能看见他们一家子轮流蹲在巷子口，一口白色的泡沫，很有仪式感。陈静先还喜欢往头发里抹摩丝，无论是四六开还是中界头，泡沫状的白色摩丝都能硬邦邦地帮忙定形一整天，晚上睡觉时，如果不洗头，头发还会把自己给扎了。我和罗一枪都抹过陈静先的摩丝，只是偶尔几次，那玩意当时还比较稀罕。

一个人太干净了就会有距离感，陈静先就给了我这样的感觉。他爱穿白色衬衫，大多时候，为保持身上的干净，好多事情他都不参与；我们一般也不敢往他身上靠，怕弄脏了他的白衬衫。距离感就是这么一点一滴积累起来的吧。若干年后，如果回忆起陈静先的形象，大概就犹如一截白色的粉笔站在阳光下，浑身泛着刺眼的白光。

不过那天，我们终于看见了陈静先耷拉着毛发、满脸倦容的模样。他当然不止一次以那种形象出现过，就算再爱干净、再顾着自己的形象,也不可能在别人面前一直保持固有的姿态而没有任何闪失。只是那天是我们三人重要而特别的日子,或者说是严肃庄严的时刻,不能马虎,否则会影响往后的时运。陈静先却以一种无所谓的姿态出现,确实有点出乎我的意料。我不知道罗一枪怎么想,他可能根本就不在乎陈静先怎么样,甚至连我都不怎么在意了,他那时满脑子想的,可能只有郑昕,《天若有情》的"吴倩莲"。

村子虽小,绕一圈却不是轻易的事。天还没亮透,狗跟在我们屁股后面吠叫,屋舍和田野都似乎淹没在被水稀释过的晨霭中。从村口起步,绕过后壁坡,往东,过了八仙宫,接着朝北,穿过茂盛的荔枝林,就可以看见长满水浮莲的湖潭了,顺着湖潭出来的大军河往下走,两岸都是田野。那段路极不好走,随时都有可能陷进泥淖当中,连木屐都找不着了。不过那也就意味着旅途终于结束。大多数出花园的村人,我们的那些兄辈,都是过了田野,就开始在巷口的水塘里洗脚洗手,趁着太阳初升的晨曦,就算礼毕,可以回家了。

我们在出花园这天,却没有遵循古训,完完全全绕村子一圈。起因并不复杂,一则是穿木屐走路实在是太累人,也不知道祖先定下这样的规矩是为了证明什么,证明成长的道路漫长而坎坷,脚穿木屐犹如戴着镣铐,意味着是一段艰苦的旅程?这么看来,我们提早结束旅程确实有些寓意不妙,当时却没觉出有什么不妥,反倒因为一致同意了某个决定而显得异常兴奋。我们过了八仙宫,路过荔枝林时,先是被硕果累累的荔枝给牵住了脚步。正好是荔枝最甜最红的时节,林子里搭着守园寮,不时有狗声和手电筒照过林梢的光束。我们不敢偷摘荔枝,不知道人家喷药了没有。那些年,时常有小孩因为吃了喷药荔枝而丧命,我们可不能在出花园的日子里去冒那样的险。

不过荔枝确实诱人，尤其是经过一夜露水的滋润后。

是罗一枪先提的话头，"想吃荔枝吗？"

想当然是想，只是……

看着我和陈静先犹豫的表情，罗一枪明白了，他接着说："去郑厝庄吧，郑昕家就住在荔枝园里。"

我问："你怎知？"

罗一枪说："她告诉我的，她还叫我有时间去她厝内吃荔枝。"

前半句我是信了，后半句多半是罗一枪吹的。不过，我倒是明白了罗一枪的意图，我们当时正好处在离郑厝庄最近的位置上。也就是说，只要我们穿过眼前这片荔枝林，再过一条土坝，就是郑厝庄的地界了。

郑昕是郑厝庄人，郑厝庄和我们算是隔壁村。我对郑厝庄并不熟悉，记忆中就跟随母亲去过一两次。郑厝庄有磨坊，母亲去买红薯粉回家做薯粉丸。薯粉丸倒是好吃，除此之外，我对郑厝庄的印象则是，这个村庄几乎隐蔽在一片蔽天盖日的荔枝林当中，轻易不见天日。如果有人从高处看，大概能看见一股绿色的洪流自海岬山奔涌而下，其间就淹没了山脚下的几个村庄，包括郑厝庄，过了郑厝庄，因为有省道横亘而过，像是洪流被拦腰截断了。我们湖村正好位于绿色洪流的末端，一半隐蔽在荔枝林间，一半视野开阔，面向省道，占了一个出行便捷的好位置。

一到四月，米黄色的荔枝花就开满枝头，重重叠叠，浪涛一般，把郑厝庄装饰得起伏波动，像是落了几夜大雪。我们省尾国角，从没见过雪，却喜欢往雪景上联想。荔枝开花，仿佛也是在一夜之间的事，花香引来成群结队的蜜蜂，养蜂人就开始在林间忙碌了。养蜂人就像流浪汉，他们开着破旧的皮卡车,每年都会如期进场,据说是揭城那边的人,说话的口音比我们稍轻,不过要绕得多,一句话总要带个尾音,听起来显得很有礼貌。养蜂人来之前,总得要拜会一下村主任,给村主任带上两罐蜂蜜,算是开了通行证。所以每年陈静先总能吃到最新鲜的蜂蜜。外乡人分不清湖村和郑厝庄,以为郑厝庄的荔枝林也属于湖村,有一年,还因此闹过矛盾。郑厝庄曾扬言不让我们湖村人走进他们荔枝林一步,这当然有可能是以讹传讹的谣言,是湖村人怕自家小孩偷摘人家荔枝而编排出来吓唬人的话。我们却信以为真,有一回跟着养蜂人误闯进了郑厝庄地界的荔枝林,那时荔枝还没结果,遗留在林间的守园寮有些破旧,空无一人。我们爬上守园寮,把那当作打牌玩耍的庇护之所。确实,荔枝林进不去阳光和雨水,那些花团把树叶的缝隙都给填满了。我们一天玩耍下来,每人的头顶几乎都是白花花的一片,缀满了朵朵细碎的荔枝花。荔枝花大规模掉落时,则证明荔枝树已经开始结籽了。倒不是每一朵掉落的白花都能结出一颗荔枝,十朵能结出一颗,那也意味着大丰收了。因为人为的破坏,花朵提早掉落,就会大大影响荔枝结果。我们的恶作剧还是让巡园的郑厝庄人发现了,他抡着锄头追赶我们,慌乱逃脱中,又撞落了无数花朵。自那起,我没再敢靠近郑厝庄一步。

我一直觉得,扇背人所谓的出花园,出的应该就是荔枝园。

我们在出花园这天,却偏往果园里钻,一串串红彤彤压倒枝头的荔枝就垂在道路的两旁,我们硬是忍住了去采摘的欲望。一直到进了郑昕家的果园,才开始大声说话。大声说话是为了表达自己是来客的意思。罗一枪看样子来过了,可能还不止一回,临放暑假那些日子,他时不时都要载上郑昕一回,在学校也算是公开的秘密。郑昕总是出了校门口才敢上罗一枪的黑色嘉陵，估计回家时，也是在果园门口，就下来了。真正去郑昕家里，估计罗一枪是头一回。不过他不紧张，有我和陈静先做伴，那就是一次同学间的相互走动，算不得是什么要紧的事情。我反倒有些紧张，我紧张不是因为郑昕，而是眼前这片果园不正是我们当年捣乱过的地方吗？那个抡着锄头追赶我们的男人，该不会就是郑昕厝内什么人吧。

我的猜疑果然应验了，那个被我们气得直跺脚的男人，正是郑昕的父亲。

这事足够赶巧，却也是意料之中。不过嘛，还好，大伙似乎都忘了当年的事情。郑昕的父亲没认出我们，我们自然不会贱到去承认过错——也谈不上是多大的错。郑伯伯对我们的到来表示欢迎，这点他比郑昕表现得还要大方。他为我们泡了茶，还亲自摘了不少荔枝，挑的是又大又红的糯米糍，一个劲地催我们吃。我都有点怀疑他就是那个抡锄头的人了，却也毋庸置疑，我记得他有一条腿跛得很厉害，否则不会追不上几个小屁孩。他的腿自然还是跛着，一条腿长一条腿短，长的那条腿迈出去时，短的那条腿得在地上拖上一小段。我观察得很仔细。我从小就喜欢观察人。

郑昕对于我们大清早突然而至显得有些慌乱，她没穿校服的样子确实要好看一些，上身是带花边的女式衬衣，加一条运动短裤，露出了两条长腿，很白。她赤着脚，我们到来时，她刚好在园子里给九层塔浇水。菜园子后是一座新起的房子，红瓦白墙，挺洁净。当年我们玩耍过的守园寮已经拆掉了。郑厝庄人习惯把家搬到荔枝园里来，既可守园，又可住家，反正一家的生计也靠荔枝维持，干脆就住到果林间。这样一来，全村住户几乎都散落在绿林之中。

我跟郑昕说了我们出花园的事，郑昕很惊讶，她比我们大一岁，她的"花园"一年前就出了。她突然对出花园这个话题很感兴趣，一边忙着为我们做擂茶，一边不停地找我和陈静先聊天。我想她是故意冷落罗一枪，他们配合得天衣无缝，两人像是事先就商量好了的，心照不宣——罗一枪故意和郑伯伯坐一块，他们聊起了农活和墒情，一套一套的，从养荔枝聊到种沙参，颇有相见恨晚的意思了。

郑昕做的擂茶加了苦丁，末了再撒上一些九层塔，味道美极了。

出花园那天我吃了十二大瓯，吃了什么都给忘了，倒是那带着苦丁和九层塔味道的擂茶，至今还弥留在味蕾的记忆里。

9

罗一枪隔三岔五把郑昕带回家，他们的关系在同学的基础上进了一步，又没到确立恋爱关系的地步，至少我没见过他们有任何亲昵举动，至于郑昕身上穿的胸罩是不是罗一枪送的，这我就不知道了。一般情况下，只要是有我和陈静先在场，郑昕总会故意和罗一枪疏远。很显然，他们之间还隔着一层没捅破的纸，我希望那层纸能保持得久远一些。这有我自私的想法在作祟，因为，只要郑昕一出现，罗一枪就免不了邀上我和陈静先，似乎不那么做，他们就没理由在一起了。

我们也不知道干什么好，尤其是身边多了个女同学，某种程度上限制了我们的想象力。多数时候就是在罗一枪厝内听歌。那时罗一枪很痴迷香港的 beyond 乐队，他的音响经过一番改进，效果更好了，低音能把屋子震得掉沙子。我担心，那么下去，他家的瓦房迟早会被震垮。

去扇背镇倒是我们热衷的事情，通常是晚上。白天的街市赤裸裸，忘不了曾经推着车行走的阴影；晚上就不一样了，镇上灯火再通亮，也照不清楚骨子里的窘态。也许只有我有这种焦虑，每次进城，罗一枪还故意把摩托车开得急凶凶的，喇叭摁着不放，路人纷纷避让。我和陈静先坐后座，郑昕侧身坐在油鼓上，那样看起来，像是被罗一枪抱在怀里，如果这是他们之间默认的亲昵之举，也是建立在某种无可奈何的情形下，不至于引起多大的尴尬。

仅仅是为了能把郑昕"抱"在怀里，罗一枪都比我们更热衷于逛夜市。去镇上总得花钱，罗一枪恨不得是个有钱人的强烈欲望，大概就是从那时候开始在身体里熊熊燃烧。过于高级的场所我们玩不了，比如电脑城。我们一成不变的路线是从东宫码头开始，沿着海滨路绕小镇半圈，在路的尽头如果跨桥过海湾，就是陈静先的叔叔陈志军的住所。我们当然不会去找陈志军，顶多就是靠着海岸，停车眺望一会银光闪闪的盐埋，以及远处渔船的星点火光，海风带着浓烈的鱼腥味，闻起来却有一种浸入肺部的清凉感。沿着海岸，左转直奔六角头，那儿倒是有个好去处，是小镇人集聚吃冷饮的地方，一到夏日之夜，便热闹得像是镇上人集体开的大"趴体"。

六角头冷饮摊位于小树林里，露天，面海；树是高大的木麻黄，树与树之间拉着彩色闪灯，地上铺着松针一样的树芒，厚厚一层；中间的空地权当是舞台，音乐响起，会有人上去跳交谊舞；四周摆着藤条桌椅，人们喝着冰冻的饮料和啤酒，沐海风，听音乐，也只有小镇人民才会以如此惬意的姿态度过闷热的夏夜。

"等我别日有钱了，天天请你们吃冷饮。"

罗一枪这么说，算是夸下了海口。这说明我们确实连冷饮都消费不起，偶尔的一两次，也是吃得紧紧巴巴，每人就点了一杯冰冻饮料，另加一盘花生米、一盘鱿鱼丝、一盘炒田螺，真要使劲吃起来，其实还不够一个人的量。当然冷饮不是为了填饱肚子，只是跟邻桌的丰盛和热闹比起来，我们安静地躲在一角，一根鱿鱼丝在嘴里嚼半天硬是不敢吞得太快的小气模样，确实还是暴露了乡下人的窘态。

罗一枪又不是轻易认输的人，这样一来，在冷饮摊上出点小事是迟早的事。只是我不曾料想事情会那么糟糕，简直超过了我们所能承受的范围。

事情起因于一瓶啤酒。

罗一枪突然想喝酒。他不是第一次喝酒，只是冷饮摊的酒贵得离谱，一瓶的钱都够我们在村里喝一晚上了。罗一枪想喝酒不是酒瘾犯了，他还谈不上有酒瘾，他父亲倒是因为喝酒手脚像帕金森一样摆动了。说起来也是一时冲动。我们吃到一半时，邻桌来了几个年轻人，看样子年纪和我们差不多，应该也是学生，可以断定不是扇背二中的，二中的人即使不同年级，我们也认得。既然不是二中，那就是一中，扇背镇就这么两所中学。同样是扇背镇的中学，一中和二中却有天壤之别，说白了就是城区和乡下的区别。这么一来，一中瞧不起二中，也是理所当然的事情。一般情况下，我们能躲就躲，躲不起了也惹不起。气氛一下子变得有些压抑，压抑一方面来自主观上的自卑情绪，另一方面，我们遇到的确实不是什么善辈，这点从他们的穿着举止就知道，其中的领头人还故意朝我们桌面探头张望，瞧我们吃得那么可怜，又意味深长地看了郑昕一眼。我们吃得可怜没有什么值得谴责的，问题是有郑昕在场，那么美丽的女孩子，竟然也跟着我们可怜。这在他们看来，简直就不可原谅了。我想，事情就是这样埋下了隐患，如若能忍一忍，尽早离开,也不会发生后面的事情。问题是,罗一枪忍不了,那人瞪眼看的是郑昕,是他的女朋友,至少在他心里已经认定了。

罗一枪起身,招手叫来服务员。

"还需要乜嘢?"服务员对我们大概也充满鄙视,连菜单都舍不得展示。

"来瓶啤酒。"罗一枪点了一根烟,他故作的姿态有些急切。

"就一瓶吗?"服务员看着我们。

还没等罗一枪说话,邻桌几人嘿嘿地笑了起来。

罗一枪不说话了,我察觉到他夹烟的手指已经在发抖。

邻桌领头的人突然把服务员叫了过去。

"给我们来一打,对了,顺带送他们一支。"

他们又哈哈笑成一团。

"还有,再给那位靓妹上一盘田螺,姿娘仔嘛,就要多吸田螺。"

罗一枪霍地站了起来。服务员连忙退出几步,她意识到气氛不对了。

郑昕连忙拉住罗一枪的衣袖,示意他坐下,我和陈静先小声说,"算了,走吧。"

罗一枪倒是又坐了下去,不过却对服务员吼道,"一瓶啤酒,没听到吗?"

服务员朝罗一枪白了一眼,正要走开,被陈静先喊住了,陈静先说,"免了,免了,别听他的,我们不喝酒。"

邻桌有人笑着问:"你们是二中的吧?"

"二中的怎么啦?"罗一枪又站了起来。这下郑昕怎么也拉他不住了,只见他抡起屁股底下的竹凳子,一把砸在了邻桌的桌面上,他故意避开了人,可见还是有所保留。邻桌有四人,便愤然扑了过来。紧接着一阵噼里啪啦,我们两帮人扭打在了一起,一边是吓破了胆的郑昕撕心裂肺的喊叫,往外是一圈看热闹的人,人越来越多,却没人敢上前劝架。

我一时蒙了头,只感觉胸口被人擂了几拳,接着又被人撞倒在地,被大脚踹了几下。奇怪的是我一点都不感觉疼痛。耳边听到罗一枪杀猪一般的吼叫:

"冲我来啊,有本事冲我来——"

他们真的拥到了罗一枪身上,几人打他一个。

"看你跩,看你跩,知道这是谁的地盘吗?"他们一边打,一边吼叫。

我和陈静先都吓坏了,不敢动弹,第一次碰到这么危急的场面。倒是郑昕哭着在后面拉扯着他们的衣服,求他们别打啦。几人打过一阵,中场还停下来休息一会,准备接着打时,老板过来了,看样子和他们是熟人。老板说,算了,别出人命,小屁孩一个。他们这才甩甩手、骂骂咧咧地要离开。我们上前去扶罗一枪,看他瘫软在地的样子,以为他死了,顿时哭成一堆。突然,罗一枪清醒了过来,像是被人掐了人中。他一跃而起,甩开我们,撒腿奔向他的黑色嘉陵,再朝着那几人扑了过去。这期间,所有人都看着罗一枪,却没有一个人出声,似乎都来不及反应,包括打人的几个,他们也眼睁睁看着罗一枪奔向嘉陵摩托,再奔到他们跟前——等人们开始反应过来时,一把长柄螺丝刀已经插在那个领头人的肚子上了。那人甚至还没意识到身体多了一样东西,隔了好大一会,才发出一声惨叫——他捧着肚子,血水染红了他的下半身。

罗一枪随车带着的螺丝刀,除了修车,又赋予了另一种用途。

罗一枪疯了一般，意犹未尽，丝毫没意识到闯了大祸。他大喊大叫："有种来找我报仇，我是扇背二中的罗一枪，甫恁阿母。"

人群一阵混乱，对方正要抄家伙时，罗一枪已经踩着了摩托车，原地掉转车头，摩托车在落满树芭的地上划出一道潇洒的弧线——我们也配合默契，三两下就跳上了车。罗一枪一把油门拧到底，黑色嘉陵都快飞起来了。风呼呼地扑打在脸上，我感觉脸上凉凉的，用手一抹，湿湿的，都是血。

一路无话，回到了村上，我们没敢进村，个个惊魂甫定，只好躲进三山国王庙，借着庙里的水油灯，整理衣裳，擦拭血迹。

半天，罗一枪才说："丢了一把螺丝刀。"

他本想用这话惹我们笑，我们哪里笑得出来。郑昕还在轻声抽泣。天气闷热难耐，吹了一路大风，一停下还是满身大汗。天地间银亮一片，不见月亮，村子里的狗一声接着一声吠开了，仿佛也知道我们闯了祸。

又过了一会，陈静先问："那人会不会死啊？"

这话像巨石一样压了下来，我连喘气都感觉困难。

我们责怪罗一枪当时不该报上学校和自己的名字。

罗一枪说："怕乜个，大不了吃鎏金橄榄籽。"

罗一枪当然没死，这么看来，那人应该也没死。只是现在想来，那事确实发生得有些诡异。不应该就那么不了了之啊。也许是我的记忆发生了差错。

10

大概真是我的记忆出了差错。

往后许多年,无论是罗一枪,还是陈静先,都为我提供了另一种版本。

"那把刀一直插在我的胸口上呢,我怎么可能会记错?"

照罗一枪的说法,那天晚上我们四人在镇郊吃冷饮,和风习习,悠闲惬意。其间罗一枪点了一瓶啤酒,服务员把啤酒端过来时,却被邻桌几个染了头发的青年拦下了,啤酒也就归了他们。本来这都不算什么事,不就一瓶啤酒嘛,又不是谁抢先就能白喝。罗一枪却不干了,他觉得受了辱。

罗一枪喊住服务员:"我的啤酒呢?"

服务员说:"马上到。"

罗一枪说:"我就要刚才那瓶,那是我点的啤酒。"

郑昕伸手拉了罗一枪一把,小声说:"算了。"

这时邻桌的青年笑了起来,其中一个拎着啤酒起身,移步到我们桌边,把啤酒瓶啪的一声蹾在罗一枪面前,"兄弟,酒瘾这么大啊?哥请你。"

然后我们就打成了一团。

打架这事,我和陈静先全无经验,几个回合下来,就被人踢到了一边。罗一枪当然比我们经打得多,不过也寡不敌众,被他们几个逼在了角落里,一顿乱揍。郑昕拉扯着他们的衣服,求他们别打了。罗一枪倒是闷不吭声,突然喊出一句:"他们有刀——"围观的人群轰然而散,只留下罗一枪一人趴在地上。我们上前去看,以为他死了。郑昕抱住罗一枪——半天,罗一枪才喊出一声:妈呀,痛啊。

罗一枪推开郑昕紧抱的双手,又喊了一声:痛。郑昕低头一看,发现双手全染了血,再去看罗一枪,也全身是血。这才知道,罗一枪的胸口上插着一把刀。那把银色的匕首,就那样明晃晃地斜插进罗一枪的胸口,像是从胸口处长出来的一根肋骨，血水顺着刀口汩汩往外冒。

郑昕哇的一声哭了。

之后罗一枪在扇背镇人民医院躺了一个礼拜——关于罗一枪住院，我倒是有印象，不过在我的记忆里似乎是源于一起交通事故。总之，我和罗一枪的记忆产生了分歧。

罗一枪住院期间，郑昕一直在他身边照顾。我和陈静先时不时上去看看，陪他们说话。现在回忆起来，那段时间，其实还挺开心，至少他和郑昕开始单独在一起了。

罗大炮特意从深圳回来了。罗大炮依然喋喋不休香港回归的事，仿佛他不是回来看望弟弟，而是回来跟我们分享回归的喜悦。他问我们7月1号那天是否看了电视直播，当国歌响起，中国人民解放军郑重地把国旗升上香港的天空时，他几乎热泪盈眶。我听得也快哭了，电视直播我们在陈静先家的14英寸小彩电上看过，因为画面布满了"雪花"没坚持看完，被罗大炮这么一说，我们还挺后悔，似乎错过了一次激动人心、见证历史的时刻。我转而说起学校举办庆祝晚会的事，特意提到罗一枪和郑昕合作演唱了一曲《追梦人》。罗大炮对我们表示失望，他认为《追梦人》是首老掉牙的歌曲，我们应该多听听新歌，比如任贤齐的《心太软》。一直到罗一枪出院，罗大炮返深，罗大炮都没问罗一枪的胸口怎么会无端端插上一把刀，在他看来，那仿佛是件稀松平常的事情，如同小孩摔了一跤——毕竟是去过大地方的人，见识果然非凡。

罗一枪出院后，就和郑昕确定了恋爱关系，他们开始毫不顾忌地走在一起，双方家长都默认了他们的关系。我甚至怀疑他们都睡过觉了，当然只是怀疑。罗一枪夜里去找郑昕不再躲躲闪闪，是直接把黑色嘉陵开到她家门口，熄火下车，像是回自个家。郑伯也把罗一枪当自家人看待，摘荔枝时，还让罗一枪过去帮了好几天忙。罗一枪干得可起劲了，半句怨言也没有。

11

最早的外省女人是老猴带回来的。

老猴有小半年似乎行踪飘忽，可能是我们没再把注意力放在他身上，好长时间没见他在池边洗面包车了。后来才知道，老猴找到了一个赚钱的好门路，他把原先海鲜店的工作辞了。老板不是他战友嘛，出于照顾，连同面包车一并送了他。

老猴第一次从外地带回来的女人有三个，塞在他的面包车里，她们一个个从车里下来并被赶进屋时，村里没有一个人目睹现场。当时是深夜，除了狗吠，湖村一点动静都没有。然而很快，就有人听到了女孩的哭声，那个凄惨，据说听到的人还以为是哪家死了人，第二天却没见巷口有人搭丧棚。村里的事能过第一夜，怎么也过不了第二夜，就是说，从第二天开始，人们就传开了，一个传一人，一家传一家，不到半天时间，全村人就都知道老猴当起了人贩子。这人贩子跟之前既定的概念还有区别，以前人贩子贩的是小孩，村里多年前就有一对双胞胎在省道边上被人顺手拐了，十多年了，如果还活着，大概和我们一般大小；老猴贩的不是小孩，是活生生的大姑娘。这就新鲜了，那么大的姑娘能乖乖地被老猴拐走？老猴这么大本事？她们还都来自外省，四川、湖南，或者贵州、云南，不会说我们的话，也从没有踏进过扇背镇一步。可是，因为和老猴搭上了关系，她们就一辈子都休想离开这里了。

真是可怜的人啊！村里有人哀叹，旋即又想，厝内不是还有一个残疾儿子娶不到老婆吗？眼下莫不是个好时机？于是匆匆忙忙去找老猴问价钱,老猴摆摆手说:"迟了,早就卖掉了,人家是预定的,你家要是想要,得先交定金两千,下批再给带;不过丑话说在前头,我老猴不敢保证一定有货,就算有货,送你家里了,也不能保证她们就乖乖地不跑路……"

这生意做起来倒是不吃亏,一本万利呐。然而还真有几户人家偷偷预付了定金,眼巴巴等着老猴的面包车再次从外地驶回来。

老猴时不时外出,少则三五天,多则半个月,也不是每次都能如愿带回他所谓的"货色"。空车而归,对于买卖双方都不是好事,提前交了钱的人家,可以一连几天都窝在老猴家门口,一则是等着他们的"儿媳"或者"老婆",二来也担心老猴万一收了钱跑路,他们得守住老猴的家。老猴的房子新起不久,厝内还有不少值钱物件,电视、音响什么的,可以换点钱回本。那些天天守在老猴家门的既有我们村里的,也有其他村里的,他们慕名而来,都说老猴这人本事大,在他这能买老婆,虽然不便宜,不过对于鳏夫光棍、痴傻残疾的人而言,简直就是福音啊!再多的钱也得凑够了,亲手奉上,求他帮帮忙,长得怎么样不相干,关键得会生儿子。老猴呢,胆子心细,他知道这行当的危险,人怕出名猪怕壮,何况一个人贩子。所以,对于一些外乡人的到来,如果不是熟人介绍,老猴一概拒绝收受定金,甚至还三缄其口,否认有什么门路,声称自己只是海鲜城的拉货司机,要是有谁敢乱说话他可对人不客气。

老猴的家人呢?我不太清楚他的家人对此事的态度。不过也听说过一些消息,据说老猴和他老婆早就感情破裂,却还不至于离婚。在我们扇背镇,除非是迫不得已,没人会选择离婚,离婚是一种羞耻,一种堕落,是人生的污点,尤其对于女人而言。老猴的女人为老猴生下一对子女后，才发现老猴因为在镇上工作，交友甚广，三教九流，什么人都有，整天吃喝嫖赌，出了名的好色，唯独就不想再碰自己的女人。这些话不见得都是他家人说出来的，却已经是湖村公开的秘密。人们看老猴平时的做派，也能猜出传言八九不离十。平时村里要是来一个陌生女人，他都能跟着看半天，看了脸蛋看胸脯看了胸脯看屁股。有一回老猴也这么看过郑昕，罗一枪瞪了他一眼，两人就差点骂起来。如今再加上老猴做上了这样的勾当，那些拐回来的外省女孩在卖出去之前，哪一个不是先被他糟蹋了的。女孩们凄厉的惨叫，时不时响彻湖村夜空，村人多一事不如少一事，装作没听见。

那些日子，老猴家里的热闹远胜过了陈四九家，各色人等，也不全是来买女人的。他们更多是老猴的同伙，酒肉兄弟，个个开着太子摩托、小汽车。老猴为了巴结他们，壮其声势，还得请他们睡刚带回来的女人，在某些隐秘的场所——后来他把拐回来的女人都关在湖潭边上的一处弃屋，门窗都加了锁，没事他们一大伙人就在那守着，吃酒打牌，谁想玩了就开门进屋。听说，当然只是听说，某个晚上，有个女孩徒手扯掉了窗户，偷偷溜了出来，不过很快就被他们察觉了，包抄过程中，女孩走投无路，跳进漂满水浮莲的湖潭，淹死了，尸首被埋在哪，也没人知道。别看我们村里人动不动就打骂抄家伙，真遇到事情了，谁都怕祸事临门，都装聋作哑起来；这事又碍不着谁，某种意义上还算是做了"善事"。似乎就没谁阻止老猴日渐红了眼的疯狂，包括他的家人——他的家人不见得会阻止，如今老猴跑一趟来回，估计比之前一年赚的钱还要多。

老猴不是我们那第一个干这行的人，自然也不是唯一一个。他的办法却要比其他同行高明得多。这些我是后来才知道的,是罗大炮告诉我们的。罗大炮非亲眼所见,他也是听人说的——事情不都是这样嘛,听来听去,即便有出入,大致还是那个样子。

据说,老猴频繁抵达的外地,其实就是深圳,具体是深圳关外,西乡福永一带。扇背镇离深圳不算远,三百公里不到,以前只能跑低速,去一趟得开一天车。深汕高速开通后,来回一趟才要一天。老猴正好碰上这个当口,他第一次开小面包上高速去深圳时,充当的其实只是一个兼职的运货司机,为他介绍上线的头家已经跟他说清楚了,运的货不是真的货,而是人。老猴一路战战兢兢,恨不得面包车能插了翅膀飞回家。几次过后,老猴就泰然自若了,仿佛后车厢里拉的真的就是货物,跟他平常往返东宫码头拉海鲜并无差异。与此同时,他还产生了大胆的想法——这事似乎可以单干。他听说过上线是如何把那些打工妹掳到手的,在阴森的巷子里直接一拳打晕,或者强行拉上车,声称是出走多年的妻子……办法很多,层出不穷。老猴能想出更好的办法,轻巧一点的,不用那么费劲,说白了,就是他一个人也能完成的骗局。老猴特意在深圳街头观察了半个月,吃住都在他的面包车里,在广场旁边,工业城门口,或者在修筑当中的大道两侧,天桥下,城中村的菜市场……他发现成群结队的外省女人绝大多数来自农村,她们怯懦、单纯,尤其是初来者,人生地不熟,最迫切的想法就是找个安身工作的地方,只要稍微花点心思,她们就会上当受骗,用不着使上蛮力。于是,老猴花了点钱,请人把面包车扮成企业宣传车的样子,并显眼地打出"高薪招聘"的字眼,什么工都招,普工、技术工、储干、QA、QC、IPQC,包吃包住,底薪五百,有全勤,年底还发奖金……怎么吸引人怎么写。老猴又买了套西装,装扮成企业人事经理的模样,开着面包车,大摇大摆就上街"招聘"去了。

村里突然多了不少外省女人，好长时间，我却连个人影也没见着。老猴通常选择在深夜才回来，他拉回了多少女孩，谁也不清楚，再说都关在湖边的小黑屋里，不是买家根本见不着她们；就算是买家，也不能由着你挑。他们好像还定了什么规矩，按价格把女人分成上中下几个等级，最贵的当然是最年轻貌美的，据说还有高中生和大学生呢。湖边那块地方于是成了是非之地，事不关己的都不敢靠近半步。我们都被大人告诫过，没事别瞎跑。就算是村里有人买了外省女人做老婆，暂时也不敢放她们出来巷子溜达，还是得关着，甚至上了锁，吃饭时解开，睡觉时再解开——有一个痴傻仔不知道怎么睡女人，大半夜父母还得站床边帮忙，女人在床上挣扎，父亲负责摁住人，母亲负责给儿子找对入口。

我当时少不更事，没事喜欢满巷子跑，故意经过那些人家的门楼口，就想看看她们陌生的身影。实在不行，听听她们的声音也好，据说她们都说普通话——普通话多难啊，连李阅国都说不利索。我期待与某一个外省女孩认识，可以说说话，用我那半生不熟的普通话跟她聊天。我并没有什么见不得人的目的，只是觉得好奇，想跟来自远方的人做朋友。如果她们能忘记自己身处的境地更好，那样就不用绝望和悲伤。我想，至少我是友善的，我同情她们，尽管还没见过面。别人都声称听过她们的叫喊，我因为睡得沉没听过。有时我故意醒着，等着等着，又睡着了。于是，睡梦中，我化身成了英勇的武士，和电影里一样——我来到湖边的小黑屋，把老猴和他的同伙都揍得落花流水。我解救了她们，对她们说，你们想回去就回去吧，想留下来的也可以留下——其中一个女孩，她的容貌和身材当然是我臆想出来的，她竟然愿意留下来。她长得那么好看，比郑昕还好看，她一把抱住了我——我猛地从梦中醒来，感觉裤裆处黏糊糊的，伸手一摸，咦，沾了五指，像是鼻涕，放在鼻下一闻，是一股劣质的洗洁精味道。

我的第一次遗精，来得有点迟，况且还以那样不可告人的方式。我对谁都不敢讲起，那是我的耻辱。

12

罗一枪在他家院子里吊了一个沙袋，没事就喜欢捶两下，捶得手指的关节都脱了皮。沙袋是罗一枪自制的，他特意去面粉店讨了一个厚棉长布袋，装上晒干了的河底细沙，有上百斤重，再用粗绳吊在院子的檐枋上。白天见了还好，晚上要是遇见，会被吓一跳，还以为有人在他家门楼"望高"呢——扇背镇人管上吊叫望高。

我们三人当中，罗一枪尚武，陈静先文弱，我夹杂在他们中间，左右都沾一点。这从性格上一看就能准确分辨。只是我想不明白，罗一枪如此张扬地在自家院子里吊沙袋，背后应该不会没有原因——冷饮摊的打斗事件让他清楚地意识到，保护郑昕，是他余生不可推脱的职责。

我偶尔也去打几拳，刻意把沙袋想象成老猴，打得比罗一枪还狠。所以说，袭击黑屋子的想法，最早是我提出来的。当时只是一个念想，至于怎么个袭击法，还没想清楚。罗一枪当即表示同意，他还没报老猴上下打量过郑昕的猥亵之仇呢。记得陈静先当时也在场，他坐在一边看书，对于我的提议不置可否，他说："我爸交代过了，除了学习上的事，其他事一概不参与。"陈静先算是表明了态度。

陈静先的话让罗一枪动了气，他第一次以鄙夷的口气说话,"你爸该不会是收了老猴的钱了吧,老猴都明目张胆像卖畜生一样卖女人了,你爸也不管管,你爸的官是怎么当的啊?"

"你爸才收老猴的钱呢。"陈静先也急了,"有本事你去当啊。"

眼看他们就要吵起来了,我在中间做"公亲"。罗一枪软了下来,平时他对陈静先还是蛮敬重的,他降低语调,"要是我来当村主任,第一件事就是把老猴铐起来,让他吃鎏金橄榄籽。"

"等你当了再说吧。"陈静先嘀咕。

"阿玮,你说说看,你有乜嘢计划?"罗一枪转而问我。

我摆摆手,"还没想好。"

不过很快,有个想法就在我脑子里盘旋了。

罗一枪的"鎏金橄榄籽"给了我启发。鎏金橄榄籽就是子弹。湖村以东,八仙宫一带,很早以前是一片草木深茂的荒地。二十世纪八十年代严打时期,那块地是打靶场,有十几个刑事犯在那儿被枪毙。我们懂事后,传说那片荒地还能找到子弹壳。我们真去找了,踏在游荡着孤魂野鬼的草地上,几乎是一棵草一棵草地扒开来摸找。终于找到一枚,黑乎乎的,回家搓洗了大半天,才逐渐露出原来的铜黄色。那枚子弹壳的外形酷似小孩一把把揣在口袋里玩的橄榄籽,所以把它称作"鎏金橄榄籽"。

我悄悄跟罗一枪说:"我们要准备一些炮仗。"

当天夜里,罗一枪神神秘秘地把我叫到跟前,捧出一大堆炮仗,不知道这家伙从哪弄来的,估计跑了一趟街市。

"今晚就开始吧。"罗一枪很急切。

我却犹豫了,我说别急,先去湖边看下现场。我得安排好逃跑的路线,大路不行,得抄近路,那样才不容易被察觉。湖潭那块地方挺复杂，草木丛生，极容易掩护。如果我们足够迅速，应该不会被发现。再说，只要我们制造出来的效果达到了，老猴他们逃命都来不及，哪还有时间顾得上其他。

第二天，我们把路线规划好了，还分好了工——罗一枪开黑色嘉陵先在稍远处埋伏，荔枝林，或者草垛后面，总之，得离黑屋子远一些，摩托车原地空挡加油门时，聒噪的声响保证黑屋子里的人能听到；我呢，就顺着田间小路奔走，边跑边放炮仗，一颗一颗放，听起来才像是打枪的声音。我们配合得好，保证让黑屋子里的人一阵惊慌失措。鉴于我们的计划有一定的危险性，实施之前，必须严守秘密，哪怕是陈静先，他也只知道我们要袭击黑屋子，至于时间和方式，一概不知。

当天夜里，我和罗一枪潜到了湖边，近距离观察了黑屋子里的动静。白天我们不敢靠得太近，怕被人看见。在夜色的掩护下，胆子也大了许多。黑屋子里亮着灯火，有人在里面吃喝，间或地"噼里啪啦"，听声音是在打麻将。村子已经沉寂下来了，黑屋子的存在对于沉寂的村子来说，是突兀的存在。我们原路退回，按计划行事。

必须等到他们睡下了才能实施行动——等待可不好受，越等越心急如焚。我躺在两垄番薯中间的凹槽里，仰望着夜空。没有星星，也没有月亮，模糊的光亮似乎来自天边的缝隙，仿佛苍天真是一个锅盖，锅盖还盖不严密，漏了缝，把光给泄漏进来了。我偶尔爬进来，远远观察着黑屋子的动静，灯火依然亮着，湖面上映着灯光，安静得一点波纹也没有。不知什么时候，我竟然睡了过去，不过我敢确定，时间不会太久，迷糊一会，很快就被一声惊叫吓醒了。我立马爬了起来，看见黑屋子的火还亮着，女孩的惊叫确确实实是从那传出来的——终于让我听到了她们的声音，之前好多个夜晚，我一直没能等到。如今，真让我听到她们的叫声时，我却紧张得连站起来的力气都没有了。我能猜测出黑屋子里此刻正发生着什么。我该怎么办呢？是不是可以开始行动了？可是，我和罗一枪说好了的，黑屋子熄了灯才是行动的信号。来不及了，女孩的叫声越来越大，间或还有挨打的声响和男人们的呵斥。我哆哆嗦嗦拿出炮仗，无论如何，我得点燃它。火柴就揣在我的口袋里，大概是躺下去的时候，它滑出来了，摸了一会才摸到，感觉湿湿的，被露水染过。我擦了很久都没擦着，把火柴磷头放在嘴里哈气，再擦时，终于着了。

　　第一声炮仗响后，有那么十秒钟的时间，整个天地陷入一种可怕的阒静。

　　罗一枪久久没有回应我，他不会也睡着了吧？还是搞不清楚状况，不敢轻举妄动？

　　我急得跺脚，心里正骂着罗一枪，太笨了。

　　很快，罗一枪跟上来了，黑色嘉陵启动的声响，我可太熟悉了。

　　我继续点炮仗，还得让身体移动起来，有一颗炮仗，几乎就是在黑屋子上空炸开的，"砰"的一声，像是拉链一样一下子把黑夜的寂静拉开了。

　　黑色嘉陵的声响也越来越大，大帮人马真的朝湖边的方向包抄过来了。

　　"公安来啦——开枪啦——"

　　第一声喊叫在村子里响起，我不知道是谁。这第一声喊叫过后，整个村庄就醒过来了，喊叫的声音此起彼伏。

　　"公安来啦——开枪啦——"

　　然而谁也不敢轻易露面，屋外的"枪声"还在继续。黑屋子里的人已经乱了套，他们先是熄了火，黑暗中各自逃窜，有人还因此掉进了湖里，失声惊叫。

事后有一段时间，老猴都不敢回湖村，事发虽然有些蹊跷，他也不敢贸然回村，等风声过了再说。至于躲在厝内的湖村人，肯定相信当天晚上枪声的存在，每每说起还激动不已。罗一枪挺会来事，拿出之前我们在荒地上捡的子弹壳，声称那就是新近在村里捡到的，以此作为警察真的来过的佐证，至于为什么放了枪就不见人影没把老猴他们铐起来，谁知道呢？警察不都喜欢放长线钓大鱼吗？也是说不定的事。

13

暑假过后，开学没多久，我的旧病再次复发。这次可不是闹着玩了，肚子足足痛了五六天，几乎喝了一缸母亲熬的青草药水，连打嗝都是苦涩的味道。罗一枪和陈静先站我身边都能闻到草药味——草药成了我身体的一部分。"我不想再喝了，死了算了。"我跟母亲说。父亲坐在门口抽烟，他突然说："好啊，死了一了百了。"母亲走过去给了他一巴掌。父亲不还手，继续抽烟，抽得很凶，像是那烟刚才抽了他。几个弟妹站在一边，他们脏兮兮的，还什么都不懂。

罗一枪帮我给李阅国请了一个月的病假。李阅国问我得了什么病，罗一枪支支吾吾，说不清楚。他确实不清楚，我都不清楚，就连开青草药给我喝的翟先生，大概也是不清楚的。总之，没有谁知道我得了什么病，我没事时跟正常人没啥区别。不过，请一个月的病假，倒是罗一枪自作主张，他也是为我着想，觉得好不容易请假，干脆就请久一点。读书这事，对于罗一枪来说，还不如生病呢。他这么觉得，自然以为我也是这么觉得的。好吧，我也很懊恼，本以为出了花园，我的病会不治而愈——母亲也这么说过，她说一般的疑难杂症，看医生吃药都没好的话，就只能等十五岁出花园了，出了花园厄运就会过去，缠人的病就能不治而愈。看来，出花园对我而言已经失效。我不敢把出花园当天没有绕完村子走一圈中途拐道去了郑厝村这事告诉家人，否则我那迷信的母亲肯定会大呼小叫，"我就说嘛，肯定是哪儿出了差池。"说不定她又会去找算命先生看日子，让我一个人穿着红木屐再绕村子走一圈。我可不愿意那么干。

母亲还是坚持要翟先生给我开药。我赌气，说再也不喝了，打死也不喝了。我坚信翟先生治不好我的病，不但是他的青草药，就连翟先生那个人，我也从来没相信过。说实话，我挺讨厌他的，虽然作为一个乡间草药师，他在我们村里的声望还挺大。他不种田，就靠进山挖草药为生，他家院子里永远放着一把闪着寒光的铡药刀，以及铺满院子的草根药根，每次路过都能闻到一股浓烈的草药味。翟先生自己没事也老熬药喝，似乎也有什么久未根治的病症，谁知道呢，反正吃药对他而言就像每天喝粥。他算不上是医生，闲时也会帮人把脉看病，有治好了的也有没治好的。我猜没治好的居多，只是翟先生一般不主动向人要钱，人家给多少都无所谓，实在没钱，给包烟也算数。所以就算没治好，也没人找他计较。我家和翟先生有交情，起因是生产队时，我父亲作为保管员，曾在翟先生饥苦难耐时，偷偷塞给过他几斤番薯。这些些年，我喝翟先生的药水，基本都是白喝，他没敢收一分钱——对父亲而言，他肯定会感谢翟先生的知恩图报；对我而言，确实是"白喝"，因为一点效果也没有。翟先生没治好我的病，主要是医术问题，我不会因此怪罪于他。我对他印象不好，是源于他孤僻的生活方式。他带着一个痴傻的儿子生活，父母老早就去世了，听说老婆十年前跟一个收购苎麻的外乡人跑了,似乎连个近亲也没有。总之,在我们湖村,打我记事之日起,翟先生就独来独往,不苟言笑,对谁都不友善,也不和任何人家走动,当然除了我家。即便是我家,他一般也不上门,偶尔路过门口时,才会打声招呼。多数情况下,我们见不着他,一大早他就带着麻袋和短锄进山了,要好几天才能回来。他那痴傻的儿子就在村里,靠跟猫狗争食为生;回来了,翟先生就坐在院子里铡药晒药,轻易不出门。他一个月上一趟扇背镇,卖药,以及买生活用品。

母亲早上煮好糯米甜粥,要挑着去省道半路站卖早餐,那些拉客仔和半路下车的远路人喜欢吃她煮的甜粥,黄糖是去年新榨的甘蔗糖,闻着有一股甜腻腻的味道。卖完甜粥,母亲顺道去了一趟八仙宫,求了一签,签名叫"韩湘子上山吃斋",接着又上我二叔家求解。我二叔自称上晓天文下知地理,还谙熟各种历史戏传,虽然张冠李戴居多,不过每年正月和八月初八仙公生诞,他都要在八仙宫摆档坐镇,为临近或者远道而来的善男信女解签求符。他戴着黑框眼镜嘬着紫砂壶神秘莫测的样子的确能唬蒙不少人,厝内厅前"神机妙算""未卜先知"的红色锦旗都挂了满墙。二叔自己信不信他的信口胡扯我不知道,倒是一年在八仙宫赚的钱还真不少,时常还有外乡人千里迢迢闻名寻来,即便是我母亲过去求解,也得带上红包,否则二叔会支支吾吾,一个"好"字,或者"不好"两个字就把人打发了。

母亲回来跟我说,你二叔说了,韩湘子乃唐代文豪韩愈侄孙,天生慧骨,青兽化身,后来得道成仙;韩文公日后被贬潮州,翻越秦岭赴任之时,遭遇大雪,如若不是韩湘子施法相救,早死在了半道上——也就是说,我这人命可大了,死不了,况且从字面上看,他上山吃斋,寓意着我还得继续吃药,吃翟先生的药——再说这"斋"和"翟"谐音,八仙公也算是明示了。听了母亲的话,我还真服了二叔,为了劝我继续吃药,他算是费尽了心思。不过,二叔还说,我这病翟先生根治不了,倒是年底,会有贵人相助,韩湘子不是还得拜吕洞宾为师嘛,就是暂时不知道这贵人是谁。总之是个高人,就且静候贵人吧。

翟先生给我开的青草药治不了病,也喝不死人。我答应继续喝药,并遵二叔的嘱咐,期待年末贵人的出现。说到底,我只是可怜母亲。

14

罗一枪迷上练沙袋后,也在喝翟先生的草药,据说那样练拳才不至于伤身体。罗一枪从小就迷信这些奇奇怪怪的东西,他亲自跑翟先生家抓药。有一段时间,去得还挺频繁。罗一枪偶尔来看我,问我怎么样啦。我的病痛倒是有了好转,不过肯定不是因为喝了翟先生的药。我的病本来就是这样,说来就来说走就走,只是这次留得有些久。我请的假期还没过,却也不想去上学了,等假期到了再说,说不定哪天肚子又开始痛了。

有一天,罗一枪神秘地跟我说:"你知道吧,翟先生也买了一个外省女人。"

我吓一跳。翟先生是光棍不假,不过以他的性情,我还真没想过他会去老猴那买女人。

罗一枪继续说:"听说还是个大学生,今天去拿药时,我睇见了个背影。"

我一下子有些恶心,打嗝时,满嘴都是草药的味道。我真后悔继续喝翟先生的药水。事实上，让我敏感的是罗一枪所说的"大学生"，大学生在我眼里是十分遥远的事物。我想象不出来，一个大学生，一个女大学生，应该是什么样的装束和容貌，甚至于她的表情、眼神和谈吐……我急于想知道，又没勇气亲自去翟先生家走一趟。我寄希望于罗一枪，想从他嘴里得知更多关于她的信息。

我说："你还睇到了乜个？"

罗一枪笑着，想了一会，说："就那么一闪，她从门口走过，还端着个饭碗——我能确定是个女孩，年纪比我们大不了多少，大个几岁吧，我不太清楚。我也好奇，他家怎么会有女孩呢，我就笑着问他。他在院子里正给我抓药，我说，那女孩是你亲戚啊？他看了我一眼，不太愿意回答我，他还是说了，他说，乜个亲戚，花钱在老猴那买的。真贵，花了五千块钱呢。"

五千块钱真不是个小数目，不过翟先生花得起这钱。

看来翟先生可不是一般人，不像其他孤鳏的男人那样，风风火火，急急燎燎揣着钱就朝老猴家跑，生怕晚了一步就错过一次圩市似的——翟先生静观其变，表现出少有的淡定，或许在他眼里，一般的女孩，他还真看不上。他胸有成竹，相信好货沉底，也不是每个人都出得起老猴定的最高价。一开始，老猴给年轻的大学生定价八千，他差不多在黑屋子里养了大学生一个月，也没人买得起。多数人买老婆也挺理智，专挑老的丑的黑的壮的买，那样比较保险，更容易留住人，而且，还能干活，最主要的是生孩子——老婆嘛，那么好看干吗呢？

只有翟先生在等着老猴减价。翟先生深谙此理：一种货物在最初出现之时，由于其新鲜稀罕，货主总会故意抬高价位，赚取暴利，这时急于购买，就很容易上当受骗，花了冤枉钱。

翟先生和老猴打心理战,他认定老猴必须减价,怎么说也是高风险的"生意",搞不好锒铛入狱,他做不长久。确实,随着风声渐紧,老猴是萌生了退意,尤其是经过我和罗一枪制造的那次虚惊,他后来睡梦中都经常被吓醒。只要能把手头的女人都出手卖掉,老猴会用赚来的钱再谋一份干净的生意经营,他就能全身而退了。

就是在这时候,翟先生才揣着五千块钱走进了黑屋子。

翟先生志在必得。他笑着打趣:"老猴啊,最近发了横财啦。"

老猴见翟先生终于来了,心中一喜——他掰着指头算过了,村里就剩翟先生一个鳏夫,男人嘛,哪有不喜欢女人的,何况翟先生并不缺钱。老猴没表现出来,明知故问:"翟先生来,有事?"

翟先生说:"有事。没事哪敢往你这是非之地跑啊。"

老猴忙给翟先生递烟。

翟先生摆摆手,他没接烟,"我今天是帮你来了,这黑屋子以前是乜样的以后就还是乜样。"

老猴脸色一变,他明白翟先生的意思,不过他最后还想搏一搏。

"还是翟先生识货,咱们从小喝绿豆水都知道,绿豆可都往水下沉,好货都在后头。剩下这女孩,年轻漂亮,只要不是瞎子都能看出来,关键是,人家是个大学生,识字懂墨,你说值不值八千块钱?我要是没结婚,或者说我老婆不跟我闹的话,我早留下来自己用了。"

老猴说着拉住女孩的手,把她推到老猴面前。女孩神色黯然,脖子上还带有几道伤痕。

翟先生扑哧一笑:"大学生有个屁用,大学生有用的话,她还能等到今天?"

老猴说:"农村人,土,挑老婆还要掂重量,像买个猪仔似的,怕亏了,能懂得什么;翟先生你怎么能跟他们比呢?"

"老猴啊,就别跟我老人家说这些没用的虚话。你小子带回来的女人哪一个没被你先用过,还口口声声大学生,都不是处女了,大学生也就不值钱了,你以为人家真要大学生啊,不就是要个处女嘛。咱们就明摆着说吧,大家都是男人,铜锣也不用藏在衣袖里敲了。"

翟先生果然说到老猴的心里去了。老猴嘿嘿一笑,不敢反驳。

翟先生又说:"村里该买的都买了,你该赚的也都赚了,这最后一个算是你我相互帮衬,你不耽误我进山挖药,我也不耽误你寻别的门路发财。怎么样?"

老猴见翟先生亮出意图,心里其实已经打定主意了,不过他还是说:"你以为就我们湖村缺女人啊,除了湖村,还有郑厝庄、双塘村、北池、天湖呢。"

翟先生不慌不忙,"你以为他们还敢往你这来嘛,那晚的枪声又不是没人知道,多少把枪对着你?他们愿意陪着你死?"

这话果然把老猴给镇住了。老猴摆摆手,示意翟先生把门带上。

翟先生就那样用五千块钱把女大学生带回了家。

据目击者称,翟先生牵着女大学生往家走时,一前一后,像是父亲牵着女儿。他们从湖边黑屋子里出来,穿过秋天金黄的稻田,走过巷口,在榕树下站了一会。女大学生不知说了一句什么,翟先生就领着她到池边,看着她下池洗手洗脚。她还用并不干净的水洗了一把脸。时值傍晚,村里人有收工回家的,也有出来买菜的,看见翟先生领着一个外省女人徐步回家，身后还跟着他那傻不拉几的儿子。傻儿子黏糊糊的口水淌出一拃长，嘴里含糊着叫道：妈妈，妈妈，我有妈妈啦——

看见的人无不会心一笑。

有人路上遇见，问一声：买啦？翟先生点点头，沉着脸回答：买啦。

我越发觉得翟先生是个混蛋，甚至暗下决心，要是再肚子痛，就是痛死了也不吃翟先生的草药了。结果决心第一天刚横下，像是被体内缠着不放的病魔洞悉了，非要与我作对，第二天一早，我那该死的肚子就又开始痛了。忍了一天，我躺在床上翻来覆去，满身臭汗。我想我就要死了，叫还在地里玩泥巴的妹妹去喊母亲。妹妹没听懂，她刚一出门，就被猪圈里几头猪崽撞倒了，哭了半天。猪崽们一天没吃东西，实在饿得慌，它们满屋子找吃的，其间还拱到我的床头，朝我的脚趾上咬了一口。

等到父母回家时，我已经晕死过去了。慌乱中，父亲跑去请翟先生，他也只能请翟先生。翟先生有些为难，不过还是来了。父亲说，翟先生你看看吧，死马当活马医。父亲第一次对我的病情表现出慌乱，这种慌乱以前我只能在母亲身上感受到，一旦来自父亲，我知道，问题严重了。迷糊中，我能听到他们的对话，只是感觉十分遥远，像是隔着一湖水。翟先生先是掐了我的人中，刚开始麻麻的，后来才感觉痛，眼前的情景逐渐清晰起来。

我看见翟先生俯身下来的脸，竟然别过脸去，对翟先生说："不要管我了，我这病好不了的。"我的口气像是一个善解人意的病人在寻求解脱。话一落，母亲哇一声哭开了。不哭还好，一哭就把悲恸的氛围都给哭出来了，像是我已经一脚伸进了棺材。周围的邻居陆续围了过来，有看热闹的，也有出谋划策的……大家叽叽喳喳，像在进行一场辩论，就是找不到救我的办法。我却已经醒过来了，肚子的痛也缓解了不少。总之，暂时我还死不了。我没打破他们努力营造出来的氛围，重新闭上眼睛，故意留着一道缝，想看清楚都有哪些人来看我。我看见了罗一枪和陈静先。我暗笑，不知他们心里在想些什么。

嘈杂间，突然有个声音很特别——说它特别，一来是个年轻的女声，二来她说的是普通话："怎么啦？要不让我看看。"

人群一下子静了下来，看来大家都被一句贸然而至的普通话吓住了，有听懂的，更多的没明白声音来自哪里，是什么意思。不过人们还是让出道来，让说话者来到了我面前。

说话的竟是翟先生刚买回来的女大学生。

我半睁开了眼——我实在不打算再演下去了。站在我眼前的女孩陌生得让我有些怀疑她的真实存在，确实，我从没有见过她，关于她的容貌其实都是通过想象。事实上，她和我们扇背镇的女孩也没什么两样，只是我看着，又分明感觉到，区别可大了。具体区别在哪，我说不上来。总之，她的脸蛋红扑扑的，有点瘦，戴着一副眼镜——人们之所以冠她以大学生的头衔估计就跟那副眼镜有关。她谈不上多好看，也不丑。我突然对这个红扑扑的脸产生了好感。

她蹲下身子，伸手揩去我额上的汗。她想挤开我母亲，要把我抱起来。母亲把她轻轻推开了，她对这个外省女人还心存戒备。这样的戒备是无声的，像是两个女人之间的斗争。她感觉纳闷，对着我母亲说普通话。母亲听不懂普通话，母亲不知道眼前这个女人在说什么。母亲望向我。我突然笑了起来，我说："妈，她说她是学医的，能治我的病。"

她问我哪里不舒服。

我说："肚子痛，时不时痛，好多年了。"

我第一次当着众人说普通话，双唇竟像铅球一样沉重。事后罗一枪肯定会笑话我。

她又翻了翻我的眼睛，叫我张口，看我的舌头，还用手压了压我的肚子。过了一会，她起身，问众人，有纸和笔吗？罗一枪立马给她找了本子和圆珠笔。她在纸上唰唰写字，这架势把文盲的母亲以及其他几个妇人惊呆了。她很快开好了药，回头递给我母亲，说："照我开的去药店买回来，如果没什么意外，明后天蛔虫就会从胆囊里爬出来，你们到时再观察下大便。"母亲木然，罗一枪机警地抢过药单，他说他去镇上买，他有摩托车。

自那起，我的病就没再复发过。我终于知道自己患的是什么病，就是肚子里长了蛔虫。还是只狡猾的蛔虫，别的地方不钻，偏偏往我的胆囊里钻，一连几年不出来，看来在里面待得挺舒适。女大学生（后来我知道，她也不是什么大学生，只是毕业于县级卫校的中专生）只用了几包颜色各异的西药片就把它给逼出来了。两天后我大便，果真拉出了一条大蛔虫，跟蚯蚓似的，竟然还活着，想必都成了精。我用一块大石头啪地一砸，结结实实结束了它长达数年的寿命。我真应该感谢女大学生——哦不，我得叫她严粒。她跟我们说她叫严粒，来自云南，一个当时我只能在地理课本上找得到的遥远省份。

15

起初，翟先生并不放心把严粒丢在厝内，临出门，他得把院子落锁，连同他的傻儿子，一并锁在里面。翟先生回来时，以为严粒会耷眉丧脸，把家闹得一团糟（他家本来就已经一团糟）。谁知，推门一看，傻了眼，厝内院里都被收拾得井然有序，还认真打扫过，干干净净的。翟先生家从来没那么干净过。严粒还做了饭，把翟先生的傻儿子也照顾得很周到，洗换一新，看起来竟不像个傻子了。傻子从小没妈妈照顾，突然有一个女孩出现在身边，自然每时每刻都粘着严粒，把严粒当成了妈妈。

看到严粒这样，加上还救了我一命，翟先生对她也另眼相看起来。不但是翟先生，我的家人，包括所有知晓此事的人，都对严粒有了不一样的印象，觉得她不像别的外省女人。按理说她一个"大学生"，被拐卖到我们乡下，甭管她是来自城里还是其他什么地方，也应该为当下的处境担忧、悲伤，就算不哭哭啼啼，至少也要沉默寡言。然而她似乎没把眼下的事情当回事，淡定自若，该干什么干什么。读医的缘故，她对翟先生的草药也略懂一些，经常还能帮上忙。翟先生便有些放松了警惕，事实上他并不打算用村人惯用的办法"留"住人，在全村人几乎都成为"同谋"的情形下，任何一家的事，其实也成了全村人的事，即便翟先生放着严粒满村子跑，她也很难躲过每一个村人的眼睛，潜逃出湖村。那段时间，一有什么风吹草动，谁都可以敲响警钟，仿佛他们都有义务，看守村子的每一个女人——俨然守住一批豢养的牲口。

出逃的事不是没发生过，潜逃不成功自然会得到更为残酷的对待。我不希望严粒铤而走险，却也不情愿她由此"死了心"，决定留在翟先生身边。她不应该是这么认命的女孩。我对她自然是感激的，我母亲也是知恩图报的人，几乎每天都会端一瓯甜粥，去到翟先生厝内，比画着要给她吃。这两个女人的感情后来竟然情同母女。翟先生也想开了，每次出门，他不再给院子加锁，不过还是会郑重其事地交代我母亲，让母亲帮忙照看。倒不是要母亲看守，就是经常走动，严粒不至于寂宽。翟先生说，阿玮和她都是读书人，他们有话聊。这下，我算是得到了跟严粒接触的许可了。表面上我很羞涩的样子，实际上心里已经乐开了。

每天放学，书包一放，我就往翟先生厝内跑，起初还保持矜持，假装无意路过，后来就直奔主题了。要是周末，罗一枪和陈静先也会和我们一起，有时罗一枪还会从郑厝村接来郑昕。我们几乎把翟先生的家当成了聚会的据点——反正翟先生不是经常在家，就算在家，见到我们，他也会故意到院子里忙别的事，从不插入我们的话题。我对翟先生的印象开始好起来，其实也就是熟悉了。我甚至有点怀疑，翟先生买严粒的目的似乎不是买老婆那么简单。关于这点我很敏感。我打心里不希望严粒成为翟先生的老婆，他们的形象和年龄都相差太大了。倒是有一个细节，佐证了我的怀疑，尽管他们事先都做足了掩饰，我还是察觉到了——严粒和翟先生是分开睡的。翟先生晚上就打地铺，白天才把被褥藏在床上。我发现这一细节时，对谁都没说，心里却跟染了蜜一样甜。我还是没想通，翟先生难道仅仅是为了买一个女人回来收拾家院——当然，也照顾他的傻儿子？

某种意义上，严粒让我的梦想破灭了。我的梦想是虚幻的，它只是梦，仅限于想象。在我眼里，严粒是一个受害者。伤害她的有老猴，还有老猴的同伙，如今翟先生也参与其中，这伤害还在继续——我要扮演的自然是一个拯救者的角色，在一个个的梦境里。我沉浸在想象的壮举里不能自拔，经常激动得浑身发抖。我怎么啦？有一点却很清楚，现实生活里我并不具备足够的勇气和魄力，甚至还有些胆小懦弱。就算是罗一枪，他顶多也就和人打架斗殴，做不出让人大吃一惊的事情来。这么看来，我连想象的权利都被剥夺了，严粒表现出来的顺从和自若，绝不是一个受害者应该有的，她不太像是从老猴的黑屋子买出来的外省女人，倒像是翟先生从隔壁鹿河镇明媒正娶来的小老婆，说不定他们还会挑个好日子，带着傻儿子回娘家做客呢。这都什么逻辑啊？我有点想不通，像是一脚踩了空，整个人处在悬空的失落状态。

严粒比我们大几岁，相比而言，她显得成熟许多。她的成熟不像翟先生或者其他上了年纪的人那样隔阂，她也会跟着我们欢笑，听我们讲学校里的事和镇上的见闻，还会唱歌给我们听，当着我们的面唱，一点都不羞怯。自信源自她本身就喜欢唱歌，还唱得好，她的声音十分透亮。她说她的家乡人都爱唱山歌，天生拥有一副好嗓子。她喜欢唱田震的《执着》，声音却比田震要清冽许多，所以听起来不像是田震的《执着》，像是另外一首我们第一次听到的歌曲。我想，如果在香港回归的晚会上，严粒也能唱上一曲，肯定比罗一枪好很多，就算还是郑昕伴舞，大家也会被一副好歌喉迷住的——上天对每一个有天赋的人都充满赏识，无一例外。

严粒的成熟更多表现在气质上，似乎是天生的，也可能是见过世面的缘故。她身上和言谈间那种自然却又像是经过精密准备和编排的东西，让我着迷的同时也产生了距离感。这种距离感不是我主动退开的结果，恰恰相反，我非常想靠近，像一个成绩不怎么好的学生渴望得到老师的关注和爱抚——是的，就是这种感觉，可是一般也会事与愿违，老师的目光总是在我身上停留不超过三秒钟，严粒也一样，她似乎在刻意避着我，试图考验我的耐心，却又表现出对我兴趣寥寥，我像个不能引起她特别关注的玩伴。相对而言，她对罗一枪要更为大方一些。说实话，我有些嫉妒罗一枪，他每次都能悄无声息地横在我和世界面前，我又能怎么办呢？大多时候我也喜欢罗一枪，他是那么的讨人喜欢，愿意为朋友做任何事情，习惯把话敞明了说，不藏着掖着；哪怕是陈静先，他也能用下象棋的方式赢得严粒由衷的赞许。而我，只能幻想那条被砸烂了的蛔虫重新钻进胆囊里去，我愿意承受病痛，再次成为众人担心和爱护的人。那样，严粒肯定又会叫众人让开，来到我面前，抱起我（母亲也不会拒绝她了），她会帮我拭去额头上的汗……

我这是怎么啦？跟翟先生的傻儿子没两样了——事实上，有了严粒的照顾，翟先生的傻儿子看起来不那么傻了，好像他的傻是村人对他的偏见和误会。全村人都赞叹翟先生命好，老来娶了个嫩妻，还真像是"娶"的，看样子是不打算逃跑了，估计是家境不好，或者感情受挫之类的缘故。再说翟先生人也不错，是老了点，孤僻了点，不过有钱啊——还有比有钱更能吸引住女孩子的吗？

十月对于湖村来说是个好月份，也是忙碌的季节，站在前町往外望，金黄一片谷穗之海，小孩提着镰刀，大人抬着打谷机，清早开始"下海"，天黑才能回家。前町上已经堆满了爬跳着蚂蚱的湿稻谷。全村人都得在十月忙起来，这时候还跷着二郎腿坐在榕树下讲古听古，估计除了鳏夫就是寡妇了。那时中学似乎也放农忙假期，否则没法解释为什么每年秋收总能凑巧遇上放假。

我父亲算不上是一个好农民，他种什么都不会有好收成，不过他以量取胜，别人种一亩稻田，他种两亩，别人种四亩，他就种八亩。这样一来，即便再歉收，至少在产量上，也能和大伙保持相当的水准。所以，每年秋收，罗一枪最怕来我家"帮忙"，他又逃不了，我们两家平时就是"帮伴"关系，劳动力可以相互调遣。陈静先有时也会帮忙干点活，不过对他，我们没硬性要求,他要帮就帮,不帮也无所谓,他小胳膊小腿的,干起活来,也是当玩儿——他家不种田,不需要人帮忙。那年秋收,我们两家倒是多了一个帮手,那就是严粒。谁也不曾料到,她竟然还是个干农活的好手,收割的稻辙,能远远把我们抛在身后。

晚上,我家请"帮伴"吃饭,自然要备好酒菜。母亲的厨艺在村里算出了名,红烧猪头皮和梅菜扣肉是她的拿手好菜,每次都让人吃得流连忘返,主动请缨来我家帮伴。我洗好澡,提了个豆汁瓶去巷口的商店沽米酒,出于私心,多买了几瓶啤酒。我想和罗一枪也喝几杯。母亲嘱咐我沽了酒,还得去请严粒,顺带把翟先生和他儿子也一并请来吃饭。母亲这么郑重其事,想以此感谢他们先后医治了我的病。

母亲做了满满两桌菜。大人们吃一桌,他们喜欢喝点白酒,天气也开始凉了,暖暖身子;我们几个年轻的坐一桌,我们喝啤酒。严粒的酒量还可以,她喝了不少。我们聊了一些娱乐圈的话题,时不时爆出一阵笑声,把大人们吓得一惊一乍。父亲不忘调侃我们——"都是出过花园的人啦,怎么还跟小孥仔似的。"

罗一枪说:"马叔,我们可没出过乜嘢花园,出不出的,还不都在这个乡里面。"

父亲说:"没出花园,八十岁还是孩童,我睇你今年出花园,明年就要娶老婆啰。"

大家都明白了父亲的意思,嘿嘿笑了起来。

严粒没明白出花园是什么意思,我解释给她听后,她竟十分期待,希望翟先生明年也给她出花园,她也要穿红屐,洗花浴,绕湖村走一圈,回来盘坐在眠床上吃十二大瓯。

我们在一边起哄,翟先生竟爽快地答应了。

我发觉严粒是真开心,大概是酒精起了作用,把她之前一些稍加装束起来的端庄都给撤了,像个小姑娘那样无所顾忌起来。

大人们吃饱喝足,又在天井里摆上茶几,泡过数冲黄旦茶,就散会休息去了,第二天他们还得早起干活。翟先生让严粒继续陪我们聊会。没事的,他说,院子门没锁,也别太晚。我想翟先生对严粒已经完全松懈了,连一点警惕的意思都没有了。我们喝完啤酒,又到罗一枪厝内唱歌、跳舞,如果不是黑色嘉陵出了点问题,估计意犹未尽,还想去扇背镇吃冷饮,再和一中的烂仔干一架。

尽管岁月像是一张没过胶的老照片,大多地方已经发黄洇湿,难以辨认了,可是那天晚上的情景是个例外,它好像被单独拎出来的——黑屋子里的天窗,光束刚好直射下来,记忆的角落恰好就被额外地照顾了,曝晒在日头下,清晰如昨。夜肯定很深了,陈静先起身先走,他父亲管得严,希望他考个好高中,最好能考上县城的曲山中学。严粒也跟着起身,却略有迟疑。我一首歌唱到一半,回头时,看见她还站在门口磨蹭。突然,严粒对我说,阿玮,你送下我吧,我怕路上有狗。

罗一枪家距翟先生家不远,湖村就那么几条巷子,谁家跟谁家都距离不远。我们一前一后走着,没说话,狗在远处吠叫。走到巷子尽头,我们得左拐,走多五十米,就能看见翟先生院子里留着的红灯了。确实有些晚了,村里人基本都睡下了,巷子里一个人影也没有。然而,就是在拐弯时,严粒停下脚步,一把拽住了我。我吓一跳,以为她被什么吓着了。我想闪到她前面去带路,却被她拽得紧紧的,力气出奇的大。我竟然动不了。我开始意识到有些异样,心跳瞬间加速。我猜不透严粒想干什么,酒精还在脑门发挥着作用,在此之前,她从没有跟我暗示过任何信息。

我问怎么啦。我明显能感觉到她的手在抖,也可能是因为天冷。

她压低声音,几乎是一字一顿跟我说:"你能帮我吗?我不会看错人的,我知道你能帮我的,是不是?"说着,还没等我回答,便慌忙从口袋里摸出一张纸,塞进我的手心:"拿好,找机会帮我寄出去,地址我写在上面了。你会帮我的,你肯定能帮我;如果你不帮我,那我就死路一条了。"她吸了一下鼻子,快步走向翟先生的院子。我第一次见她那么紧张而狼狈。我在原地站了有十秒钟吧,才反应过来。我没有说什么,想说什么也来不及了。我像是一个边缘化的学生突然被敬重的老师委以重任,这重任可能还远远超出我的能力范围,不过作为渴望被赞许的学生,一般也难以拒绝,甚至连拒绝的念头都不曾浮现。

此事之秘密,务必不能让第三个人知道。一想到正在干一件如此惊险却又无法估测后果的事情,我浑身就冒起了鸡皮疙瘩,连呼吸都变得急促。我是否真的能帮到严粒呢?就算我帮了她,那后果呢?会不会因为帮了忙,惹出更大的麻烦——麻烦几乎是肯定的,就怕这麻烦大到不但是我承受不了,我的家人也承受不了。我这是在干什么呢?然而另一方面,一股悲壮的情绪却始终在鼓励着我,如电影里怀揣密信的地下党,表面上,我是背叛了翟先生,背叛了湖村,但我的背叛如果是正义的行为,那我岂不就成了不折不扣的英雄?

这些都是我胡乱的想法,真正让我下定决心的,是我没有拒绝人家,没有拒绝,那就意味着答应。严粒也说了,我要是做不到,她就死路一条了。这么说来,她一直以来的配合和淡定,其实就是在寻找这么一个机会,是伪装出来的保护色。我真打心眼里佩服她,她最终选择把信给我,至少是选对了人。

第二天一大早,我就踩着单车直奔扇背镇。天很冷,我来不及想什么,踩得飞快,只想早点把信件寄出,尽早完成这一艰巨的任务。到了镇上,我直奔光明路的邮局。邮局我并不陌生,有时会来寄信,在此之前还交过两个远在北方的笔友,我们互通过几封信件。问题是时间太早了,邮局还没开门,门口那块脱漆的木板写着上班时间是上午九点。我失算了,来早了,不过也没办法,只好在门口站着等,心里却在盘算,如果有人问起,该用什么借口才能圆我特意跑一趟镇上的谎。

我的手一直保持插在兜里的姿势,捏着严粒给的信纸,似乎怕丢了。信我看过了,很短,简要说明了她目前的处境。她在信末特意附了一句,叫收信人不要报警。我想严粒还是留了一手,她不想害更多无辜的人吧。她在信纸里夹了五块钱,算是给了邮资。收信地址就写在信纸背面,并不是寄往她的家乡云南,而是深圳。地址很长,我只记得最后几个字是"深创电子厂",收信人的名字看不出男女,姓董名立夏。

求救信寄出去之后,我感觉世界都变了样,就像一个遥控着未来的按键已经被揿下去了,再大的后果都无法挽回了——我正处在台风欲来的宁静里。我每天都紧张兮兮,村里偶尔来个陌生人都要留意半天,有时被罗一枪从后面一叫,会吓得直哆嗦。我甚至刻意避着严粒,信寄出去的事也没跟她说——不过,她从我的眼神里已经确认我没有让她失望。她识相地配合我,也故意和我保持距离。我不再去翟先生家,她也开始足不出户。

一个月后,解救严粒的人终于寻到湖村。当时的情形怎么样我并不知情,我正好去上学了,没能亲眼看见。后来听说,解救过程其实很顺利,前后不过半个小时。一伙陌生人,大概有七八人吧，开着一辆商务车，他们进了湖村，问翟先生的家。起初村里人还以为是来问药的，直到看到他们领着严粒上了车，径直离开，大家这才反应过来，大惊失色，来的不会是便衣警察吧？我却知道，收信人肯定是听从了严粒的劝告，没有报警。他们还丢给了翟先生五千块钱，当是赎金。

自那以后，翟先生更孤僻了，经常好几个月不回家，吃住都躲进了山里。他把儿子也带在身边，据说他儿子彻底傻掉了，天天喊着找妈妈。

16

严粒走后，给我写过几封信，信都直接寄往扇背二中。我后来一直保存着她的信，有的已经残破和发黄，圆珠笔的字迹不经放，多数字迹洇成了一块，像是一片蓝色的烟雾。

第二年，我就辍学了。我辍学的原因很简单，就是数学成绩越来越差，李阅国说我不可能考上好高中，考不上好高中，就意味着我不能到县城去读书，不去县城，那我就只能在扇背镇的破高中混日子。既然早晚要混日子，还不如提前出来混，反正一样都是混。我的辍学给了罗一枪勇气，没过多久，他也不去上学了。这当然不能算是我连累了罗一枪，反而是我给了他离开的借口，照他说的，"你都不读了，我还读个鸟啊。"

我在家闲待半年，和我父亲的关系搞得很差，时不时要吵一架。我越来越倔强，不把父亲放在眼里，而他看我整天吃白食，心里也不爽，没事就找我撒气。我固执的架势、战争到底的态度几乎让家人崩溃。

父亲又不敢对我动粗，我已经高出他半个头，胳膊和大腿都长到了可以与他抗衡的程度——我的所有自信也正是来自身体的自信。我为我能够及时且争气地获得一个健壮的身体而自喜,甚至还有挑衅父亲对我动粗的欲望。我还真希望父子俩能打上一架,决出个胜负来。总是在最后时刻,父亲冷静下来,他蹲在角落里停止了手臂的挥动和声音的聒噪,看那样子就像是一头被按上屠宰台的年猪,撕心裂肺的挣扎过后是渐趋衰弱和沉默。

只是苦了我母亲,她为我们父子俩的恩怨真是操碎了心。母亲虽然也经常骂父亲,数落他的种种不是,然而在大是大非上,又坚决捍卫父亲在厝内的主导地位,绝不允许我们作为儿女的当面辱没父亲,即便他真的让我很失望。

父子之间的战争持续多时,直到我跟了朱画师去县城当学徒——我二叔马东河真是个半仙,他在我身上的两个预言先后都应了验,一是遇上了治好我的病的贵人,二是"韩湘子"终于见着了"吕洞宾"。

那年开春,湖村重修三山国王庙,那可是村里的年度大事,陈四九亲自坐镇,前后修了半年。修庙靠人丁钱远远不够,况且还有人家连丁钱都拿不出来。这和人丁多寡也有关,像我家的问题就很严峻,几乎要交别人家两家的钱。父亲这辈子除了会在木槽里翻制黄糖,剩下的长处就是生孩子了,他一口气男男女女生了六个,多子多福,倒是都能帮上点忙了,俗话说得好:做不了梁,做橼,做不了橼,还可以当搅屎棍。只是一到收人丁钱时,父亲就开始发愁,通常只能先给一半,另一半能拖就拖着。陈四九也算照顾,没多说什么,他想办法把出门在外的人都通知到位,让他们多少捐献一点。神明的事,谁也不敢马虎,就连罗大炮,也一口气捐了一千块。陈四九又找到老猴,问他有什么要向神明表示的。老猴明白陈四九的意思,二话没说,拿出了五千,捐了个檀木神龛。

历经半年，三山国王庙修缮完毕，琉璃青瓦，飞檐斗拱，屋脊上双龙夺珠的嵌瓷还是请潮州的师傅来做的，只是一对杉木门扇还没有请人上漆油画，陈四九和村里的耆老商议，决定高价请县里的朱画师来画门面上的神荼和郁垒。

朱画师可不简单，县里的名家，早年师从赖子期先生，书画雕刻皆精，尤其是神庙门神，县里比较重要的寺庙修缮之时，都得请朱画师亲自上门绘画。不过朱画师年纪大了，一般不再外出。朱画师的癖性也是远近有名，无妻无室，无儿无女。小时候听大人讲古，其中就有不少是关于朱画师的，多数讲他天赋异禀、足智多谋，有玄乎点的，说是"文革"时红卫兵抄他家，一进屋，却看见墙上的弥勒佛张嘴大笑，栩栩如生，活的一般，吓得落荒而逃。

陈四九能够请动朱画师下乡，确是下了一番功夫，他走了弟弟陈志军的关系。陈志军是教育局领导，认识县民间文艺家协会的主席沈兼豪，沈兼豪是朱画师的至交，朱画师还被沈兼豪聘为民间文艺家协会顾问，沈兼豪出了面，才做通了朱画师的工作。陈四九跟人们说起这些时，颇有邀功的意思。当然了，他要是连这点能耐都没有，还怎么当村主任呢？

父亲却只能避着陈四九走，他怕陈四九跟他要欠着的人丁钱。人丁钱这账还躲不了，一家几口人，清清楚楚，陈四九就是想帮我家，也遮不住其他人的眼睛啊。就算陈四九愿意为我家出剩下四口人的钱，那也不行，我家的人，怎么能让陈四九出钱呢，这不是明摆着让我家一下子少了四口人吗？有时为了讨吉利，肚子里刚怀上的都得算一口人呢，活生生的就更是一个都不能少。

不过，父亲避着陈四九，陈四九却主动上门来找他了。

陈四九先是给了父亲一根烟，点上，抽得差不多了，才说话。

陈四九说，半年了，庙都修好了，如果你不介意，倒是可以这么解决人丁钱的事。朱画师不是要来油门嘛，他人老了，跟我们提了个要求，希望找个机灵点的，懂点字墨的年轻人去帮他，打个下手——当然了，也就是看着点，有年岁了，万一有什么闪失，我们负不起这个责。我村里上下都过了一遍，觉得阿玮最合适，眼下他又没什么事情干，就跟着朱画师吃住，十天，或者半个月，很快的事情，也能学点东西，朱画师可是大名家，想找也不一定有这样的机会。你觉得呢？也就是说，人丁钱就算在村委会给阿玮开的辛苦费里。要是没意见的话，就叫阿玮明天到庙里来吧。

第二天，我只身去了三山国王庙。

我刚一迈进庙门，就被一个苍老却还算健壮的声音给喝住了，"干吗呢你？这个小陈，都交代过了，我干活不能有人打扰。"我两条腿一前一后刚好跨在门槛上，进退都不是，我嗫嚅着说："是村主任叫我来帮忙的。""帮忙？帮什么忙？"他又问。

庙里光线很暗，朱画师背对着我，蹲着身子摆弄他的工具。我也不知道能帮上什么忙，只好说："你要我干什么我就干什么。"朱画师笑了，他站了起来，开始转过身，面对着我。天窗上射下的一束阳光，刚好打在他的头上，使他看起来像是站在舞台上面。

必须说，朱画师给我的第一印象，还真是穿越时空，像是来自古代的人物。他身着棉麻长衫，白发白须，戴毡帽，脚穿黑色布鞋，还是戏台上小生穿的那种，托着海柳长烟斗，走起路来，也不见脚步，挪着走，还是戏台上的架势。长衫稍长，曳着地，嗒嗒响……后来我才得知，原来"文革"前，朱画师曾是县白字戏团的名角，演过张翠锦和秦香莲，怪不得身上透着一股阴柔之气。

起初几天，朱画师没怎么理我，当我不存在。他油门画像的进度也奇慢无比，都快一个礼拜过去了，还在摆弄工具和调颜料。说是在干活，实际上抽烟的时候居多，他抽的又是烟丝，很费劲，三两口的烟，抽前他得捣鼓十分钟。两扇杉木门倒被我打磨得光滑无比，接下来我就闲着无趣了，没有什么可以帮上忙的，又不敢擅自离开。庙里整天只有我们两个人，彼此都闷不吭声。三餐有陈四九安排人送过来，吃的还真不错，如果说我极具耐心又毫无怨言地坚持下来了，多半也是被伙食诱惑了。

一个礼拜后，朱画师开始动笔了，这个时候他才真正需要我帮忙。也是年纪大的缘故，他受不住长时间作画，每次从门板上抬起头，都需要我搀扶着坐在椅子上。他随身带着酒壶，每画一阵就要停下来喝一口，抽一烟斗，大多时候我就在旁边伺候他喝酒抽烟，像伺候着旧社会的地主。

那段日子我过得战战兢兢，面对表情严厉的朱画师，总怕自己哪些地方做得不好惹他生气。我觉得这是一个怪人，又无缘由地对他满怀敬意。他作画时的眼神和表情，十分凝重，也不开口说话，多以睁眼闭眼的方式回答我的提问。我第一次体会到一个人专注于某件事物时那种不容被侵扰和辱没的魅力，看似在为神画像，实际上也成了神的某种投影。我甚至深感幸运，正如陈四九所言，不一定谁都有这样的机会。

一个月后，门神如期完工，神荼郁垒，一左一右，在三山国王庙大门的两侧，赫然而立，还真的像活的一般。朱画师站在门口，仰头瞻望片刻，进庙烧了香，双膝跪地而拜。他示意我也这么干，当是与三山国王告别。关于三山国王的来历，有一段故事——传说古时有帝王逃难,路过粤东某地,追兵紧随其后,眼看无路可逃了,突然从路边杀出三位猛将,为帝王击退了追兵。待帝王想要论救驾之功时,却发现立于身旁的是三座大山,当即封其为"三山国王"。后人膜拜三山国王,在山下建了庙宇,自此三山国王庙便开始在粤东地区流行开来,几乎每个村子的出入口都建有一座三山国王庙,用于镇守村口,辟邪祛晦,护佑村人出入平安。

朱画师回县城的前一天,竟然找到了我家。

我母亲没见过朱画师,看那样子,还以为是哪里来的乞讨者。待朱画师坐下来,掏出红包,说是给我的半个月工钱时,母亲才知道,眼前人竟然是大名鼎鼎的朱画师。母亲不知道朱画师此举何意,她把我父亲叫了回来。父亲也纳闷,说阿玮的工钱不是村委会给了吗。朱画师笑着说:"那是你们的事,我不管,小伙子跟着我工作了半个月,我就得给他开工钱。"父亲接了朱画师的红包——事后拆开一看,竟然有五百块。接着,朱画师又问了我的一些情况,似乎是无意提起,不过也可能是考虑已久——朱画师的心思我揣摩不透,他问我父亲是否愿意让我跟着他,也就是说,他想收我为学徒。父亲着实吓了一跳,他以为朱画师事先已经跟我商量好了的。事实上并没有,朱画师此举突然,连我都感觉莫名其妙,不知道我身上哪一点让他给看上了。

当父亲征求我的意见时,我从他的语气中得到他已经同意了,他巴不得我早日离开那个家。母亲却站在一边,吧嗒吧嗒地开始落泪。我呢?当时应该说,头脑一片空白,我不知道这对我来说意味着什么。至于朱画师,我除了敬重,经过半个月的相处,也还蛮喜欢。我想最吸引我的还不是期望能从朱画师身上学到什么,我对书画和木雕是感兴趣,却一点基础也没有，倒是即将到来的县城生活，让我一下子兴奋不已。就是说，即便我读不好书，考不上县城的高中，我还是有机会离开湖村，到县城去生活了——而且，比陈静先还提早一年。

当晚，我就收拾好了衣物。

第二天，我跟随朱画师，坐上老猴的面包车，直奔县城。县城离湖村有两百里路，沿着海边向西行，一路所见都十分陌生。那是我第一次出远门，连空气都感觉跟村里的不太一样。我甚至有了背井离乡之感，心中升腾起一股既豪迈又伤感的复杂情绪。

17

县城叫海东，一座海滨小城，只不过比扇背镇大很多。我也就在第一天到达县城时，透过模糊的车窗玻璃看到了街市的全貌，两边低矮的楼房密集而错落，类似税务局、政府大楼、文化馆等陈旧生锈的招牌让它显得古老而端庄，使它立马就能与扇背镇区别开来。不时有鸽群从矮楼深处飞出来，它们无声地掠过晴朗的天空，又无声地消失在河流对岸的住宅区里。河流穿城而过，它蜿蜒而绵长，从遥远的山区流出来，经过县城时，被人刻意修饰一番，用规则不一的石头修筑起了堤坝，南面叫南堤，北面叫北堤，偶尔还有供人上下的石阶，不少妇女提着水桶蹲在石头上洗刷衣物。我也是后来才知道，河流还拥有名字——螺河。这名字初听起来有些怪异，我一度以为河里生长着的都是密密麻麻的田螺，实际上并没有，除了水浮莲和少数野生的福寿鱼，剩下的大概就是顺着水流而下的洗衣粉泡沫了。螺河的两岸长满了柳树。我第一次看到柳树，它们的枝叶低垂到了河面上，显得有些诗意。我当时还不知道"诗意"

这个词的真正含义，不过也隐约能感觉到，县城生活大概会对我的人生产生不一样的影响。

应该说，朱画师并没有住在县城里面，我指的是热闹的城区。这也是我后来没机会到街市来的主要原因。朱画师的住所是城郊的一座庵堂，名叫月眉庵。说是庵堂，实际上名不副实的，更像是朱画师寄居的场所，或者如朱画师所言，那是他的工作室。庵堂里确乎还供奉着神像，看不出是什么神，因为被一匹落满灰尘的红布整个遮掩了起来，逢初一、十五，朱画师才会为神像奉上三杯清茶，再上一炷香。现在想来，那其实是一座废弃了的庵堂，墙体似乎有被大火烧过的痕迹，只是后来被洗刷过了。朱画师不说，我也不便问太多。面对那么简陋而偏远的住所，我心里难免还是有些失落。这失落我不能随意表达出来，只是在第一天夜里暗自哭了一场，之后就再也没哭过。

月眉庵不小，有宽敞的院子，院内还辟有菜园，种了一些时令菜蔬。朱画师选择在这种地方生活和工作，既是他工作的需要——他需要清静，也算是他对生活的态度。后来我知道不少有名的艺术家都在偏僻之地修建自然古朴的住所，像是重返田园，又装修得朴拙诗意，朱画师想必就是这些艺术家的祖师爷了。庵里是下山虎式的三房两室建筑，中间最大的是客厅，摆放着茶几、榆木椅和朱画师从各地收集而来的檀木神像，也有大型雕塑、石磨，甚至还有神庙门口摆放着的石狮子，缺胳膊断腿的，都被朱画师擦拭一新。左边厝头是朱画师的书房和工作室，没得到允许我不敢进入；右边厝头是卧室；院子边上的两间小房，一间是厨房，另一件是杂物间，后来就成了我的住所。

起初一两个月，朱画师并没有要理会我的意思，更别说教我什么了。他似乎都忘了在湖村热情勃勃地收了我这么一个学徒。除了清扫庭院，朱画师就让我做一件事：磨刀。刀有三种：雕刀、板钉、圆凿。其中就属雕刀最难磨，通常一不小心就把刀尖给磨废了。我磨了两个多月的刻刀，手都磨出了水泡，水泡破了结茧，接着在茧上又起了另一层水泡……我的手指由于长时间的并拢和使劲已经变了形，看起来都畸形了。况且磨刀也不是光使劲那么容易的事，刀磨得怎么样，看磨刀石就行了：无论磨多久，磨刀石必须得保持一张纸一样水平，磨出凹道或斜边，都算失败。我不知道这样的日子还要过多久，开始怀疑朱画师当初心血来潮收我为徒并不是真心要教我手艺，只是缺少一个帮他磨刀的人。他总有那么多刀需要磨，其实已经很少用到了，大多时候就是画画写字。他画画时不需要我帮任何忙，连画好了收拾墨砚、洗毛笔这样的事他都不容我插手，似乎那些也是书画的一部分，需要书画者亲力亲为——我倒更乐意帮他这方面的忙。

我开始厌烦邈无尽期的学徒生活，想念罗一枪和陈静先，希望他们能心血来潮跑县城来看我。那显然又是很渺茫的事情，罗一枪的黑色嘉陵烧过一次机油，跑不了这么远的路程。也许我还应该熬上一年光景，那样陈静先就应该考上县城高中了。

县城有一所百年老校，叫曲山中学，就建于曲山之上，从月眉庵就可以眺望到山顶上高高耸立的钟塔。朱画师和他的老师赖子期都毕业于曲山中学，那年刚好遇上二百五十六周年校庆，校长特意邀请朱画师回校参观，我也跟随去走了一趟，见识了一回海东县的各大名流，他们都是曲山中学的校友。名流们对我而言谈不上多大的诱惑，反倒是学生们一身浅蓝色的校服让我眼前一亮——用不了多久，陈静先也能穿上那身校服了，以他的成绩考上曲山中学绰绰有余。我实在有些羡慕他。

从学校回来后，朱画师似乎看出了我的心思，他跟我说，如果有兴趣，书房里的书可以随便看。我对朱画师满屋子的藏书觊觎已久，突然得到允许，心里甭提有多高兴。也就是说，除了磨刀，我大可以用读书来消磨剩余的无聊时光了。朱画师的藏书除了绘画、雕刻等艺术专著，还有大量文学书，古今中外，可以说是汗牛充栋。我倒是读过几本书，在此之前就读了《红楼梦》和俄国作家写的《安娜·卡列尼娜》，还有金庸的武侠小说，如果那也算是文学书的话。我当时还想，要是朱画师真的不打算教会我什么手艺，我就把他一屋子的书读完，大概也就不吃亏了。朱画师对此并无异议，还颇为欢喜，仿佛读他的书也是我该干的工作。

朱画师眼睛不好，读书和工作的时间不多，多数时候就在院子里弄弄盆栽，时不时，他还会亲自去曲山桥头买树头树根回来自己培种。曲山桥头是小城盆栽爱好者集聚之地，他们似乎约好了，卖家和买家都在那儿碰头，挑挑拣拣，讨价还价，也几乎都是老头。只要朱画师一去，其他人都得恭恭敬敬地让开，喊一声"朱老师"，让朱画师先挑。有人辛苦从山里刨回来稀有的花草，甚至指定专卖给朱画师，别人买不到——当然也是朱画师出的价钱高，一般还不还价。

朱画师名满海东，事实上走动的朋友并不多，上门求画求字的却不少，带了名烟名酒，然而，除非是真懂行，一般都会空手而归。我印象中，跟朱画师走得密的，除了陈四九曾经提及的沈兼豪，还有几个也是海东小有名气的人物——作协主席周光以，曲山中学的蔡老师，以及青云山灯光寺的住持宏达法师……他们几个每月要来月眉庵聚会一次，吃茶抽烟，吟诗作对，为平仄和韵律饶有兴致地讨论半天。最后必将移至书房，铺开一张七尺全开的大宣纸，几人合作书画：沈兼豪先落笔，沉吟片刻，岔开秃笔枯墨画出一座假山；周光以接着画下几片硕大的芭蕉叶子，以墨代绿，再用藤黄加花青，花青稍多，笔尖加点墨涂底，立马就活泼了起来；朱画师最后收尾，据他们言，收尾比较难，比较难的当然要交给朱画师。朱画师想了一会，说，这会要是画上一只大公鸡，则不好题名，总不能题作《鸡芭图》吧？众人几乎笑岔了气。最后，朱画师从色碟上蘸了赭石、胭脂和余墨，在芭蕉叶下画了几颗石榴，有一颗已经熟得裂开来了，像是孩童露出满嘴的红润。朱画师捏着毛笔笑着说："芭蕉树下结石榴啊。"宣纸上还留出大片空白，蔡老师有个绝技，能写一手天书一般的甲骨文，他和宏达法师一左一右同时题款，众人再钤印……

我作为朱画师的学徒，自然免不了续茶递水。朱画师跟他们介绍我时，没说是学徒，说我是远房亲戚的孩子，来这儿帮下忙，爱看书，会写点小文章，请周主席关注关注。周光以主席便问我爱读什么书，说有时间可以给县里的报纸副刊写写稿。我觉得他说的是客套话，况且我会写文章这件事多少被朱画师夸大其词了。他有一次让我写《湘行散记》的读后感，我把这书跟屠格涅夫的《猎人笔记》做了一番对比，实则也是瞎扯。朱画师看了，逢人就说我会写文章了。

在他们的闲聊中，我听到了朱画师早年的一些历史，算是解开了一些疑惑。比如朱画师为什么对神像情有独钟，只要是神庙邀请他的工作，他一般都不会推辞。起初我还以为朱画师是迷信思想，后来才知道"文革"初期，他是海东白字戏团的青衣，有一年应邀到青云山灯光寺酬神演出，其间红卫兵冲击灯光寺，烧了戏台不说，还放火烧了青云山。朱画师他们退到山下，亲眼看见灯光寺被烧成一地废墟，上百尊檀香佛像在大火中被烧得噼里啪啦响，散发出一股特殊的香味，几天几夜都弥漫不去。那时朱画师还年轻，他的聪慧过人后来在海东城再也找不出第二个。白字戏青衣只是客串，他真正的职业是曲山中学的语文老师，书画界名家；"文革"后，朱画师在县委宣传部任职，所有人都觉得他会有大成就，官运亨通。这是沈兼豪说的。最让沈兼豪津津乐道的还是朱画师在诗词方面的造诣，他曾在省报与时任省长曾念先相互唱和。二十世纪八十年代，曾念先省长要去汕头考察，路过海东时，还与海东县委书记提起过朱画师的文才，并亲切接见，当时有意要把朱画师提到省里去做幕僚。不过没多久，朱画师就出事了。在那个特殊的年月，他往香港某报社寄了一封信，信里是手写的一首七律。信还没寄出去呢，就被截了下来（后来知道是有人举报，举报者还是朱画师身边的熟人，否则也不知道朱画师往香港的报纸投了稿），拆开一看，署的不是朱画师的名，笔迹却逃脱不了——全海东都认识他的笔迹，那时以过年贴一副朱画师写的春联为荣。朱画师出事后，被撤销所有职务，以特务之罪入狱四年；出狱后，他便搬进了月眉庵，过起了避世的生活。

更多的时间，朱画师就和我待在月眉庵里。他有时半夜咳嗽，一咳就停不下来，像在打机关枪。我在外屋听得清清楚楚，怕他半夜会咳死过去。他不怎么在意身上的病，没看过医生，厝内也没有一片药。好在，第二天清晨，朱画师依然精神矍铄，在院子里清嗓子唱起了潮戏：

  我变作紫金城内龙凤鼓；
  你变作长安钟楼万寿钟。
  钟声响，咚咚咚；
  锣鼓响，当当当……

18

一年后,我成了海东城小有名气的磨刀师,一把雕刻刀在我手上,给我半天时间,就可以完美地供给雕刻师;舀一瓢水浇洗磨刀石,竟平整得如一面镜子。朱画师对我的磨刀技术赞不绝口,在他看来,我已经是县城最好的磨刀师了。县城的手艺人几乎都知道,朱画师有一个磨刀了得的徒儿。当然,除了磨刀,我还在朱画师那里学到了书画的基本功,《兰亭序》和《圣教序》临了六七成像,《芥子园画传》也摹得有模有样,至于一些细化粗坯和织裂的木雕活儿,我都能帮上忙了。年底,《海东报》做了一版朱画师的专访,文稿的撰写和梳理,实际上也是我执笔。

怎么说呢,我和朱画师相处得很好,可以说是情同父子。朱画师在我身上验证了他的慧眼;我则从一个老人身上理解了他那一代人的情感。也就是说,我对上一辈人的情感是从朱画师开始的,对日后我处理跟父亲的关系也有所影响。如果不出意外,我还想再继续伺候朱画师,如若不是在揭城坐牢时染上的哮喘病一直纠缠着他,他也算不上是多么老的老头。病症的缘故,加上懒于治理,七十岁未到的朱画师看起来像风前残烛了。

我和朱画师的情谊最终结束于一封香港来信。

收到香港来信是秋天。信件先是寄到了海东报社,在不知情的情况下辗转了数人之手,其间差点被当作废纸丢进垃圾桶。等到朱画师拿到时,离到埠时间已经过了一个月,信封也残缺不全,所幸没有被人拆开过。朱画师把信拽在手里,迟迟不敢拆封。他眼里含着泪，手已经抖得快抓不住信了。我莫名其妙，和朱画师面对面坐着。这里面似乎藏有什么秘密，联想朱画师之前因为往香港的报社投稿而招惹了牢狱之灾，眼前这封信，理应也是不祥之物吧——至少我当时这么想。

朱画师没有先拆信件，他跟我讲起家族往事。

朱家世代书香，太祖朱洪于崇祯元年（1628）戊辰科高中进士，当时海东城还隶属于惠州府，轰动全城。据乾隆版《海东县志》记载：

> 朱洪，号彝明，海东人。登天启辛酉贤书，戊辰成进士。禀性孝友，恬静寡言，嗜古好学，手不释卷……恤孤侄、构宗祠，督子弟耕读，非公事不至公庭。平生无机言机事。郡聘修史，笔无谀辞。著有《遽津汇藻》诸书。寿七十四，卒于家……

到了祖父这一代，朱家继承家业，还是海东显赫的地主。祖父育有三个儿子，除了朱画师的父亲留在海东城，两位伯父皆下南洋去了马来西亚，开办实业，在当地发展得很好。土改时，朱画师的父亲主动把田产交给政府，从而免于冲击。后朱画师的父亲患肺结核去世，母亲不久也郁郁而终，遗下唯一的儿子，也就是朱画师。朱画师当年已经二十岁。几年后，他就成了曲山中学的语文老师。"文革"初期，鉴于当时形势紧张，朱家祖上又是地主，朱画师怕妻儿遭殃，便联系海外的亲戚，协助妻儿由螺河入海口偷渡去了香港，再辗转至马来西亚。事实证明，朱画师的未雨绸缪是正确的做法，之后没多久，他便成了批斗的对象，先是宅院被毁，所有的藏品毁于一炬。其时一幅佛像轰然从墙上落下，竟砸在了红卫兵头上，佛像栩栩如生，历火而丝毫无损，红卫兵以为神明显赫，放了朱画师一马，匆匆而退，使朱画师逃过一劫。从此，朱画师便与家人彼此断了音信。"文革"后，朱画师平反，并重新回到工作岗位。有人告诉他说，当年他妻儿乘坐的渔船实际上并没有到达香港，而是遭遇台风，沉没到了海里，尸骨无归。朱画师不信，他坚信妻儿还活着，只是摸不清内地这边的情况，才不敢与他联系，怕害了他。

这么多年来，朱画师一直在等待香港的消息，也尝试着自己去联系。他甚至想出在香港报纸刊登文章的办法，祈求妻儿能够读到，知道他在这边还活着，没有再娶，等着骨肉相认。朱画师还是心有忌惮，不敢署真名，化了曾祖父的名号，取名朱彝明，更不敢写得过于直白，用的是藏头诗的技法——妻子在身边时，他们就经常玩这种才子佳人的文字游戏。这也是后来他为什么以特务罪名入狱的起因。

出狱后，朱画师依然不死心，一有机会就托人打听香港那边的消息。小城走私火热那些年，有不少货船伪装渔船跑香港，往这边拉洋垃圾，其中有一个大老板，叫庄富贵，生意做得挺大，经常经海路往返于香港、海东两地，走私货物，号称海东首富。庄富贵有求于朱画师，朱画师趁势求庄老板到香港打听妻儿的下落。虽说香港不算大，但茫茫人海，怎么找呢？况且也不知道人到底有没有去到香港，是生还是死。庄富贵附庸风雅，喜欢朱画师的书画，愿做顺水人情，满口答应，至于到了香港有没有去打听，谁也不知道。庄富贵是明白人，不会干糊涂事。只是庄富贵的货船一靠岸，朱画师便偷偷去到他家的别墅，问有消息没有。庄富贵人可精了，提前准备了不少香港那边的报刊，其中不乏一些大家族渊源的边角料，狗仔队刨出来的所谓秘闻，关于李嘉诚的，关于向家兄弟的等等，塞了满满一只大信封,让朱画师自己去"研究",看是否能找出点妻儿的蛛丝马迹。朱画师看着那些竖排的繁体字,竟也端起放大镜一行一行地往下读。

我收拾朱画师的书房时,经常一拉就一抽屉的香港报刊,当时还挺好奇,心想朱画师也和我们年轻人一样,喜欢追星。我所看到的那些报刊上,净是四大天王刘德华、张学友、黎明和郭富城的绯闻……

听完朱画师的讲述,我明白他迟迟不敢拆开信件的原因。谁也不知道,手中的信会给朱画师带来什么消息,是喜讯,还是噩耗。好几次朱画师刚要把信封撕开,最后都停住了颤巍巍的手指。

我按住了朱画师的手背,甚至能感受到他如鼓的心跳声。

我说:"我来拆吧。"

朱画师坚持了一会,最后松懈了下来,他手里的信件也就落到了我手上。像是一把千钧重的铁锤,我把它给接了过来。我轻轻撕开信封的一侧,从里面抽出一张白纸。一张 A4 纸,字竟然是打印上去的,没有任何手写的笔迹。

我展开信纸,慢慢念道:

朱先生,您好!

请原谅我还是先以"先生"相称,因为直到此刻,我仍不能有十足的把握,认定您就是我的父亲朱文保,尽管在一个小县城里,两个人同名同姓,岁数相当,职业爱好也一致,几乎是不可能的事情。大概是上帝怜悯吧,让我母亲看到了那份不知道是以什么方式流浪到病榻之侧的报纸,也许是某位朋友送来探望的糕点,潮汕的糕点又习惯用报纸包着,这份糕点恰好又来自内地——香港回归了,好多事情就变成了可能……应该是这个样子吧，我也不太清楚。总之，母亲无意中看到了报纸上您的名字——民间艺术家朱文保。那么大的字体，作为标题。那是一篇整版的报道，关于您的事迹和艺术造诣。母亲当即就像是没病的人那样坐了起来，她患了多年白内障的眼睛顿时如泉眼一样，眼泪唰唰地往外涌，尽管她看不清楚图片和文字，却已经可以断定，报纸上的老头就是她失散多年的丈夫。说起来是多么悲伤的往事啊，我恨我不是一名作家，否则我们家的事就是一部完完整整的长篇小说啊。关于往事，我的记忆已经模糊了，母亲说的，那年我才四岁，不过四岁本应该有了记忆的能力，可能是我天生笨拙吧，硬是对那年发生的事情没有了任何印象——这点可能让您老人家失望了。我真自豪我有一个像您这么优秀的父亲。是的，我叫您父亲了。尽管这么多年来，我一直叫着另外一个男人为父亲，他是母亲后来的丈夫。他是一个好人，可以说救了我们母子俩，他已经因为癌症过世三年了，不过我依然想念他。还请您不要怪罪母亲，她也是没办法，人总是要往活路走的。据她说的，当年漂洋过海到了香港，却怎么也联系不上世伯。当然，后来是联系上了，可那是几年后的事情了。是他收留了我们，给我们饭吃，给我们衣服穿，还让我上学，视我为己出。他真的是一个好人，事实上他也没强迫母亲一定要嫁给他，他甚至还试图打听您的消息，虽然没有打听到，这点您应该能理解。那时有传言，说您早就被人整死了。母亲不信，可是漫漫的岁月也容不得她继续坚强啊。最近这些年，我们才有可能打听到您的消息，甚至还可以回去，把您带过来——如今我在香港有了自己的公司，发展得也还算不错。如果我们知道您还在人世，怎么样也不会留您一个人在那边孤苦啊。香港都回归了，我们也应该相聚才是。感谢上帝，最终还是让我们一家团聚了，在母亲的有生之年。是啊，在此不得不告诉您，母亲已经患了癌症，晚期了，医生说最多也就三个月的寿命。我实在不愿意在这封信里告知您这个噩耗。所以，望您收到信后，及时给我们回个话，我好安排时间过去接您老人家，来见母亲最后一面，以及让我这个不孝子为您尽迟来的孝道。

望您收到后当即致电：（略）

您的不忠妻：李银娥
您的不孝子：朱希平

19

九月，陈静先去曲山中学报名时，我去马街见他。那时我已经离开了月眉庵。沈兼豪处理完朱画师捐赠给民间文艺家协会的收藏品后，想在县城筹办一所民间艺术博物馆，希望我能留下来帮忙。我却拒绝了。不知道什么原因，我对县城一下子失去了兴趣。

我领着陈静先逛了一天马街，吃了不少从来没吃过的小吃，包括最出名的县城咸茶。朱画师临去香港时，给我开了一年的学徒工资，有八千块钱，那时几乎是一笔巨款。

我问陈静先："郑昕也考上曲山中学了吧？"

陈静先做出惊讶的表情，说："你还不知道吗？哦，你是不知道，你都一年没回去了。郑昕没参加中考，她刚好病了，有人说她怀孕了，还流了产。我也说不准，我爸逼着我在家读书，这一年来，我都没怎么跟他们玩了。"

陈静先说的他们应该就是指罗一枪和郑昕，他们肯定好上了，不过郑昕怀孕的事还是让我有点反应不过来。罗一枪也太他妈的操蛋了，偏偏在人家中考时弄出这种事情来。

我说："一枪怎么这样？"

陈静先连忙说："不是一枪干的，是老猴。"

"老猴？！"我几乎跳了起来。

"是的，一枪为这事还把三山国王庙给烧了。"

"啊？他烧了三山国王庙？"

"是，大火烧了一夜。"

"那一枪呢？"

"跑了，听说去了深圳。"

我回到湖村时，立马感觉到了村里的变化，倒也不全是因为三山国王庙被烧成了一堆黑土，不管是檀木神像还是朱画师亲手绘油的杉木门扇，都在大火中烧成了灰烬……还有一种颓废衰败的气氛弥漫在村庄上空，人人都表情肃穆，似乎时刻等待着对神明不敬之后理应得到的惩罚。我没有亲历火烧事件的场面，不过也能想象，那晚村里人该是多么的绝望和痛心，以及知道罗一枪是纵火者后的咬牙切齿。

再次回到湖村，湖村似乎只剩下我一个人了。两年前我们一起出花园时，不会想到大家会这么快离开，想不到罗一枪还以潜逃的方式"出"的"花园"，他跟老猴的恩怨由来已久，只是实在难以意料，竟然会牵扯上郑昕。

辍学后，罗大炮要罗一枪去深圳帮忙，罗一枪没去，主要还是因为郑昕。那时他和郑昕正谈得火热，舍不得走。一个年轻人，没读书，没工作，留在村里能干什么呢？就是混呗。当然，罗一枪混得也不算失败，至少不是那种吃白食的无用仔——罗一枪总不能说留在湖村是为了谈恋爱吧，尽管他的家人，以及湖村上下的知情人都这么认为。

那两年，沙参的价格大跌，它作为中药的药效正在被人质疑，就像罗一枪作为一个灵精的小伙子也正在被人所鄙视那样，这让他感觉到了某种危机感。这种危机感并不是罗一枪一个人独有，几乎村里所有想有出路的人都感觉到，一个崭新的时代正在到来，新型的生活方式也跃跃欲试，可就是很迷茫，不知道该从什么方向去突围。于是，大家似乎约好了一般，把之前传统的种作模式都抛弃了。

沙参是湖村人最先抛弃的，它那伴随着雨天和硫黄味道的宿命，实在不被人喜爱；甘蔗园也正在消失，村里最高峰时曾一同开办四五家糖厂，每年冬天，空气中飘荡着黄糖微尘一般的颗粒，伸出舌头一尝，都能尝到甜味。到后来，就只剩下一家糖厂在消耗最后的甘蔗园了，制糖也换了工艺，改人工为机器，父亲年轻时练就的一手制糖技艺，彻底没了用处。不过吃过的人都说，还是以前的黄糖有味道，有人味，后来的黄糖掺杂了机械的铁生，吃着就感觉不对——慢慢地也习惯了。至于荔枝林，倒是个心头痛，漫山遍野，太多了，价格一年低过一年，好在还可以在果园里种其他作物，之前是芝麻和番茨，后来有了新商机——开始大规模种萝卜，胖小孩肉嘟嘟的大腿那样的白萝卜。就是在那时候，罗一枪突然意识到自己该干什么了。他说服父亲，买回一部八匹的柴油泵水机。泵水机当然是为了泵水。这就对了，湖村一带地势偏高，水利阻滞，打吊针都比它们流得快。罗一枪的泵水机除了自家用，还按时出租，一天下来就能赚个半百八十元。

那些日子，罗一枪整天用黑色嘉陵拉着柴油泵水机到处跑，到了园前地头，抱起一百来斤的柴油机像是抱起一个结实婴儿——人们都风趣地管他叫"泵水枪"。泵水枪给别人家泵水要收钱，唯独给郑昕家干活，他心甘情愿免费帮忙。

种萝卜的人家多了，销路不畅，产业链就随之形成了。村里第一家萝卜加工厂很快建成，在废弃的糖厂建筑基础上修修整整，一家萝卜加工厂就起来了。既然是工厂，就得有个名字，起什么名字好呢？思虑再三，决定起名为"侯氏菜脯厂"——不消说，老板就是老猴侯水塔。老猴早两年贩卖外省女人赚了笔大钱，一直在谋求生意门路。那两年，他开办过糖厂，贩过沙参，炸过花生油，做过六合彩地下头家，眼看萝卜的市场来了，自然不会错过好机会。怎么说呢，老猴办工厂村里人都欢迎，至少比他开面包车去深圳拐骗打工妹要强，同样是"生意"，开办工厂的老猴，村里人至少不会敬而远之，相反，他们还得跟他套近乎，既是为了自家的萝卜能在他那里卖个好价钱，也为了妇女小孩可以进工厂打点零工，压制菜脯的活谁都能干，萝卜洗过对半切开，用粗盐腌制，再撒上配制的香料（菜脯好不好吃就体现在香料的配方上），然后放进陶瓮，面上铺一层稻草，压上木板石块，移至仓库储存，一个月后便可以出售了。据说市场好的时候，一斤菜脯能卖到十块钱。老猴给工人开的工钱，一人一天高达八十，不比罗一枪累死累活赚得少。

郑昕就是在那年寒假进了老猴的菜脯厂，打的是假期短工。

事先，郑昕没征求过罗一枪的意见，她也犯不着征得他的同意，如果让他知道郑昕要去侯氏菜脯厂打工，他情愿拿钱给郑昕，也不愿意她去打老猴的工。坏就坏在罗一枪真是这么对郑昕说的，他太大男子主义，完全不顾郑昕倔强的自尊，两人还因此吵了一架。郑昕想为即将到来的高中生活赚点生活费，这无可厚非，罗一枪横加阻拦，就显得有些小里小气。事实上，罗一枪与老猴那么一点个人恩怨，好多时候也是被他单方面放大了，他不但反对郑昕去菜脯厂打工，还反对自家的萝卜卖给老猴——这就有点麻烦了，罗一枪跟郑昕吵完，还得跟父亲吵。郑昕可以不听罗一枪的话，父亲没办法，他需要罗一枪帮忙。罗一枪也是自找苦吃，他得亲自联系外地的头家来收购，如此一来，价钱肯定就大打折扣了。罗一枪还打掉了牙往肚子里吞，硬是鼓吹外地头家的收购价格比老猴的高，弄得村里人心躁动。罗一枪与老猴的梁子就那么根深蒂固地结下了。照我猜测，后来老猴之所以不惜一切代价讨好郑昕，想要获取郑昕的欢心，自有老猴好色、人品不端的因素，另一方面，他也是为了报复罗一枪，想要给他狠狠一击，毕竟眼看罗一枪一年比一年强势，一村难容二虎，你死我活是迟早的事。

  那个假期，罗一枪和郑昕怄气，好长时间相互不搭理对方。老猴乘虚而入，每天一大早，露水还亮晶晶的挂满荔枝树，他的车就已经在果园门口等着了。老猴对郑昕的追求倒也没有表现得过分露骨，毕竟他是有家室的人，就算他和老婆关系不好，也不能成为他追求别人的理由。老猴每天亲自接送员工上下班，是他招工之始就已经承诺的事情，当然接送的都是外村的员工，湖里人用不着。老猴每天规划好路线，像幼儿园的接送班车，先去郑厝村接郑昕（目的是要郑昕坐副驾驶的位置），再去双塘村，绕个半圈再去北池村。一路上，女孩们在车里说说笑笑，不像是去上班，倒像是出去游玩。老猴在哄女孩子开心方面确实是老手，至少比罗一枪要有经验多了，再说还肯花钱，经常为她们买点早餐奶、零食或者小礼物什么的。

日子久了,女孩们就都喜欢和他开开玩笑。老猴又经常有目的性地把注意力放在郑昕身上,类似让郑昕说说学校里的事,或者唱首歌什么的。

"郑昕,来唱一个嘛。"

女孩们跟着起哄。

"唱一个!"

老猴及时把车里的音乐打开——他那时已经换了一辆富康,车头可以放碟片,放的还都是郑昕喜欢听的歌曲,看来事先他是做足了功课。郑昕慢慢地就唱开了,从孟庭苇唱到那英,从那英唱到孙燕姿,胆子越来越大。

老猴的野心不仅如此。

他还找机会约郑昕去镇上玩,喝咖啡,看电影,跟镇里一帮朋友出入KTV,半夜三更了,才偷偷把她送回家。开学了,老猴也经常开车去二中接郑昕。郑昕那会估计对老猴已经有了好感,又忌惮与老猴的关系公开化,她一面瞒着家人,另一面也瞒着罗一枪,还主动跟罗一枪和好,以消解他的猜忌。

到底还是纸包不住火。

老猴与郑昕的事最先传到了他老婆耳中。夫妻关系虽然不好,也得做出姿态。当天夜里,老猴老婆在家大吵大闹,全村人几乎都支着耳朵倾听,除了摔打碗盆的声音,人们听到最多的是郑昕的名字——郑厝庄的郑昕,年轻是吧?漂亮是吧?是个处女是吧?就值得你侯水塔这么稀罕……

话说到这份上,已经公开明了。

"郑昕不是罗一枪的女朋友吗?怎么跟老猴搞上了?"

"还不是因为老猴有钱,有吃有喝的;现在的女孩子啊,年纪轻轻,都不学好了。"

"要是我家女儿,非一锄头砸死了不可。"

湖村的事，过得了一夜，过不了第二夜，像病毒一样，很快，几乎村里的每个人都知道老猴和郑昕搞上了。传到郑厝庄去，就是前后脚的事。甚至有人传言：郑昕已经怀上了，难怪她老爱穿得松松垮垮，其实肚子已经大了，少说也有四个月了吧。更有甚者说：见鬼，都打过胎了，有人看见老猴开着小车带郑昕去了人民医院……事情越传越大，越来越离谱。

村里人除了探听老猴一家的动静，其实都在暗中观察罗一枪。罗一枪总得做点什么吧，这小伙子平时不是挺刺螺的嘛。大伙吊着胃口等半天，却不见罗一枪有什么动静，他家里的音响一如既往地放着beyond。人们不免有些失望。几天后，罗一枪开着黑色嘉陵出去了，后座上没有绑泵水机。人们又问：罗一枪干吗去了？有人说他去买刀了，有人说刀管鸟用，看样子他弄枪去了。

罗一枪没去买刀，也没弄枪，他去了郑厝庄郑昕家。郑昕的父亲丢不起这人，把女儿关厝内打了一顿。罗一枪进门，看见郑昕在哭，看起来哪像是怀孕的样子，不过这些都跟他无关了。罗一枪跟没事人一样，伸手向郑父要钱。郑父纳闷，不知道罗一枪是什么意思。罗一枪说："以前我和你女儿好，给你家干活可以免费，现在不好了，你得付我钱，是你家欠我的钱。"

郑昕突然扔给罗一枪一把钱，吼道："钱我还你了。你滚，现在就滚！"

罗一枪默不作声，一张不漏地捡起地上的钱，离开了郑昕家。

当晚，罗一枪用锤子把老猴的富康砸出了无数个窟窿，背上事先备好的包袱，走出湖村。路过村口的三山国王庙时，他进去上了一炷香。湖村做母亲的都会交代，进出门得给三山国王烧炷香,神明可以保你一路平安。罗一枪把香插上神像前的香炉,他双手合十,默念道:他日如果能飞黄腾达,一定回来重修;如果不能,烧了也是白烧,就别再骗人了。

罗一枪用油灯把神像前的布帘点燃了,看着火在庙里嚯嚯地烧了起来,他头也不回,跑步离开了湖村。

第二部

蜂鸟停在忍冬花上

1

两个月后,罗一枪打电话回村里,问我要不要去深圳。我说去,当然去。我已经有些迫不及待了,如若不是他及时打电话来,我自己也会只身前往。至于为什么在村里待了两个月,似乎就在等罗一枪的电话。我有预感,他迟早会联系我。

我回家和父母说了去深圳的事,全家都很高兴,五个弟妹就差拍手称快了。我在家里无所事事,只会仗着大哥的身份管教弟妹,还大言不惭说是教他们做人的道理。父亲坐在一边,破例给我派了一根烟。我受宠若惊,还没有启程便感觉已经为家里立下了大功劳,接过父亲的烟就抽了起来。晚上母亲帮我收拾衣物,收着收着哭了起来。父亲来气,说孩子还没出门你就哭个没完多不好啊,你再哭我把你嘴巴拧肿。母亲不敢出声,只流泪。父亲又抽了一阵烟,突然站起来,说:"我去找老猴。"

我问找他干吗。

父亲说:"老猴厂里的货车有时会去深圳,我跟他说下,让他的货车捎你去,可以省点车费。"

我说:"算了,我不想坐他的车。"

父亲说："也是，他跟一枪闹翻了。"

我说："又不是出不起车费，我明早到省道搭长途车。"

父亲说好的，你给的钱还在厝内放着呢。父亲指的是朱画师给我开的工钱，我只给了家里五千块，余下三千，一直放在我身上。要去深圳了，身上没点钱，不太心安。

父亲接着又充当起内行，说扇背镇去深圳的车好像是早上八点启程，到省道半路站时应该是八点四十分左右，有人还会下车买碗甜粥吃；长途客车的前挡风玻璃里都插着牌子，上面用红色字体写着"扇背镇—宝安县"。父亲显得很兴奋，仿佛我不是出外打工，而是上京赴任呢。

罗一枪给我的地址正是深圳宝安县一个叫麻布的地方。

对于我们来说，深圳是一座再熟悉不过的城市，几乎每个村子都有人去那儿打工搵食。我第一次去深圳，接下来的旅程难免存在未知的风险，不知道能否照着地址寻到罗一枪所在的"麻布村"——我很奇怪深圳也以村命名，很难想象它们如何隐藏在高楼大厦的缝隙里。不过我一点都不紧张，也谈不上兴奋，仿佛我去过深圳，见识过它的热闹，更见识了它暗藏的风险。后来我想，这些潜意识里的印象，说白了，其实都来自罗大炮，来自老猴，当然也来自严粒……

严粒应该还在深圳——我幻想某一天会在街头遇见她，如果有可能，我还想去寻找她，两年前她让我帮忙寄出的那封信，上面的地址我已经忘了，只记得那家工厂的名字——深创电子厂。她后来寄给我的信，信封上寄信人地址都写着"内详"，刻意对我隐瞒了住所，只有邮局的印戳证明她还在深圳。如果我要寻找严粒，就得先找到深创电子厂，再找到那个叫董立夏的人。

母亲没敢出来送我，她总是忍不住要哭出声来，不吉利。

出村的路上，一直是父亲帮我拎着行李。我需要带走的东西并不多，不过几件衣物、几本书，一个扛在肩上的包就能把湖村属于我的东西扛走了。父亲拎的其实是罗家捎给俩儿子的东西，半包煮花生，还有干鱿鱼、章鱼头和乖鱼脯，隔老远就能闻到浓重的腥臭味。

父亲坚持要把我送到省道边上。一路我们都无言。父亲不知道说什么好，我更不知道。路过剩下一地废墟的三山国王庙时，父亲停下脚步，朝废墟双手合十，跪了下去。他示意我也跪下去，我不太愿意，但还是跪了，起身后，连忙揩去膝盖上的尘土。父亲由于跪得实，两个膝盖上的尘土看着像是两个形迹模糊的补丁。

天已经亮透了，早晨的阳光把省道的沥青照得银光闪闪，有鸡犬追着横过马路，它们的影子在马路上被拖得很长。一辆汽车轰然开过，吓得鸡犬落荒而逃。我们父子俩翘首看着省道以东的方向，去往深圳的大巴将从那头拐道开来。由于逆着光，我看到的是白茫茫一片。一声喇叭，仿佛隔着一个山头，骤然响起。

父亲说："车来了。"

大巴在我们身边停下，钻出一个肥大的头，问我们去哪。我说去宝安。那人大嘴巴一喊：上车，快走。我一脚踩上车门台阶，生怕踩慢了上不去，车门关上时，都来不及看身后的父亲一眼，跟他说声"走啦"。一直到落座，看车窗外，才发现父亲一路小跑跟着大巴，笨拙地比画着"到了打电话"的手势。

我的泪唰的一下翻涌而出。

大巴不知道开了五个小时，还是六个小时，终于在一座天桥下把我撂了下来。一路所到之处，都是陌生地，从闷热的车上下来时，阳光直射而下的苍白逼着我的眼球，我只能半睁着双眼。与此同时，我仿佛又置身于一个旋转而充满噪音的空间，胃里一阵翻滚，嘴上寡淡。我蹲下身，在马路牙子上吐了起来，早上吃的猪肉粥化作秽物摊流在了地面上——我一来就把城市弄脏了。

一直到坐上罗大炮开来接我的铃木摩托，我都感觉挺不好意思的，憋了一路，最后还是没能憋住。"当是你给深圳的见面礼呗。"罗大炮笑着说，他看起来比以前胖了一些，摩托也是新的。

罗大炮在麻布村租的房子并不大，有个小房间，连门都没有，只用一块布帘遮着；外面所谓的客厅，其实比房间大不了多少，摆了个黑色的旧沙发、茶几和电视，中间只能容两人错身而过；倒是有个小阳台，面对着一片灰突突的矮楼房，这局部的情景，看起来跟海东县没什么区别。客厅的角落里堆满了零零碎碎的货物，有闹钟有发梳和女孩的胸罩，跟他拉回村的一样。事后我才知道罗大炮靠摆摊为生，天一黑就去麻布街摆摊，白天却很清闲，除了睡觉就是看电视。

罗一枪上班去了，他要到晚上十点才能回来。

罗大炮指着阳台外那片灰突突的楼房说："他就在那上班，麻布工业园。"

我重复一遍："麻布工业园。"

像是有人在给我介绍对象，而我迟早也会到那片灰突突的楼房里去上班。我开始想象那些紧闭的窗户里面的情景，像是潘多拉的魔盒，在没有被打开之前，一切都只能在我的脑海里。如果说眼前这片灰突突的楼房就是我来深圳的目的，那也是牵强的想法，罗一枪叫我来深圳，自私点讲他也是为了给自己找个伴。再说既然来了,我就需要一个落脚点,我不像罗一枪,怎么的还有个哥哥在身边,不怕流落街头。

罗大炮说:"晚上带你去麻布行街,比营老爷还闹热呢。"

原来这个叫麻布的城中村,把它所有的组成部件都以"麻布"命名,麻布工业园、麻布街、麻布市场,还有麻布大道、麻布公园、麻布医院等等。

我向罗大炮借了手机,打回家给父母报了平安。接下来的时间就只能陪着罗大炮看电视了,看的是一档娱乐节目,一个说着一口港台腔普通话的男人周旋在几个女人中间,语速很快,笑声不断。我第一次看到电视里还有这样的节目,感觉很新奇。

罗大炮不时被逗得哈哈大笑,边笑边说:吴宗宪这屌毛。

那个嬉皮笑脸的男人原来叫吴宗宪。

不知什么时候,我竟歪在沙发上睡了过去。模糊中,仿佛又回到大巴上,过鲔门隧道时整个车厢陷入黑暗当中,这时从后座伸出一只手,拍了拍我的肩膀……我一个激灵,惊醒过来。睁眼看到的却是罗大炮,他站在我面前,指着茶几上的快餐盒说,赶紧吃了,跟我去摆摊。说着他蹲在角落里清理货物,嘴里还哼着歌。我快速吃完罗大炮为我打包回来的炒米粉,味道还挺香,便匆匆忙忙跟着他下了楼,坐上摩托车,左绕右拐,来到一条热闹的街市上。应该就是麻布街了。

夜里的罗大炮一改白天的慵懒状态,变了个人似的,如夜行动物,夜间才是他的主场。街上人很多,两边的店铺一间挨着一间,整条麻布街远看就像是一条被拉开的拉链。灯光很亮,我记得白天路过,那时没什么感觉,晚上就是好,灯光可以照亮一些东西,掩饰另一些东西。罗大炮连续摁着摩托车喇叭,路人纷纷给他让路,他有些着急,看样子是我耽误了摆摊的时间。后来我才知道，街上的摆摊人，都得赶早来占个好位置，像小时候我们抱着草席去巷口看露天电影。

不过说实在话，罗大炮让我有些失望。我指的不是他的为人，而是他的处境。在我事先的想象里，他不应该以这样的形象出现，少说也应该有间铺头吧。谁知，所谓的摆摊，原来真的只是在街边占个位置，城管管他们叫"走鬼"，我们要客气些，叫"走街边"。摊位每天晚上都在改变，这取决于谁先来谁后到。罗大炮来得不算太晚，最好的位置已经占不上了，他退而求其次，在一个路口边上，错开人家的铺头，摩托车往街边一支，丢开布袋，就摆起了摊位，各种生活用品，杂七杂八，得快速地把它们分门别类，码排整齐。

摆好摊位，罗大炮便开始大声吆喝。他的普通话并不好，听着像是在唱歌，让我这个随从都有点不好意思了。我真后悔随他出来，早知道应该在屋里看电视。我终于知道，这应该就是罗大炮在深圳生活的全部了，他的白天充斥着吴宗宪的笑声，到了夜里，则充斥着他本人的吆喝——原来风光都是吹嘘出来的，就像玻璃瓶摔在了水泥地上，关于他的美好"谣言"，一下子都消失殆尽了。

2

几天后，我果真去了那片灰突突的楼房，进了罗一枪的工厂。

我进厂不费多少周折，罗一枪把我领到人事部，那个负责面试的女孩子满脸青春痘，她只是问我带了身份证没有。我说有。然后她就把我带到了车间，我还没来得及反应过来，就在拉线上坐下来了。

一个高高瘦瘦的男人来到我面前,他自称是"拉长"。他说话结巴,说"拉长"两字时真的是"拉"出来的声音。我放松了下来,是的,这个厂里的人几乎一眼都能找出缺陷,没有比这更让我觉得宽慰的了。我想我们很快就能熟悉起来,像我跟罗一枪那样。

罗一枪已经在这个叫三音的电子厂干了两个月,在车间里,看样子他跟谁都熟,像得到特许,可以在车间里走来走去,有时晃到我面前,挤眉弄眼跟我说,没人欺负你吧?我笑了笑。有罗一枪在,谁敢欺负我呢?那个叫王建国的拉长看在罗一枪的面子上,对我也挺照顾,在我还没有上手的情况下,只安排我做一些简单的工序。全世界都没有比那更容易的工作了,我只需要撕开一张海绵垫,贴在椭圆形的面壳里,如此一天重复几千遍。我的双手因为机械地重复,似乎都不再听大脑的使唤,就算放弃对双手的控制,它们也能自己按工序完成下去。好多时候,我举目四望,看身边几条拉线,所有人都埋着头,像机器人一样与流水线比速度,稍慢下来时,拉长就会过去敲着桌面,"堆拉啦!"这么看来,罗一枪还真是车间里的特例,他并不遵循车间的规矩,却得到了所有管理人员的默许,至少表面上是这样。

罗一枪的工作岗位独立在拉线之外,工作台上备有各种工具,还有一盏小台灯。从我那个位置望过去,看起来他不像是在工作,倒像是把宿舍里的柜台挪到了车间。事后,我问罗一枪,你在角落里捣鼓什么?罗一枪扬了下眉毛,得意地说,维修啊。作为一名技术过人的维修工,罗一枪直属于工程部,这也是他为什么能在车间里晃来晃去的原因。三音厂当时生产的是市面上流行的MP3随身听,引领时尚的潮流,千禧之年的年轻人,要是口袋里能揣一个娇小的MP3,甭管是无屏、蓝屏还是彩屏，扯着耳机沉浸在音乐海洋里而不问世俗的样子，绝对是件拉风的事情。我们竟然就是"拉风"的生产者。罗一枪更牛，还是维修工，他对电子器件的内行开始发挥作用，电路图、万能表、烙铁焊锡等工具在他看来就跟玩具似的，所以在技术工奇缺的电子厂，立马就被青眼相待，直接成了工程部的人，拿的工资比拉线上的普工高出一大截。

当天晚上，还没下班，罗一枪就张罗了一伙人，要请吃饭。看他那样子，不是第一次请吃饭了，几条拉线绕了一圈，要请的人直接拍下肩膀，连吃饭的地方都不用明说，直接用"老地方"代替。我第一天上班，王建国没让我熬到十点，提前叫我下班，他笑着跟我说："先到工业园走一走，熟悉下环境。"他结巴的样子让我听着难受，不过结巴的人一般也能给人亲近感，他们往往比口齿伶俐的人显得随和。我对王建国的印象蛮好，这也是我之所以能在三音电子厂一口气待了四年的原因——直到他出事。

下了班，我当真在工业园走了一圈。偌大的园区里除了厂房，还有商场、烧烤摊、篮球场、桌球场和露天卡拉OK……宿舍楼西面，楼层不高，一眼望去，几乎每一层的阳台上都趴满了人。几个年纪不大的女孩背着包袱，抱着一席卷成筒状的草席正往宿舍楼走，她们肯定和我一样，也是刚刚进的厂。那一刻我突然很想家，迟早，我也得搬进宿舍楼，借住在罗大炮那不是长久之计，他的租房太小了，他们兄弟俩睡房间，我只能在沙发上凑合。这么想着时，罗一枪领着一伙人已经在我身后，他们说说笑笑，和在车间时完全不一样。

所谓的老地方，就是工业园附近的一家湘菜馆。

除了王建国算是认识，其他人都很陌生。罗一枪站起来逐一介绍，我只记得邻座笑容可掬的年轻人叫小路，是贵州人。

小路很热情,年纪稍微比我们大,也可能是长急了,他看起来很壮实,肤色黑黝黝的,话很多,看样子对王建国和罗一枪言听计从。知道罗一枪请客吃饭是为了给我接风后,他便一个劲地朝我碗里夹菜,并在我耳边不停地说话,无非就是以后有什么事尽管找他,大伙出门在外,都是兄弟……弄得我有误入黑社会的错觉。王建国则相反,他话很少,是那种沉稳、诚恳的人,看样子是他们当中的老大哥。那晚他们喝了不少,啤酒瓶噼里啪啦摔了一地,服务员时不时过来收拾。我没敢多喝,初来乍到,还有点放不开。也幸好没喝多,最后他们都不行了,餐馆离工业园只隔了一条在修的马路,他们跌跌撞撞走过对面,我还得搀着罗一枪走回麻布村。

深夜的麻布村开始寂静下来,除了路口还停着几辆摩的在等客,路上少有行人。

罗一枪走路已经飘了,人还算清醒。他跟我说了一路郑昕和老猴的事,算是补充了我对整件事情的了解。我问他为什么要烧掉三山国王庙。他沉默了一会儿,突然笑着说:"一开始也是没想的,就是想进去拜一拜,心血来潮,就那么一下子,像是脑子里搭错了线,我想啊,你是神啊,你不是很灵吗?无所不通吗?那我就烧了你,要是灵的话,就保佑我发财呗,我回去一定重建,原来花十万,我花二十万,可以了吧?是不是?再说了,要是真灵,也不会眼睁睁看着我把他家给烧了啊……哈哈,都是他妈的扯鸡巴淡。"罗一枪确实有些诡辩。我没办法质疑,反正这事,如果不是因为协助朱画师参与画了门神,跟我没有一毛钱关系。

还没等我提出要搬去宿舍的事,罗一枪却先说了,他问我什么时候搬。我担心是罗大炮让他转达的意思,便说越快越好,最好明天搬进去,反正离着也不远,都在一个城中村里,比湖村大不了多少。罗一枪说，好，那我跟你一块搬，你不来，我还真没借口搬走。我有点诧异，这么说，他在哥哥那里住得并不称心如意？我问，你干吗不在那儿住着？反正你哥也是一个人。罗一枪说，你还不知道吧，他有个女朋友的，以前住在一起。你看到啦，房间隔音不好，晚上做那事总是小心翼翼，生怕弄出什么声响来，可是再小心，我也听得清清楚楚啊。有一天晚上我闯了祸，半夜起来撒尿，撞见他们竟然在洗手间里做，洗手间有门，能隔音啊……他们吵了一架，我哥让她滚，她就真的滚了，不过我知道他是舍不得的，男人嘛，我能不理解嘛——我可不想害得他们分手。

3

  我和罗一枪搬进宿舍那天，王建国和小路都过来帮忙了。

  其实也没什么需要帮忙的，我们的东西都不多，每人就一个包，作为刚认识的朋友，他们能陪我们走一趟，感觉还不错。从麻布村的亲嘴楼到麻布工业园走路也就半小时，出了路口，只消沿着河堤往东走。河是无名河，说是河，实则夸大了，确切地说是一条排水渠。河水很脏，杂草丛生，除了熏人的臭气，还得小心草丛里突然钻出来的草蛇。我们都打趣地管它叫"乌龙江"。

  乌龙江携带着工业废水一路向东，数里之远，汇进了大海。说是海，其实更像一个巨大的垃圾场。一排高大茂密的木麻黄树，挡住了我们远眺的视线。这让我想起扇背镇，我们吃冷饮的地方，也长满了茂密的木麻黄树，茔叶如针，密密匝匝，落在地上有一拃厚，走上去像是松软的地毯。

  夜晚要是过了十二点，河堤基本上就看不到人影了，人们怕的不是草蛇，而是打劫。那段时间，河堤上经常发生打劫事件，我们厂里，还有其他厂的，好几宗，被抢了手机和钱包，甚至有一次，隔壁手袋厂的一名女员工，不但被抢劫了，还被几个男的猥亵了一阵，差点被轮奸。小路是万事通，工业园周围的大小事情，他都了如指掌，他说前几年，还失踪过不少打工妹，她们无缘无故，上午还在拉线上用玻璃水擦镜片呢，下午就不见人影了，以为是请假了旷工了，其实都不是，就失踪了，找不着了，招工栏和电线杆上都贴满了"寻人启事"，弄得人心惶惶。不过，每年还是有大把的女孩子涌进深圳，湖南的贵州的湖北的四川的江西的云南的，来了只能进厂，卷着个草席住宿舍，也不知道谁会是下一个失踪的人……这两年好些了，她们学精了，轻易不会上当，晚上下了班，一般也不外出，就待在工业园里——这里就是我们的城堡。

小路把工业园当作城堡，我还觉得挺新鲜。不过对于罗一枪，工业园更像是一所牢狱。我们都住在501宿舍，睡的还是上下铺，我睡下铺，他睡上铺。在我心里，我更愿意把宿舍想象得美好一些，还特意买了台灯，书和日记本叠放在床头，开始听校园民谣，从高晓松一路听到朴树。我还买了一把吉他，花了五百块钱，相当于半个月的工资。我想利用空余的时间学习吉他，实际上完全做不到，一直到我离开三音电子厂，都没能完整地弹出几个和谐的音符。更多时候，我的吉他成了工友们拍照的道具和向女孩炫耀的资本。陈静先在曲山中学也没有我那么文艺，其间我们通过几封信，后来就没再写了。陈静先说，学校从高二开始就要备战高考了，怕连写信的时间都没有了。

相比于我，罗一枪很难适应宿舍的生活，光是夜里下班回来，四个床位八位宿友排队洗澡这事，就让他受不了。那年冬天特别冷,宿舍里没热水器,热得快又不让用,罗一枪自制了个烧水工具,有一回把整栋宿舍楼的电线都给烧煳了,消防车都开进了工业园。为了不麻烦,大多数人情愿洗冷水,争取多一点时间睡觉。小路挺有经验,他教我洗澡时嘴里含一口冷水,那样就不会那么冻了。他说他老家冬天还下雪呢,人们也是用这种办法抗寒。我试了几次,感觉好一些,可能是心理作用,每次洗冷水澡对我来说依然像在受虐。哪像小路,洗了澡,还光着黑黝黝的身子在宿舍里晃几圈,浑身像块燃烧过的黑炭那样,冒着热气。

罗一枪时不时会去他哥那里,就为了洗个热水澡;有时候不加班,他也叫上我一起。罗大炮和他的女朋友已经重归于好。他的女朋友叫丁晓燕,梅州客家人,说一口客家话。我们听不懂,罗大炮不但能听还会说,不得不佩服爱情的力量。丁晓燕烧得一手地道的客家菜,很对我们的口味,比起食堂那些恨不得饭里也要加辣椒的伙食,丁晓燕做的饭菜可谓佳肴。每一次去罗大炮那,我总是兴致盎然,就为了一顿好饭好菜。

有一天晚上,我们在罗大炮家里看电视,过了十二点才赶回宿舍。出了城中村,过河堤时,像是进入了某处荒野,完全难以想象我们行走在城市里。那时临近过年,天气又湿又冷,我们缩着脖子,像是两只行走在南极雪白冰面上的企鹅——只是应该把"雪白"改为"墨黑"。确实连路面都看不清楚,只能靠惯性急促地行走,稍有不慎,可能就会掉进河里。

起初,河堤边上的树丛中,突然冒出两个人影。我们没往坏处想,或者说,干脆就没把人影当成是人,以为黑乎乎的影子只是黑暗的一部分。我们径直往前走,一直到两个人影几乎逼到眼前了,才意识到,那不是黑暗的一部分,是黑暗里隐藏着的人,或者鬼。我先是大叫了一声,一个趔趄,栽了下去,罗一枪试图抓住我的衣领，没抓稳，我顺着斜坡滚下了乌龙江。我试图抓住草丛，草丛却不争气，没能稳住我的身体。扑通一声，我整个身子滚进了水里。说是水，其实更像是泥。泥水足足有一米多高，我努力站起身子，刚好够着我的颔下。我整个身体都糊上了一层黏糊糊的泥水，阵阵恶臭直冲鼻腔，竟然哇的一声哭开了。

罗一枪在堤上喊我的名字，不过他被两个黑影缠住了。

我费尽力气爬上河堤时，发现两个黑影已经趴在地上了，像两尾鲶鱼在草地上蠕动，伴着痛苦的呻吟。显然，他们就是打劫者，却不是罗一枪的对手。我和罗一枪一路小跑到工业园门口，借着灯光能看见罗一枪的手上还沾着血，正握着一把刀。刀是他从两名劫匪那夺过来的，是一把银光闪闪的匕首。

我则完全是个泥人了。

4

一连几天，都有人纠集在工业园门口围堵罗一枪，他们从保安室的监控中截到了罗一枪的照片。至于我，估计在视频里像个粗重的影子，完全辨认不出来。罗一枪起初还不知道，他打倒了两个抢劫犯，在他看来是值得炫耀的事情，是小路先探到了风声，让罗一枪最好避一避。那帮人是社会上混的，不务正业，在麻布村靠打劫和收保护费过日子，听说背后还有社团老大撑着，惹了他们，什么事都干得出来。罗一枪这才知道惹了麻烦，在工业园是待不下去了，只好辞职不干。他也实在受不了宿舍的生活，急于逃脱在他看来所谓的"牢狱"。

罗一枪结束了半年的工厂生活，终于又搬回罗大炮的出租屋。丁晓燕这次没好意思再跑，硬着脸皮和罗一枪隔着一席布帘同屋而睡。有一次罗一枪还厚颜无耻地跟我说，他哥和丁晓燕在屋里做那事，他实在受不了了，一边听着屋里的声响一边打手枪。

有几个月时间，罗一枪找不到事做，只能整天窝在屋里看电视，听beyond。有时夜里会跟着罗大炮出去摆摊，大多时候也不肯帮哥哥的忙，而是到处乱逛，一夜下来，可以逛遍好几个街道，方圆几个村的哪条路、哪个街市、哪个旮旯他都了如指掌。我不知道罗一枪那段时间热衷于此到底是出于什么心态，是实在没事干消磨时间，还是在准备着什么。凭我对罗一枪的了解，他应该有自己的想法。

果然有一天，罗一枪找来王建国、小路和我，在我们面前展开一张白纸，貌似是手绘的地图，不过字迹之潦草，估计他自己都得辨认半天。我们三个面面相觑，不知道他想干什么。罗一枪笑着问："知道这是哪吗？"他用手指戳了戳纸面。我们摇头，罗一枪继续说，"扣车场。"小路"哦"了一声，"这地方我知道，航城大道边上，离这不远。"罗一枪朝小路竖起一个大拇指。王建国"那那那"半天，"那又怎样？"他一激动，苍白的脸总是涨得绯红。罗一枪收起纸张，声调压低了一些，"我观察很长时间了，扣车场就一个老头在那看守，周日晚上，他会去南天工业区，叫他孙子来代班，他孙子就是个小毛孩，喜欢塞着个耳机听歌……"我大概能猜出罗一枪想干什么了，我打断他说："你不会是想偷车吧？"

罗一枪给我们考虑的时间并不多。当时已是傍晚，难得周日晚上不加班，他却要我们去冒着那样的险。也就是说，如果答应下来，我们找个地方吃饭，再把计划捋一遍，基本就可以动手了。航城大道那片地方我知道，还是荒地一片，除了一个扣车场，周围数百米都是荒草园地和一个废弃的砂石场，轻易见不到人影。王建国之所以答应，据我看，完全是他身上那股真诚的义气在作祟，他知道罗一枪急需一辆摩托车，肯定想用它来寻什么门路，像罗大炮那样去跑街边，或者像更多人那样去拉客，罗一枪等于是求王建国帮忙，王建国又怎么推托得了呢？至于小路，就不用多说了，只要是我们愿意干的事情，他绝对不会说一个"不"字。我是有些迟疑，却不敢表露出来，在罗一枪眼里，就算王建国和小路都不愿意，我也应该不能让他失望啊，至少当时是这样想的。

当天夜里，我们找了个大排档，吃了一锅砂锅粥，还喝了一些啤酒，不敢喝多，怕车没偷成，人反而在扣车场过夜。我们把步骤详尽顺了一遍，并做了分工，小路和罗一枪负责潜入扣车场，我和王建国负责在外接应。我们还备好了口罩，罗一枪说没发现有监控探头，保险起见，还是得戴上，上次被围堵的教训必须吸取。吃了粥，喝了酒，商议好这些，时间也差不多了。走路去扣车场，差不多要半小时。

至今想来，那半小时是我们走过的最漫长的路程，也是最黑、最寂寞的路程。航城大道平时稀稀拉拉的路灯，那会竟然全瞎了，看似是在暗中配合我们行动。当我们猫着身子出现在扣车场围墙之外时，举目能见的确实只有门口保安室的灯光和更远处的南天工业区。保安室门窗紧闭，时下是春末夏初，晚上还很凉，除了透过纱窗玻璃隐约能见人影，四周不见一样活物。围墙不算高，大概一米五左右，站在墙外能看见里面黑压压的摩托车，不仅是摩托车，还有三轮车和废弃的小汽车。它们曾经在城市里无证穿行，因为身份的缺失，便只能在这荒野之地栉风沐雨，慢慢腐朽。这么说来，我们的冒险，是给它们重生的机会。我这么想着时，罗一枪已经把堵住围墙豁口的床垫移开了，一个跃身就跨了进去。果真没什么困难，完全如计划好的步骤有序进行。有野猫被惊动，从豁口处窜了出来，吓了我一跳，在此之前，它可能在某辆小车里睡得正暖。野猫的出现加倍了我的紧张，双脚竟然不自觉地哆嗦起来，希望他们能尽快找到心仪的摩托车。罗一枪倒是不慌不忙，还借助手机的余光挑选。小路跟在他身后，看起来像是粗重的影子。

时间过得真叫一个漫长。王建国问我，怎么还没出来？他问我我问谁呢？隔一会，我又问回王建国，怎么还没出来？罗一枪和小路的身影早就消失在憧憧黑影里了，像是被满地的破铜烂铁吞噬了一般——说真的，眼前这个扣车场让我想起了扇背二中宽阔的操场，甚至使我产生错觉，仿佛我们置身操场，全校师生正在开追悼大会，为一位伟人的溘然去世而默哀；画面一转，似乎又只剩下罗一枪独自在尘雾里耍车技……天地间却是黑魆魆一片，整个操场像是被某种器物密不透风地包裹了起来，空降挪移到了深圳这块土地上，显得突兀而凛然——王建国实在等不及了，他正想把头伸过围墙去探望，差点被摩托车头撞了个正着。罗一枪和小路不知什么时候已经把摩托车推到了墙边，正把车头往豁口处抬。

"来，接过去。"罗一枪说，因为戴了口罩，声音闷闷的，像是隔着一层湿土。

我和王建国一左一右抬住车把，四人同时协力，很轻松地就把摩托车挪到了围墙外面。

"我们再去找一辆，你们等着。"罗一枪隔着围墙说。

他们才刚走出几步，狗就叫了。罗一枪还是失算了，他做了那么久的踩点工作，竟然没发现狗，也可能是那条狗当天晚上才被带过来，就像守夜的小毛孩刚好赶了回时髦新买一台 MP3。

紧急时刻，罗一枪和小路翻出了围墙，两人都摔了一跤。

接着，四人连推带拽，硬生生把一辆摩托车从草木丛生的荒地转移到了航城大道。死里逃生一般，我们狂奔在大道上，摩托车瘪气的轮胎碾压着地面，发出噗噗噗类似叹息的声响。其实周围一个人影也没有，更别说有人在追赶了——那条狗也没追上来。

5

罗一枪好眼力，那是一辆血红色太子摩托车，经过一番洗刷修整，焕然一新，像是刚买的新车。罗一枪把太子当宝贝一样呵护。后来他常说："这可是兄弟们用命换来的，我却用它来拉客，真是便宜了这帮兔崽子，花几块钱就能坐这么好的车……"

是的，罗一枪成了麻布村的拉客仔。

作为拉客仔，罗一枪对交通工具的装扮实在有些过分，他竟然在车头位置加装了一套微型音响，其实就是将离开电子厂时带出去的旧主板，焊接在仪表盘上，相当于安装了一台MP3在车头。两个小音箱则装在转向灯下面，像是吊着两只大耳环，设计之巧妙，让人要观察上半会。罗一枪的摩托车开到哪，歌声就跟到哪，在哪他都是吸引众人目光的焦点。我敢肯定，在摩托车上装音响，罗一枪绝对是首例，至少在麻布村，他算是开了先河。之后好多年，深圳街头到处是带音响的摩托车，那些拉客仔可能都不知道，罗一枪就是他们的祖师爷。

起初，罗一枪还挺老实，遵照拉客人的江湖规矩，只在街头巷尾拉一些散客，不敢去争人家打点好的地盘，例如工业区门口或者公交站台。没过多久，他就不安分了，到处窜，哪有客就往哪钻，破了拉客人的规矩，抢了不少人的生意。大伙怨恨在心，却暂时不敢拿罗一枪怎么样，还摸不清楚这只突然冒出来的刺螺到底是乜嘢来头。再说了，罗一枪还随车带了一把长刀，就插在一截钢管里，钢管焊接在避震器上，看起来像是避震器的一部分……祸端大概就是从那时候开始酝酿的——不过，也是因祸得福，如果不是那样，罗一枪这辈子就不可能认识鞠总，而认识鞠总，可以说是他一生的转折点。

鞠总明面上是个商人，其实是麻布村的黑道老大。我之前听小路说过，围堵罗一枪的那帮黄毛，背后撑着的人物就是鞠总。好多事情，我们作为局外者，大多是道听途说，这里面免不了添油加醋的成分。罗一枪自然也听说过鞠总的风光史，据说这人是本地人，有能耐，控制着整个麻布村的废品生意——人物一旦有了传奇性，难免就有了神秘感。

早在二十世纪九十年代，鞠总还是个小年轻，靠着本地户口分红，整天无所事事，在街头晃荡。那会电子厂刚在麻布村兴办，几乎是一夜之间的事情，麻布村到处都是工业区，工业区里八成以上又是电子厂。要说鞠总命好，确实也是，不过人们佩服的倒不是他的命，而是他的眼光。麻布村人当时还很烦恼，请了记者，烦恼直接上了报纸。如果有心，去翻阅当年的报纸，仍能读到这样一则新闻：电子厂垃圾泛滥，麻布村人不高兴。边上配着一张图片——没错，图片里就是堆积如山的锡渣。鞠总的眼光就体现在这时候，他突然意识到让村民们烦恼的东西似乎有价值，便自掏腰包，请了挖土机和拖拉机，把"垃圾"都清理干净，租了场地堆放起来。几年过去了，鞠总也难顶家人的怨言，差一点就妥协了，准备将几十吨锡渣倒到西湾海里去。好在又挨了几个月，几个月后，就变了天，竟然有人愿意高价收购锡渣。鞠总自此发家致富，多年来，一直致力于废品行业，多次被媒体称为"废品大王"。

就是说，麻布村作为鞠总的地盘，不管是市场、超市商铺还是工业园，它们的废品最后都得由鞠总来收购，垄断买卖，外人谁也插不了手，即便是踩个三轮车收破铜烂铁，都得鞠总这边点头同意。麻布村街头凡是没什么正事，整天在街上晃荡，随时等着操家伙的金毛黄头，可以说都是鞠总的人，或者吃的是鞠总的饭。按理说，拉客仔不属于鞠总的权力范围，他也懒得管，不管罗一枪是抢了别人的客，还是开着音响招摇过市，甚至随车藏了把刀，只要他对鞠总没什么人身和利益上的威胁，他老大哥就犯不着亲自跟一个初来乍到的小伙子过不去，实在看不惯让手下去揍一顿，赶出麻布村就得了。鞠总之所以对罗一枪感兴趣，是听说罗一枪曾把他的人给打了，至于为什么被打，他兴趣不大，只是有些惊奇，在麻布村还有人敢在鞠总头上动土——他得会一会。

于是有一天，罗一枪被人请到了麻布公馆。

麻布公馆位于麻布街上，灯红酒绿，像是迎面走来一个穿着暴露的女人，忸怩间能闻到一股隐秘的骚味。麻布公馆是鞠总的地盘，也是他用以招待四方来客的活色生香之地。罗一枪后来还带我去过一次，那时他已经是鞠总身边的小红人了。不过，罗一枪第一次被人胁迫去麻布公馆时，可是做好了进得去出不来的心理准备。事后他一直引以为豪，死里逃生不说，还因为不俗的表现让鞠总看上了。我不知道当天在麻布公馆里，他到底经历了什么，或者说了什么让鞠总激赏的话。罗一枪对此语焉不详，我也没兴趣追问。自那以后，他对鞠总的崇拜和追随，简直可以说是死心塌地。据他描述，鞠总其实长得一般，一点都不像传说中那么神秘，个头很矮，壮实，小圆头，留着鲁迅那样的一字须，胡须修剪齐整，是个对生活极其讲究的人，不像什么黑社会老大。

过后没多久，麻布村爆发了本地帮与湖北佬之间的争夺战。湖北佬在麻布也是厉害角色，天上九头鸟地上湖北佬，不好对付。拉锯战打了有一段时间，最后是鞠总动用关系，把湖北佬当黑社会团体给一网打尽了，当时还上了新闻，连续播了好几天，以儆效尤。我听小路说，罗一枪作为鞠总身边的新秀干将，在争夺战中发挥了重要作用，深得鞠总的赏识，已经成为他身边的小红人了——那些在街头晃荡的黄毛后来都改口叫他"枪哥"。

当上枪哥后，罗一枪自然不需要再当拉客仔了，如散兵游勇找到了组织。既然是鞠总的人，他迟早会成为那些他所憎恨的黄毛，晚上帮鞠总看场，白天到处晃荡，业余时间再抢个劫、收个保护费，捞点外快什么的。罗一枪却不想成为那样的人。鞠总没事喜欢带罗一枪在身边，出入各种场合，一来罗一枪人高马大，带着有气势，二来他酒量好，白酒啤酒，喝再多也没见醉过。能和鞠总在一个桌上喝酒的，不是老板、老大，就是一条道上的政府官员，罗一枪来者不拒，一个晚上喝下来，面不改色心不跳，满桌子称兄道弟。

那些日子，我们见面越来越少，好不容易在一起，他总是一口一个鞠总，好像鞠总是他再也无法离开的衣食父母——确实也是那样。不过，罗一枪脸上不自觉表现出来的那种近乎低贱的膜拜之情，还是让我很反感。我不是反感鞠总，我没见过他，也不是反感罗一枪，但是只要他一说起鞠总，就让我感觉不适。

然而，无论是我，还是罗大炮，甚至是王建国和小路，都因为罗一枪而得到过一些生活上的便利。那时候，治安联防队还经常会上街查暂住证，那帮人比鞠总的人还要野蛮，拉了人就往笼子车上推，像抓猪崽，第二天就拉往东莞樟木头，拘留的拘留，遣送的遣送，还有不少因此丧了命，不知所终。我们厂里就有一个小男孩被抓后，生怕戒指被收缴，摘了戒指生生往肚子里吞，结果卡在喉咙里，活生生给卡死了。死了也就死了，没人会为此负责，或者忏悔。我们因为有了罗一枪，就有了对付治安联防队的办法，万一真遇上了，报上"枪哥"的名号，基本就没什么事了，治安仔绷着的脸立马会垮下来，笑着问道："和枪哥认识啊？是鞠总的人啊？"如果我拿出手机，问是不是要打个电话确认，他们连忙说："不用不用，走吧走吧。"

罗大炮有一次还悄悄问我："你知道一枪在干什么吗？"

我不敢说实情，只能说罗一枪在一家本地人的公司里做事，老板很器重他。

起因是罗大炮摆摊时，有一次被城管收了几千块钱的货，罗一枪得知后，一个电话，货物就原封不动送了回来。之后城管再见到罗大炮，要么绕着走，要么提醒他自行离开，态度还十分和蔼，让罗大炮很不习惯。

我跟罗大炮说，罗一枪经常跟着老板出去办事，可能刚好认识城管局的人，熟人好办事嘛。罗大炮若有所思，嘱咐我说，"你帮我看着点，他不像你，从小就不听话。要是让我知道他跟了什么乱七八糟的人，我饶不了他。"

6

一直到罗一枪的"再生资源回收公司"在麻布村隆重开业，不用我解释，罗大炮都知道他弟弟是怎么混出来的了。所谓"再生资源回收公司"，说白了，就是废品收购站，有鞠总罩着，罗一枪不怕生意做不起来。鞠总既然同意罗一枪在麻布村开废品收购站，也是想把手头的生意分一部分出去，毕竟跟了他好几年了。

罗大炮之前不是没怀疑过，他总是想方设法向我探问，然而我一直瞒着，甚至帮罗一枪编了不少堂而皇之的理由。我知道他们兄弟俩表面上都是大大咧咧的性格，骨子里却是两种人。简单说，罗大炮凡事都习惯往好处想，对生活充满盲目的希望；罗一枪相反，这世上能让他看得顺眼的事物还真不多。偏偏罗大炮又是哥哥，没有父母在身边，长兄为父，罗大炮死认这个理，不但在生活上有照顾的义务，在人生轨迹上也有指点迷津的权力。

罗大炮在深圳多年，虽说不是第一批闯深圳的人，但也是个老深圳客了，这个城市的鱼龙混杂，他是有经验的过来人。他九十年代初开始在深圳跑街边，每天除了被城管赶，就是怕鞠总的人收保护费。城管来了还可以跑，跑赢了就赢了，鞠总的人（或假以鞠总的名义）来了，他们还真不敢跑，今天不交，明儿开始就别想麻布街边有他的位置了，只能说好话，能少交就少交一点，有时一天的收入还不够交保护费。罗大炮又是认死理的人，在我和罗一枪看来，他实在是迂腐过了头，早些年回湖村营造出来的派头，以及在我们心里建立起来的美丽蜃楼早已轰然倒塌。这都不算什么，是楼就有倒塌的那一天。我们所不能理解的是，他一面艰辛谋生，受尽排挤，另一面却对世间充满让人费解的乐观，无论是对自己的未来，还是对深圳对整个国家，他都能夸夸其谈，两眼闪烁着不切实际的光芒，似乎他就是那个背后的操纵者，将来也会是最大的得益者。"明天会更美好""来了就是深圳人"等等，几乎是他一贯的口头禅。每当坐下来，他总不忘摆出一副长者的姿态，教育我们，不能走歪门邪道，要好好工作，为祖国的繁荣富强做出贡献。你们看,咱们国家强大了,腾飞了,香港回归了,澳门回归了,用不了多久,台湾也要回归了。"台独"那帮孙子,要是再捣乱,阻碍祖国的统一事业,迟早一颗飞毛腿打过去让他们去向马克思道歉……他说这些话的时候,可能喝了点酒,跑街边的货物也刚刚被没收了,或者一天赚的钱有一半缴了保护费。可他坚信那是两回事,根本就没把它们掺和在一起想过,仿佛发生在不同时空。

我们正是因为反感罗大炮的说教,才慢慢对他有所疏远,有时长达几个月不见面。

罗一枪开废品收购站的动静闹得有点大,麻布村的人就差奔走相告了,怎么瞒得住罗大炮呢?能在麻布村公开经营废品收购站的,绝对跟鞠总脱不了关系。别说废品收购站了,就算踩个三轮收点纸皮,都得托人打招呼,每月按时送上陀地费。罗一枪的废品收购站不但占地大,还位于麻布村的繁华地带,瞎子都看得出来他跟鞠总的关系不一般。罗大炮得知后,果真暴跳如雷,眼看弟弟不争气成了他最憎恨的人,这点他接受不了。罗大炮平时对弟弟算是情深义重,在弟弟和女朋友之间二选一时,他毅然选择了弟弟,让女朋友滚一边去。罗一枪搬出去后,罗大炮一直很担心,生怕弟弟在外面没地方住,还经常让我劝罗一枪搬回去,说他已经把客厅和房间的布帘换成实木门了,自个掏的钱,太便宜房东了。

有一天,罗大炮突然来到了废品收购站,站在门口把罗一枪痛骂一顿。罗一枪出来一看,想上前拉哥哥进屋,却被罗大炮扇了一巴掌。街头盘踞着的金毛以为枪哥被人欺负了,立马就操家伙把废品收购站给围住了,叫嚣着要干罗大炮。罗大炮这下更来气了,平时收保护费的就是这帮孙子,如今这帮孙子竟然都成了罗一枪的手下。

罗大炮喊，"打吧，你们今天最好把我打死啰。"

金毛们果然一拥而上，罗一枪站在一边抹着嘴角的血迹，呵斥道，"你们还真打啊，知道他是谁吗？"金毛们面面相觑。

罗一枪继续说，"他是我哥，亲哥，知道吧？我在乡下玩泥巴时，他就来深圳了，我们家如果没有他，单靠我爸种沙参，早就饿死了，你们真要当着我的面打他啊？"

金毛们都退开了。罗大炮却愣在原地，他完全想不到罗一枪会这么说话，他的鼻头一酸，像是刚才那一巴掌打在了自己的鼻子上，他不知道该说什么好了。

兄弟俩在麻布村的街头对视了好大一会。

最后罗大炮说："还是那句话，我不想你出事，咱们罗家老老实实，种沙参就种沙参，跑街边就跑街边，没什么好丢人的，你千万别干丢人的事。"

罗一枪问："收废品怎么就丢人了？"

"你自己心里有数就行。"罗大炮转身走了。

从那以后，兄弟俩心有芥蒂，鲜有往来。

罗大炮在麻布街的摊位却再也没人敢占了，也没人敢收保护费。这背后当然是罗一枪的原因，罗大炮那一出，等于在麻布村公开了他们的关系。罗大炮不吃这一套，他看到城管还是要跑，见到金毛还主动给钱——整条麻布街就他一个人那么做，还遭受同行们的非议。罗大炮不希望人们把他当黑社会老大的哥哥看待，搞得那些城管和金毛也颇为难，夹在他们兄弟之间，不知怎么办才好。

随之发生了两件对罗大炮来说影响巨大的事情，一件是深圳禁摩，另一件是麻布街升级改造。两件事情对罗大炮都是毁灭性打击。禁摩第一个月，他的铃木摩托车就被交警推上了拖斗车，丢进了麻布扣车场。交警是西乡的交警，罗一枪不一定有办法，就算有办法，罗大炮也绝对不会让弟弟插手。摩托车没了，深圳的街道再也不允许摩托车出现，就是说，罗大炮以后只能背着货物去麻布街摆摊了。这自然是没办法的事情，一个指令下来，多少人要因此陷入困境，被迫改变生活模式，短途上班族，接小孩上下学的，送煤气的，送快递的，包括为数众多的拉客仔……他们几乎在一夜之间束手无策，怎么办？能怎么办，自己想办法呗。罗大炮想不出更好的办法，坐公交吧，就几个站，还要绕一大圈，多走出一倍的路；打的吧，花不起那个钱，一天能赚的估计也就是个的士钱。最简单的办法，就是走路去麻布街，来回一趟，要一个多小时，罗大炮一天不落——走街边的人都这样，仿佛一天不出去就会没米下锅，心中充满焦虑。

罗大炮每天把货物装在一个新买的29寸密码箱里，又笨又重，光下六楼楼梯，他就要折腾不少时间，拖着往街上走，像是每天出一趟远门。那时清明刚过，天气开始闷热，一程半个小时走下来，罗大炮的汗把上身的衣服都染湿了，难免窝了一肚子气，十分怀念他珍爱的铃木摩托车。

这么大的城市就不能给摩托车腾出一条道……

罗大炮开始发牢骚，不过很快，他就连牢骚都顾不上发了，麻布街即将升级改造，一刀切，街上的所有走鬼全部得清走，一个不留。这下好了，罗大炮背面挨了一刀，紧接着正面又挨了一刀，正是这第二刀，打了他个措手不及，把他靠着双腿出行的权利都剥夺了。真知道有这么一天，他宁愿满身大汗，也总比在出租屋里待着不知道干什么强啊。罗大炮只好开始谋求别的出路，重返麻布街是不可能的了，麻布街的改造紧锣密鼓，街道两边的阔叶榕几乎在一夜间全部被锯断移走，重新栽上一人多高的树苗；铺面全都翻了新，当然只是表皮的装饰，像是上了年纪的人化了浓妆，以遮去显眼的斑点。麻布街保存陈旧的内里，外壳却改造成徽派风格的浮夸模样。经过半年的升级改造，一条不伦不类的步行街重新对外开放，商铺的租金自然翻倍。夏天逛街，却连个乘凉的地方都没有了。

罗大炮如果还想跑街边，就只能离开麻布村。这对在深圳揾食的人来说，也不算什么大不了的事，不就是换个地方继续谋生嘛，反正怎么换，还是在深圳。只是，随着城市的发展，揾食人只能越换越远离城区，越换越偏远，从市内换到关外，从宝安换到福永，从福永换到沙井，从沙井换到松岗，从松岗换到光明，再换下去，就只能去东莞或惠州了。

秋天，罗大炮搬去了塱岗村，鬼使神差，受一位朋友的引领，竟毅然改了行，放弃多年的跑街边生涯，搞起了烧烤摊档，相当于是从杂货零售行业转到了饮食行业。这里头的跳跃有点大，罗大炮花了好长时间才算稳定下来。这期间，丁晓燕作为一个客家女孩表现出了不离不弃任劳任怨的优良传统，帮了罗大炮不小的忙。两人的感情日益笃深，并在年末闪电式地举行婚礼，结为夫妻。罗大炮本想一切从简，不筹办婚礼，不请亲朋，连个婚纱照都没照，两人到居委会开个证明再去民政局领个证就算完事。那时他们的烧烤摊开始步入正轨，烤鸡翅，烤韭菜，也炒板栗。丁晓燕还在一边卖珍珠奶茶和西瓜，生意倒是越做越顺，赚得比跑街边时要多些——小两口连抽个时间去领证都因为少赚一百块钱而深感惋惜。

罗大炮和丁晓燕准备结婚的事是我告诉罗一枪的。我刚好路过塱岗，去见了罗大炮。我觉得罗一枪都是快要当上叔子的人了，怎么样也要上门喝杯嫂子系了红裙端出来的茶，再随上一百块钱，塞进茶杯里——俗称"垫茶瓯"，以表达嫂子对叔子的关爱、叔子对嫂子的敬重啊。

罗一枪上午得知消息，下午就到芳菲酒楼订下了婚宴大厅，连菜式都点好了，才打电话联系了哥哥……无论如何，作为罗家的大哥，得举办一场婚礼，否则罗一枪永远不会承认丁晓燕是他嫂子；婚宴的所有费用，全由罗一枪负责，不需要罗大炮操心，他只需要领着丁晓燕出现在婚宴现场，开开心心喝个交杯酒。罗大炮却在电话那端沉默了许久，他心里的复杂可想而知，如果拒绝了弟弟的好意，兄弟的情谊就真的走到了尽头。事实上，经过一系列曲折，罗大炮对现实有了难以察觉的妥协，话还没到嘴边，声音已经开始哽咽了，最后终于泣不成声。兄弟俩一段时间来的僵持，就此冰释前嫌，重归于好，没有什么比这更重要的了。

罗大炮和丁晓燕的婚礼举办得异常隆重，刚开始请的只是罗大炮那边的亲友和丁晓燕的家里人，后来，我和罗一枪的朋友也相继过来道贺。那晚我们都喝多了，醉得一塌糊涂。宾客散尽时，我看见王建国拉扯着罗一枪在一边说着什么，两人端着酒杯，看样子像是相互搀扶而立，好像谁离开了谁就会轰然倒下。

7

王建国当上三音电子厂的车间主管后，就与罗一枪交往甚密。

他们似乎有什么事情瞒着我，不过一个是我的直接领导，一个是我的发小，对他们的事情我也不便过问。三音电子厂发展势头良好，除了做MP3，还开始研发手机和笔记本电脑，车间员工从一百多人壮大到了五百多人。作为主管助理，我在厂里也算是中层领导，威望还不错，总经理，甚至是老板，有时会通知我到办公室，越过王建国，直接了解车间的情况。

他们第一次问我王建国的情况时，其实已经在提醒我了，或者说，他们希望我去劝告王建国，也可能是在探我的口风，以获取关于王建国窃取公司财物的有力证据。如果我对王建国和罗一枪私底下的勾当了解的话，我当然知道该怎么做。实际上我一无所知，一直到王建国在车间被警察铐走，我仍一头雾水。

说起来也是，我和王建国共事几年，却对他的情况知道不多，除了知道他是河南人之外，还有就是他交了个女朋友，在麻布村租了个小单间同居。工厂里的人基本如此，谁都不会对谁有更多的了解，心照不宣一般，每个人都护着身世的壳和脸上的面具，谁也不愿意透露多一点有关自身的秘密。我能看出来王建国过得并不如意，听说他女朋友为他堕过一次胎，之后身体一直不大好，三天两头去医院。王建国和罗一枪的关系越来越密，密得有些地下接头的意思，倒也不是王建国因为女朋友的病跟罗一枪借过钱，罗一枪没有不借给他的理由，只是罗一枪同时也指给了王建国一条"生路"——我想，这才是他们后来连我都瞒着的原因。

王建国和罗一枪都选择瞒着我，也是为了保护我，万一出事了，至少我是清白的，因为不知情。关于这点，他们肯定经过深思熟虑，即便罗一枪粗枝大叶，没有想到，王建国也会帮他想到，他极力把我推到主管助理的位置上，自然不想我因为他而一落千丈。

王建国被抓那天，其实一点征兆也没有，厂方没有打草惊蛇，他们掌握了铁证才报的警。那天王建国来得有点迟，他叫我进办公室时，我已经安排好了车间一天的工作。这是我们一贯的合作方式，效率极高，从来没有因为我或者王建国的迟到早退而耽误过生产。王建国说他一路从河堤走过来时，突然感觉很不对劲，像是有什么事忘了做，却硬是想不起来是什么事。他让我提醒一下他，是否有事情让他给忘了。我说没有，工作上的事不用他操心，生活上我们彼此插手不多，也就不存在需要我提醒的情况。我正要出去时，王建国突然叫了我一声，我回头，他又摆摆手说没事了。我刚走出主管办公室，就感觉有人控制了车间的进出口，他们匆忙而严肃的样子不像是我们厂里的人。没过一会，王建国就被来人带走了。小路跑过来跟我说王建国出事时，我在他眼里看到了恐慌。随即，王建国被抓的消息在整个车间传开了，所有人都停下了手头的活，不知如何应对眼下的突变。应该说，王建国几乎是整个三音电子厂车间部的灵魂。

王建国被抓的罪名是：利用职务之便，两年间共窃取三音电子厂十多万元的财物，其中主要是窃取车间的锡线和锡渣，并与厂外的黑恶势力内外勾结，跟废品收购站合作，里应外合。不用说，这里面的黑恶势力和废品收购站，指的就是罗一枪。然而王建国讲义气，并没有供出销赃的罗一枪。罗一枪免于一难，对王建国感激不尽，请了鞠总出面疏通，因为三音厂老板是湖北人，死咬不放，最终王建国还是被判了三年有期徒刑。

王建国出事后，小路因为协助过王建国，也被开除了。小路趁机回了贵州，说是家里人给他找了个女孩，要回去相亲，如果成的话，结了婚再出来。不过，一直到我离开深圳，小路也没来深圳。可能来了，只是没有和我联系。

我自然成了车间主管的最佳人选，当初老板之所以提前试探我，也是为了证明我跟王建国是不是一伙的。事实证明，我没能领悟老板的试探，就无法给王建国透露风声，让他提前跑路。如果可以选择,我还真愿意充当告密者,帮王建国免受牢狱之灾。有时我真的不敢想象,老实诚恳说话还结巴的王建国怎么在牢里挨过那三年,他的女朋友又怎么办呢?

总经理找我谈过,想提我为车间主管。我没答应。一个月后,我提交了辞职信,结束了四年的工厂生活。

8

辞职后,罗一枪希望我去他的再生资源回收公司帮忙。

我可不想点燃一块塑料,凑近鼻子闻一下,立马就要分辨出是丙烯还是苯乙烯,更不想像街上的金毛那样揣着把匕首去收保护费。我也做不到。事实上,我还是心存优越感,觉得废品收购站的工作也好,在街上晃荡也好,都太脏了,不是一个读书人应该做的事——我依然自诩是一个读书人。那几年,我在工厂的宿舍里读了不少书,从苏俄文学到拉美文学一直到欧美文学,读得如痴如醉。我开始尝试写一些小说,当然了,只是自娱自乐,并没有拿去投稿。

我急需一份工作,否则迟早会饿死,我的家人也会跟着我饿死。母亲来电说,我的弟弟马烨已经考上曲山中学了,不过为了跟家里人有个照应,弟弟决定在扇背镇读高中。马烨的选择是对的,我除了寄钱,都好几年没回去了,那个家是指望不到我的了。我不能连钱都不寄,那样的话,用不了多久,他们会连我这个儿子也忘了,弟弟迟早会代替我的位置,成为一家的主人。我们的父亲正在老去。

我不想重回工厂,我想找一份体面的工作。

深圳是座现实主义者的城市,我却变成了一个浪漫主义者或者理想主义者。

深圳的工作好找，不过体面的工作就真不好找。什么才是体面的工作呢？我不知道。除了工厂之外，余下的似乎都是体面的工作。这么说来，我其实只是排斥密密麻麻的工厂。这当然是赌气的想法——说深圳的工作好找，潜台词就是深圳的工厂多呗，每个区每个街道每个村，都有数不尽的工厂，大到富士康，十几万人的工业帝国，小到城中村里几个人凑起来外包加工的小作坊，都需要人工，工作能不好找吗？

我认了死理，坚信进工厂就是不体面的工作，是机械的操作，迟早应该交由机器人去完成，况且厂里没日没夜地加班，让我受不了。我需要时间看书，我还想写作——尽管我是城市里的菜鸟，也是一只有梦想的菜鸟。

我梦想成为卡佛那样的作家，他在美国也是蓝领，生活比我好不到哪去，他说他之所以喜欢写短篇小说是因为无时无刻不担心屁股下面的椅子被人撤走。哎呀，多么悲壮的话语，我换个说法吧，也就是说，如果我还想继续写作就必须找一份不用加班的工作。不过，海明威听了卡佛的话应该会发笑——如果他真的能听到的话，《老人与海》之所以言简意赅据说是海明威站着写出来的，他不需要椅子，写不出东西来了，他还会脱掉裤子，把下面两个蛋蛋掏出来搁在书桌上……

不管怎么说，工作还是要找的，卡佛和海明威暂时不可能让我免于贫困和饥饿。那段时间我天天泡在黑网吧里，过夜通宵只要十块钱。我学会了往网上投简历，也得到了不少面试的机会。那些公司的面试者总拿鄙夷的眼神看我，我连个初中毕业证都没有，却要去应聘策划师和经理文秘。我的小学毕业证上还贴着十四岁时的照片，因为摄影的马虎，照片上我咧着个嘴，像个傻子。面试官把毕业证扔回给我，像极了李阅国扔过来的永远不会及格的数学试卷。一个小学文凭能干什么呢？除了去工厂干流水线，似乎就只能去当个作家了。

几次碰壁之后，罗一枪骂我死脑筋，他说，你懂那么多，谁知道你是小学文凭啊？你不会去天桥下买个证啊，几十块钱的事，要初中有初中要高中有高中要大学也有大学要名牌大学还有名牌大学，清华？北大？要么咱别扯北京那么远的，咱去弄一个广州的吧，接地气一点，中山大学怎么样？中文系？跟陈静先还能成为校友……

两年前，陈静先考上了中山大学，在我们扇背镇算是轰动一时，陈四九在湖村大摆宴席，酬谢神明，并开始重修三山国王庙。罗一枪听说后，一口气捐了十万块钱，功德碑上他的名字被刻在了第一位。罗一枪既有向神明兑现承诺的意思，私下里也是在暗自较劲，在他看来，陈静先考上大学也没有什么了不起的。赚了几个钱后，他确实有点飘，怂恿我办个中山大学毕业证这事，就有了调侃的意思。我并不喜欢罗一枪这种心态，不过他的话还是提醒了我。

我过了麻布街，到西乡天桥一看，底下坐着一溜人，果然都是办假证的，从出生证到结扎证一直办到死亡证，应有尽有。办毕业证的人最多，都是年轻人，都跟我一样，小学生，或者初中辍学生，不过他们倒不贪心，办的多是高中毕业证或者中专毕业证。我一上去，当然有点难为情，转而一想，要么不办，要办就得一步到位，直截了当要了个大学本科毕业证。什么大学？办证人看着我，像是问我要西红柿还是鸡蛋。我说就……就……就中山大学吧。我也跟王建国一样结结巴巴了。办证人想了一会说，"我给你提个建议，兄弟，不办中大的，太显眼了，容易让人盯着查，就办个普通大学，同样管用，而且没人会对它的来历感兴趣。"我说好，您推荐一个吧。

办证人于是给我办了个五邑大学的本科毕业证。

没多久，我终于用一张假文凭找到了一份在我看来算体面的工作。那是一家大型台资企业，生产精美的咖啡机，专供出口，国内人还用不到。企业不在麻布村，不过离麻布不远，坐公交车就几个站。我在编辑部工作，是公司的宣传干事。公司内部办了一本双月刊，名叫《南泰人》，办得还挺高大上，该有的版块都有，有宣传报道、学术论文、行业信息，还有文艺副刊，专门发表企业员工的文艺作品，诗歌散文，甚至还有小说。刊物主编姓郭，安徽寿山人，我们叫他郭主编，就是他负责面试把我招进去的。虽说我还没正式发表过作品，却随身带了厚厚一沓手稿，郭主编显然被我的手稿征服了，或者说感动了。

郭主编在深圳算是挺有名气的诗人，当年以打工题材写过一首短诗，曾风靡一时，其中最著名的诗句是——"白天我们为老板加班/晚上/我们开始为自己的命运加班。"郭主编手下就两个人，一个是我，顶替刚辞职的小女孩；另一个叫余三省，也是写诗的，疯狂发烧友，留长发，喜欢戴一顶卡其色的瓜子帽——我们后来走得很近，经常一起参加深圳多如牛毛的诗歌朗诵会。我们在编辑部，干的既是记者的活，也是编辑的活，采访、撰稿、编排、一条龙服务；有时还要拟下通告或者参与活动策划什么的，美其名曰：白领杂工。刚开始，我还战战兢兢，不过很快便发现，我的文字能力完全能够胜任。这得益于跟了朱画师以后养成的阅读和写作的习惯，关键时刻，我所读过的那些书，都纷纷跳出来，化成笔下的文字。

到台资企业工作后，我的生活发生了巨大的变化。工作证上我的身份是一名记者，即便是企业里的，听起来也是极其体面的职业。父亲听说后，以为我马上就可以衣锦还乡了，恨不得把老屋子扒了等着我回去重建。不管怎么说，在南泰集团，我还是挺风光的,没过多久,我就成了《南泰人》的主笔,大到采访公司高层,小到报道普通员工如何废寝忘食提高公司效益,都靠我这支笔"胡说八道"了。时不时,我还要出差,到其他城市去参加行业的交流活动,像模像样地坐在台上讲话。四年的工厂生活把我给憋坏了,像个机器人,一下子见识了外面广阔的世界,呼吸到了自由的空气,整个人的状态自然也跟着不一样起来。

我在麻布村租了间大屋子,花了心思布置,书架、写字台、种花种草,还买了一副网球拍,周末没事就约余三省去附近的西乡体育中心打网球。余三省是个典型的文艺青年,每月的工资总不够花,热衷于诗歌朗诵、户外运动和泡酒吧,没事就带着个笔记本去咖啡店写诗……和他在一起,我也学了一些小资情调。不过作为拙劣的模仿者,我远远达不到他那么技术娴熟,倒是夜里养成了喝咖啡和抽烟的习惯,离开这两样东西,我就什么也写不出来了。

这期间,我还因为工作便利,以采访之名认识了不少公司里的女孩子,并发生了几段短暂的恋爱。我似乎正在淡忘严粒在情感上对我的影响,开始接受别的女孩子,如果有合适的机会,我愿意像罗大炮那样,找个好女孩结婚生子,踏踏实实过日子。

9

就在这时候,我收到了严粒的来信。

在此之前,中秋之夜,罗一枪约了我和陈静先到麻布公馆喝酒。陈静先大学刚毕业,在市内一家广告传媒公司当策划总监。他交了个女朋友,是设计师,叫潘红霞,哈尔滨人,活泼开朗，典型的北方姑娘，有一种自带知性美的气质。他们是大学同学，偶尔会过来麻布，找我们聊天喝酒。我和潘红霞还挺聊得来，我们都是文学爱好者，是海明威的忠实粉丝，都认为《老人与海》是完美无瑕的伟大作品。他们那时想自己创业，开一家文化传媒公司什么的，他们倒是"夫唱妇随"，一个策划一个设计，似乎租个办公室就可以直接开张了。

那天晚上，麻布公馆的驻唱歌手唱了一首《执着》，声线像极了当年的严粒。

罗一枪还特意找领班打听，领班说，上台表演的是严酷乐队，经理花不小劲请的，去年广东民谣歌曲大赛得了深圳区域一等奖呢。

罗一枪回来跟我说："不可能是她，不过声音真像。"

来深圳这些年，我一直想寻找严粒，假设她还在深圳的话，只是再也找不到那个叫"深创"的电子厂了。罗一枪开废品收购站后，经常要联系各种工厂，我提醒过他，让他帮我留意。罗一枪不以为然，觉得我自作多情，说不定她都已经结婚了，还找她干吗。我还真希望她结婚了，我找她并不是为了和她结婚。

那晚我们还提起一些往事，说起并不算遥远的初中生涯。

陈静先说，你们知道吗？李阅国去世了，几年前的事了，二中有学生下水库湖游泳，腿抽筋了，李老师刚好在教室门口的相思树下抽烟。平时他做什么都慢吞吞，那会却比谁都快，鞋子都没脱，就下水救人了。人是救上来了，他第二天才被捞起来，泡了一天，人都变形了……

潘红霞却一个劲地鼓动我说严粒的事——看样子，陈静先已经把我们的过往都告诉她了，包括夜袭黑屋子的秘密，看来也不是我和罗一枪的秘密，第一个喊"公安来啦——开枪啦

——"的人,竟然就是陈静先,他笑着说,"我虽然没直接参与,关键时刻也是出了一份力啊。"

至于严粒为什么会被解救,我一直是守口如瓶的。罗一枪和陈静先其实早就怀疑是我干的"好事"了。我自然不置可否,不过沉默也等于是默认了。他们问我还喜欢严粒吗?潘红霞更是两眼发光,说到爱情,她激动得脸都红了。她和陈静先正处于热恋阶段,女孩子嘛,这个时候最敏感了,也最可爱。

我并不太愿意提起,我当然喜欢严粒,或者说,喜欢过。怎么说呢?其实我很清楚,那种喜欢是纯粹的,仅限于喜欢,不可能像陈静先和潘红霞,有一直走下去直至结婚生子的信心。我们不可能有未来。

过后没多久,有一天上班,门卫突然递给我一封信,他说:"马记者,您的信,又在哪发表大作了?"

我感觉惊讶,平时收到的多是样刊,像那种平信还是第一次收到。

我接过信一看,胸口突然一紧。信封上的字体,很熟悉,再一想,没错,就是严粒的笔迹。她的字体我曾经再熟悉不过,书架上还放着她当年写给我的三封信。我急忙拆开,不可否认,我的手是抖的,要知道,在第三封信和第四封信之间,时隔近十年。

信很厚,足有八页纸。信这样写道:

马玮:

  展信佳!

  我想了一个月,最终还是决定给你写封信。不知道这封信对你意味着什么,对我而言却是自残式的做法,就像徒手伸进记忆的洞穴里,明知道捞不出鲜花,也捞不出坚果,有可能还会被隐藏在洞穴里的蛇蝎咬出新的伤口,体验新的剧痛——谁知道呢?我还是决定这么做,就像几年前我患了抑郁症,医生让我住院,我放弃了,选择了自我放纵,在深圳这座城市里,靠着两条腿,到处流浪,像个已经疯掉了的女人。

只有把往事像车厢一样环环相扣回想起来时,我才知道,原来人生充满了无数的偶然性。那无数的偶然遍布我们身前,同样也遍布我们身后。你应该明白我的意思,你都已经是一名作家了。不知道这么称呼你是不是过于草率,不过如果不是在报纸上看到你的文章,我也不可能以读者的身份问到地址,自然就不会写这封信。也有可能,写了也是白写,文章的作者如果不是你,仅仅是同名同姓,或地址不够准确,又或半路寄丢了——我甚至有些期盼是这样的结果——请原谅我的无情。

其实我想说的是,如果当年我没有踏上那辆面目可疑的面包车,听从同样面目可疑的诱骗前往一家未知的新工厂,那么也就不会和你,以及那个该死的村庄有任何纠葛了。我希望人生的剧情是那样编排的——情愿不认识你,倒不是说我后悔认识你,事实证明,如果不是你,我命运的剧情还将被如何残酷地编排,想都不敢想。而遇见你,其实也是一个偶然,上天安排你病倒在我眼前……说这么多,是想告诉你,你尽管在我生命中的出现是偶然,却又成了我后面这么多年来遭遇无数偶然的必然。

原谅我一时想不起是多少年前了,却能肯定是一个秋天。我现在闭着眼睛回想,还能看见一眼望不到边的稻穗,还能感受到谷粒用在皮肤上的刺痒痒的感觉,还察觉到你落在我身体上的眼神是那么痴迷和躲闪。是的,我老早就发现了这点（你可能还一直当作是秘密），你还小，对异性的爱好不见得就是爱情，有时仅仅是爱好——我正好可以利用你这一点。我可怜的孩子，我利用了你的善良和无知。现在的我真没什么好隐瞒的了，也就是说，如果是现在，我走了之后，立马就能把你忘掉，绝对不会给你写哪怕是一句话的狗屁信件。当年我还是心软了，或者说对你充满本能的感激。我坚持不让董立夏报警，也是为了保护你，你已经是整个村庄的"背叛者"，我不想你因此还要受到"惩罚"，哪怕是精神上的，那样对你的伤害无疑是巨大的，毕竟你还是个小孩，至少在我眼里就是个小孩，尤其是你病倒在母亲怀里的那一刻。我帮你开药时，并不希望你日后能帮到我，那倒是没有任何功利性的举动，是出于一个卫校毕业生的本能反应。三年的卫校生涯没有让我掌握多少医术，甚至连个护士也没能应聘上，否则也不可能被人诱骗。

  回到深圳后，惊魂甫定，我每天都在噩梦中惊醒，醒来后猛吸鼻子，发现并没有闻到浓烈的草药味，才确定，我已经离开那个阴郁的院落了。作为一种劫后重生，哪怕是表演式的镇定，我忍不住给你写了封信，你立马就回了，我知道你在等着我的音讯。前后写了有三封吧，我忘了，也忘了你我都写了些什么内容，估计也都是感激客气的话。如今再让我在信里说感激的话，显然就矫情了。我看似学会了冷静思考问题，你也可以认为我已经冷血了。第三封信寄出去后，当时的情形如在眼前，邮局就在深创电子厂宿舍楼后面的一条小街上，时至冬天，我穿着羽绒服，信投进邮局门口那个绿色的信箱时，信封的一角卡住了，没有掉下去，缝隙又太窄，手指根本够不着，其实也可以不用管它，没有谁会对一封陌生人的信件产生兴趣。我却固执起来，非要把它妥妥地投进去不可，便抻着食指往里抠。结果信没抠到，倒是抠到了一颗生锈的螺丝钉，指尖一麻，抽出来一看，血已经冒了出来。就是在那一瞬间，我突然感觉周围变得陌生起来，明明身在深圳，却怎么看怎么像你帮我去寄信的那个破落小镇，就连邮局，也变成了小镇的邮局……面包车把我们拉去黑屋子时，路过小镇，透过车窗玻璃被遮掩的边角，我试图记住小镇的街道，以便日后逃亡。那被刻意遗忘的一幕突然清晰地浮现在眼前，仿佛自己又置身其中。我像是当场被人打了一拳，差点晕倒过去。我突然感到一阵恶心，那种恶心发自肺腑，像是刚刚吞进去什么腐烂的食物。我蹲在地上吐了起来，一直吐到哭起来。街上的人都以为我是疯子，他们报了警，直到董立夏过来把我领回宿舍。从那以后，决定不再给你写信，我要忘了你，忘了我的过去。我不能和你有任何联系，只要有你存在，就意味着我无法走出过去的痛苦。

然而，像是一则谶语，我还是没办法走出去，永远不。和你断了联系后，我的痛苦开始不是来自回忆，恰恰来自当时的生活。我也不瞒你了，之前在信里我刻意隐瞒了，因为我知道你喜欢我，至少应该做到不去伤害你，亲口告知你，董立夏其实就是我的男朋友。他当时在深创电子厂当业务经理，我们本来在同一个厂里工作，因为和他恋爱，我被迫辞职。在那个厂里，办公室的人不允许谈恋爱。在我被诱拐之前，我们已经在一起半年了，感情算是浓烈。可是，几个月后，我被解救出来，重新回到他的身边，他却再也没碰过我。他对我还算尊重，谨小慎微，没有问我任何关于身体方面的问题。我能理解,他其实已经忌讳了。他知道我的身体肯定遭受过玷污,再也不干净了,更别说还是处女了。他又是洁癖成性的人。我不能说我就是干净的,在你们家乡,在那个黑屋子里,确实遭受过蹂躏,那种痛苦,让我恨不得转身跳进身后的湖潭。我也做不到楚楚可怜的样子,乞求男友的包容和理解。我甚至和他对着干,你不是嫌我不干净吗?那我就索性再肮脏一些,我故意和不同的男人保持暧昧关系。

这倒提醒了我,得说说姓翟那老头——那个最应该睡我的人却一次也没碰过我。估计连你都将信将疑吧。在他家里的那段时间里,其实我们一直分开而睡,我和他的傻儿子睡床,他打地铺,睡在肮脏的砖地上。他那么做的原因,我现在还感觉疑惑。把我领回家的当天,他就跟我说,他买我回去是为了当老婆,但也不是真的老婆,他是个病人,是个阳痿患者,买了我也没用,再说他已经有孩子了,可惜是个弱智儿。他担心的是他的孩子,他的孩子需要照顾,需要一个母亲……我当时听完有点不敢相信,无论如何,只能装出一副很诚恳的样子答应他。现在想来我还挺庆幸,至少暂时逃过了一劫。不过说起来,他那儿子也真够可怜的,我离开时,他一直拉着我的手不让我走……

我怎么把这些告诉董立夏呢?说买我的人并没有睡我,连我都恍惚的事情,他会信吗?他肯定会说我是在欺骗他,安慰他,好让他身为男子的自尊感觉好受一些。事实上,我们没挨过一年,就彻底分了手。那时,在他眼里,我已经是个不正常的女人了。确实,我的抑郁症越来越严重,我并不想让他知道,只能用歇斯底里的疯狂来掩饰自身的恐慌和脆弱。我故意和其他男人不清不楚,帮他下定了决心,彻底抛弃了我。我这么做等于是自绝后路,我的"病"(尽管我并不承认)需要人照顾,更需要钱。当时我身边一个亲人朋友都没有,银行卡里也只有他留给我的一万块钱生活费。我就那样在深圳各地流浪,确实是流浪,关内关外,宝安、光明、松岗、大鹏,几乎都布满我的足迹,走哪算哪,全无目的。我再次失踪。跟上次被人拐骗不同,第二次失踪我是自愿的。如果说第一次失踪我还有渺茫的希望被解救,第二次的自暴自弃,我想我再也不会被赦免了。我算是彻底毁了。

那一两年,我没坐过一次公交车,每天就靠脚步丈量深圳的每一寸土地,直到鞋底磨穿,直到脚底起泡,直到结了一层厚厚的茧,即便是踩在碎玻璃上也不会被刺穿流血。我吃过垃圾桶里剩下的饭盒,偷过街边摊的面包,也接受过好心人的施舍,更多的时候,我选择挨饿,像个苦行僧那样饿得直翻白眼……我知道那么做意味着什么,我是学医的,我比谁都清楚,我需要的是治疗和不断服用阿莫沙平。我随时会从天桥上跳下去,被如梭的车流碾成肉饼,或者在南澳的峭壁上纵身一跃,被巨大的浪潮卷到海里,成了鱼类的食物……上苍还算眷顾我,没有让我的自杀式行为成为现实。直到我遇上了音乐——是的,说起来还挺矫情,像是电视节目上那些红起来的歌星在接受《艺术人生》的访谈。不过,我还是要说,是音乐拯救了我。我现在这么说,有些事后的淡然,也许在你看来,我在用音乐掩饰着什么。是的,你猜对了,你是个作家,你比我更敏感,尽管我现在也自己写歌。与其说是音乐拯救了我,不如直接一点,说是爱情拯救了我。这样更让人信服，即便它们之间有先来后到的差别，也是因果的关系。

你还记得我唱的《执着》吗？这首许巍写给田震的歌曲，从小到大都是我的最爱。起初我真不知道是许巍写的，直到我开始迷恋上他的民谣。一直到现在，我们乐队每到一个酒吧驻唱，压轴之曲，我仍会唱《执着》。是的，我现在是一支民谣乐队的主唱。两年前，我遭遇了一个看似离奇却又自然的转折。还是一个偶然性事件——如果那天我没有从莲花山下来，到市民广场驻足倾听，如今的我早就是死人一个了。

我一直很排斥人多的地方，市民广场对我而言不是一个理想的去处。我记得那是第一次进入，选择在天快黑下来的时候，否则可能会被当作隐患人士遭受驱赶。黑夜是我的保护色。更早的时间，我也去书城逛过，读到扎加耶夫斯基的诗——"长途旅行的人到达车站/却突然想起他丢了钥匙。"多好的诗句啊；在深圳图书馆借过卡夫卡的《城堡》……那天傍晚，我的目的很纯粹，只想走上市民广场，看一看到底是谁在唱《执着》。是的，引领我走向人群的，不是人群，而是歌声。你应该知道，市民广场一到傍晚，就集聚了好多卖唱的歌手和乐队。他们是城市的卖艺人，也是行走的艺术家。我慢慢朝着人群凑过去，用不着钻进人群——围观的人本并不多。我一走近，就看见一个长发、络腮胡的男人在唱《执着》，当他唱到高亢时，"拥抱着你 oh my baby"，脸上纠结的表情显得专情而可爱。我无法掩饰自己当时的激动，甚至可以说，立即就喜欢上了他。我对他一见钟情。当人群散去后，我依然站在原地。他们收摊离开，我紧随其后。跟了一段路，络腮胡回头问我："为什么跟着我们？"我说："我也会唱《执着》。"他笑了笑,上下打量了我一番,他说:"走吧。"于是那晚我就跟他们走了。他们住在荔枝公园西侧的红岭村,五个人挤在三十平方米不到的单间里。房间里还堆满了乐器和书。我借他们的卫生间洗了个澡,足足洗了一个小时,又换上了他的白色衬衣和牛仔短裤。我出现在他们面前时,他们一个个都惊呆了,络腮胡后来跟我说,没想到我那么好看。我不知道他是不是在哄我开心,我们很快就相爱了,像是彼此都在等着对方,每次和他做爱我都幸福得浑身战栗。我加入了那个叫"叫春"的民谣乐队。没过多久,我代替男友成了乐队的主唱,第一件事就是把叫春乐队改成了严酷乐队。我们参加了金钟奖,并获得深圳赛区民谣组一等奖,算是一炮而红。很多有名的酒吧开始邀请我们驻唱,还有各种商演活动、选秀节目,也能见到我们的身影。乐队开始赚钱,不必像以前那样窝在出租屋里了。他们说是我救活了乐队,凤凰涅槃,我就是那只飞起来的凤凰。

  这几年,我非常努力,简直换了个人。我看书写歌,学习作曲。我从没有像现在这么充实而饱满,仿佛过去的所有阴霾和痛苦都离我而去,而我又明明记得它们的存在。真真切切的存在。我的抑郁症随之不治而愈。现在的我总算明白了,原来痛苦不是用来忘记的,往事也不是用来淡忘的,最好的办法,就是过得比以前好,那些不好的就会自惭形秽,主动从你的生命里退场,即便是再顽固的病症。我这么说,你是不是觉得有些鸡汤?鸡汤就鸡汤吧,我说的都是实话。

  我不知道你现在过得怎么样。有一份工作,还在坚持自己的爱好,其实已经挺不错了。我希望你过得快乐,最好把我忘了。我真的没有资格让你坚守不渝。说到底我是一个自私的女人，还忘恩负义，知恩没有图报……总之，我不配接受你的爱。

给你写这么长的信，似乎有弥补的意思。就权当是弥补吧，这封信是咱们中断多年后的首次联系，也是最后一次了。原谅我没有给你留下地址。你没必要寻找我的踪迹。即便我们以后红了，你在舞台或者电视上看到我，也请你不要跟旁人说，嗨，我认识这个妞，她……我不希望你会成为一个虚伪的男人。就让我们生活在一个城市里，永不相见吧。

祝你幸福。

严粒

10.10

说实话，严粒的信让我既欣喜又哀伤。我默默把信读完，又重看了一遍。她说她在报纸上看到了我的文章，才会给我写信。这让我想起八年前在县城当学徒，朱画师也以同样的方式让香港的家人联系到他。严粒的信对我意味着什么呢？除了一些谜团的解开，她在信中"语无伦次"地叙述这些年的遭遇，我只有惊讶和同情，却未能理解她的"疯狂"和病症。我以为每个人都会遇到人生的低谷，情绪的低潮期，蹚过那段深沉的河水，其实都能提脚上岸，就像现在的她，不是也过得很好？我还是低估了河水的险恶，水面看似平静底下却暗涌湍急，一直到目睹后来所发生的事，我才知道，原来谁都有可能患上难以启齿的精神之疾，也并非谁都能"凤凰涅槃"，更多的时候，人们选择像瓷器一样，狠狠地摔碎自己。

10

第一起跳楼事件发生在立冬之日。

那天,余三省趴在办公室的隔板上告诉我,听说昨晚厂区宿舍有人跳楼了。我在忙着一篇采访稿的最后润色,随口应了一声"哦",并没觉得这事有多么严重。

不得不承认,南泰集团有些大,这家台资企业在深圳发展了二十年之久,据说从一间小厂房发展到占地上百亩,东面的办公楼和西面的宿舍楼之间,少说也有一里路,平时过去采访,我们还得搭乘园区的电动车过去。这是一个各种资源和设备都相当齐全的企业王国,园区里囊括了一个社区该有的生活设施,小到健身房、电脑室,大到商场、图书馆、主题公园,应有尽有,环境优美,是个浓缩的小型社会。南泰集团一直效益不错,是政府的缴税大户不说,还解决了片区的就业问题,工薪合理,按时出粮,不少人削尖了脑袋往里挤,每天一大早,招工部门口总能见到长长的应聘队伍。

所以,宿舍楼发生的事情传到办公楼,总是需要一些时间。宿舍楼的事情要在办公楼里引起哗然,则更需要时间。至少于我而言,是时隔三天之后,又一个年轻的躯体从宿舍楼上轰然落地时,才引起了我的重视。死亡的气息开始笼罩整个厂区,大家都小心翼翼地讨论着,交换着对事件的看法,以及关于死者支离破碎的信息。从资料看,两个跳楼者都很年轻,第一个生于1988年,二十岁还不到;第二个更年轻,才十八岁,他们跳楼的原因似乎都和感情有关,不过也不确定,多数人都会把轻生者往感情的深渊上推。我见多了这种一厢情愿的猜测。我想到宿舍区走访一下,想对事情有个全面的了解,这符合我的工作性质，实际上也带着一窥究竟的私心。

我的举动立马被郭主编制止了。

郭主编说："这事没那么简单，别急，先看下上面的意思。"

果真，郭主编的顾虑应验了。第二天，编辑部召开紧急会议，传达公司高层的决策：跳楼事件内部解决，厂方已经和警方达成默契，死者家属情绪稳定，愿意接受内部处理。我们的首要工作就是控制好舆论的方向，安抚人心，不要让恐慌的情绪进一步蔓延。说白了，此事就此消弭更好，如果有进一步蔓延之势，就要动用我们手中的笔，让它往较为安全的方向去谈论——也就是人们所猜测的，他们最好都死于情感纠纷，而不能与公司有直接或者因果上的关系。

南泰集团倒想把事情推得一干二净。

会议结束后，余三省朝我使了个眼色。楼下有茶室，没什么事，我们俩会去那喝茶聊天。余三省坐下来第一句话就是，"别指望公司会对死者负责。"我倒没余三省想得多，在我看来，既然员工的跳楼属于自杀行为，就没必要非往厂方身上揽，血肉工厂的说法也是言过其实。"每个人都要对自己的生命负责。"我算是反驳了余三省。接下来我们就此事有个小小的议论，具体还说了些什么，也忘了。我只记得余三省最后说了一句，"看吧，这事还没完。"

余三省是典型的看热闹不怕事儿大。

作为诗人，余三省是个十足的愤青，自视甚高，"布罗茨基说过，在任何一种文化中，诗歌都是最高的人类语言形式。"他时常这么说，不过国内的诗人没有一个看得上眼，能从他口中蹦出的是一大串外国诗人的名字：里尔克、奥登、兰波、惠特曼、金斯堡、辛波斯卡、米沃什、布罗茨基、聂鲁达、茨维塔耶娃、曼德尔施塔姆、扎加耶夫斯基……

余三省经常说得我一头雾水。我的兴趣全在小说，对于诗歌只是一知半解，无论是布罗茨基还是奥登，我都没读过。余三省每隔一段时间会买一些诗集送给我，我放在床头，睡不着的时候就翻一翻。按理说，余三省作为一个狂热的诗人，理应得到同为诗人的郭主编赏识，然而恰恰相反，郭主编显然更喜欢我，每次余三省正要就诗歌大放厥词时，总是被郭主编无端打断。那自然是很尴尬的事，余三省不止一次跟我说，老郭嫉妒他，就像海明威嫉妒福克纳。

我之所以喜欢余三省，并和他越走越近，不是因为他身上没有缺点，他的缺点比谁都多，诗人身上有的他有，诗人身上没有的他也有，主要的原因是他对我没有秘密。罗一枪有些事情还喜欢瞒着我，觉得不必让我知道；余三省不一样，他把我视作他的一部分，无论我应不应该知道，他都必须让我知道。他对我表现出来的信任和依赖性，似乎也是为了向我灌输丰饶的知识储备和卓越的见识（没有人愿意听他胡扯），有时也会让我感觉不适，更多时候，我很受用，像是在接受一个人无条件的爱。

余三省在跳楼事件上的翘首以盼却让我感到恐慌，在接下来的两个月时间里，南泰集团连续发生了九起跳楼事件，除了一个重伤，其余无一幸存。事态的发展如决堤之江，跳楼的情绪像病毒一样在厂区继续蔓延。余三省因此兴奋不已，事态固然印证了他的预言，也不该那样幸灾乐祸，甚至还因为一个人没有死去而略表遗憾。那些年轻人跳楼的原因众说纷纭，因为感情，因为家庭，因为工作……就像事先约好了的一般，一个一个从十几层的高楼纵身而下，像一块破布那样迎着风飘落，然后一声闷响，一堆肉骨砸在了水泥地面上，魂飞魄散，灰飞烟灭……和梦里的玻璃碎片一样。我猛然惊醒，那段时间我经常失眠，无端感到绝望，仿佛生命行将结束。即便睡下了，也经常发噩梦，梦见易碎的玻璃瓶子正在摔落的途中，却迟迟不落地——等待落地的一瞬间，嘭的一声，是一地血一样漫开的玻璃碎片，淹没我所有的夜晚。

事情闹大了，厂方再也隐瞒不了，社会舆论，媒体的关注，不再是我们所能控制的了——不再是一件事情了，而是一个事件，大事件。

那段时间，每天都有几十家媒体围堵在厂区门口，作为知名的台资企业，南泰集团一时间背负了所有能往它身上安放的邪恶罪名。应对媒体的重任正好落在郭主编身上，作为对外的新闻发言人，他抽调办公室的所有精英，同时拉上我，组成应急接待小组。我们通宵达旦加班，观看相关新闻报道，关注社会舆论，不放过外界的任何说法和动态，分析形势，讨论对策，像是应对一场生死大战，公司给我们提供最高的加班工资和最丰盛的消夜。

每天，在记者的诘问和长枪短炮面前，我们必须精神饱满，谨小慎微，仿佛正在接受世纪的审判。如此运作，持续了一个多月，从年前忙到年后，因为过了个年，事态貌似得到了控制，跳楼的数量保持在"九连跳"，我们整天提心吊胆，害怕啪的一声，数字就嘀嗒一声变成了"十"。

厂方开始差人在宿舍楼的阳台上安装防护网，连小小的洗手间排风口都不放过，恨不得把他们像小白鼠一样装进密封的笼子里。余三省挺反感厂方的做法，觉得是矫枉过正，他嘴上唠叨，像个没被重用的智者，仿佛他真的有解决事态恶化的妙计，实际上他心里是怎么想的我最清楚，他巴不得跳楼的数字继续被刷新呢。这小子心理越来越变态。我却因此陷入精神的恐慌中，几乎每天晚上都很难入睡，安眠药从一颗吃到了三颗，迟早有一天，得整瓶往身体里灌了。

说到底，他们的死与我们何干呢？

他们自暴自弃，不懂得珍爱生命，活着没意思，这样的人选择死，也就死了，死不足惜。他们都是有病之人。我试图这样说服自己。可是我无法说服梦境。在梦里，我目睹了他们从生到死的全过程，从完整到破碎。他们的面孔是那么陌生，我们在园区里不会有碰面的机会，可是又那么的熟悉，在一个地方生活几年，怎么会没有一次碰面的机会呢？很显然，我是见过他们的，只是没能记住而已。

直到有一天，梦里我看见趴在坚硬的水泥地上的人，竟然是自己，血水仿佛成了河水，试图把我的身体浮起来。我一下被吓醒，在阴暗的出租屋里，我起床独坐，一个人抽烟到天亮。我开始后悔，不应该参与应急接待小组的工作，直接接触了死亡和欺骗，说了那么多滴水不漏的废话，言不由衷的推卸责任的话——实际上我对他们的死一点都不了解，却总是那么轻率地下结论。

11

我决定去看望唯一的幸存者，希望能在他身上得到一点慰藉。

这名叫姜明河的员工在车间组装部上班，入职已经七年了，算是老员工。奇怪的是，他在南泰干了七年，依然是个组装员工，拿最低的工资做最简单的工作，如果不是能力问题，那么就是没有上进心了。

在去医院之前，我第一次知道幸存者的姓名，当然之前也看到过，只是没怎么在意。路上念着"姜明河"三个字，总感觉似乎在哪见过。我打电话给余三省，问他是否编过姜明河的稿子。余三省说没印象，反正诗歌没有这个名字，公司里谁会写诗他一清二楚。事实上也没人会写，除了他余三省。这小子吹起牛来没边，也难怪郭主编忌讳他。

临到医院，我才突然想起来。这个叫姜明河的人曾经去编辑部找过我，还是新近的事情，大概是两个月以前，我猜就是他决定轻生的前几天。想起这，我浑身起了一层鸡皮疙瘩，顿时立在原地，不敢往前再走一步。

那天具体是什么情形我忘了，余三省说有人找我，在编辑部门口站着呢。我出去一看，是个年轻人，很瘦很高，年纪猜不出来，应该跟我差不多大小，却要比我害羞得多，表现出与年纪极不相符的内敛。他站在门口迟迟不肯进来，说是有事找我。我问是什么事，他突然递给我一个纸皮包，里面像是封着几本书，看起来很厚。我纳闷，不知道他为什么要送我书。在我接过包裹的一瞬间，我看到他的左手手指，从食指开始，到中指，再到无名指，几乎像是被剪刀斜着剪去一般，齐刷刷的都缺少一小截。真的就齐刷刷，斜着往上，看起来不像是后天造成的，像是天生的畸形——但我敢肯定，那是被砍掉的，一刀斜着下去。如果没猜错的话，还是他自己砍的，右手砍左手，刚好顺势。他下意识地迅速把手抽回，并藏进裤袋里。

他怯生生地说："这是我七年来写的日记，太多了，没地方放，想请您看一下，不知道能不能发表？"

我当时的第一反应就是可笑。厂区那边是经常有人送稿子过来，不过直接送日记本过来的，还是第一次遇到。我又不能打击他，我说，先看看吧，过几天你再来拿走，日记还是自己保管比较好。我鬼使神差，竟然留下了他的日记，也有一些私心，想看看他的日记都记了些什么，文笔怎么样，说不定还真能摘出些好东西来。

就那样,我把姜明河的七本日记本留下了,放在编辑部的抽屉里。我翻了一会,字迹潦草不说,句子还不太通顺,读半天不知道在讲什么。我当即便放弃了,等着他来取走。可是,两个月过去了,一直没人来取,其间就是恐怖的"九连跳"事件。人一慌乱,就忘了此事,直到"姜明河"这个名字出现,才突然想起来。他为什么要跳楼?为什么跳楼之前要把日记本交给我保管?一连串疑问困扰着我。我站在原地纠结,想着到底要不要进去见他,或者说,该跟他说些什么。

我终究没有进医院见姜明河,转而回了公司,从编辑部的抽屉里找出日记本。七本软皮笔记本被我用原先的黑褐色纸皮包裹得严严实实,生怕有所损坏,尽管字迹潦草语句不通,可毕竟是人家的日记。

我把它们带回出租屋,一有时间就翻开来辨读几页。说实在的,读得实在是痛苦,像是破解莫尔斯密码,连蒙带猜,勉强能知道他写了什么内容,无非是一些工作中的琐事,发发牢骚,偶尔也遇到开心的事情,比如打赢了一场桌球。显然,他不开心的时候比开心的时候多,大概源自他性格的孤僻,以及身体上的残缺,导致他跟身边的人少有来往。其中有几个地方,他语焉不详地写到要神明宽恕,如此重复好几页纸,却没有具体写为什么要神明宽恕。这里面明显有所隐瞒,或者难言之隐。我倒是越看越来了兴致,希望能在日记里找出更多的蛛丝马迹,像个侦查员一样破解日记主人心头的秘密。

慢慢地,一些信息开始清晰起来。

姜明河生于1982年,竟然和我同岁,中学辍学,随即来到深圳,几乎是和我前后脚的工夫,进了南泰集团。那时南泰还不是太难进,至于他进厂七年为什么拒绝调换岗位,有一次想提他为组长也被拒绝，显然有些反常，不过他在日记里有一段话像是在回应："不能有任何贪念，贪念会害死人的，更不能存有侥幸心情，切记切记啊啊。"这是他在2002年秋天的日记，那时已经进厂快两年了。可以肯定，他在害怕着什么，警惕着什么。他来自哪里，具体是哪个省市的人，一直没在日记里提及。这不算是故意隐瞒，谁记日记也不会自报家门说是哪哪人。

不过，有一天我翻了他2005年的日记，却意外发现了"螺河"两个字，我当时浑身为之一震。再仔细阅读原文，字迹相当潦草，根本认不出全句说的是什么，只认得几个字，"螺河""远方"和"秋天"。我上网搜了一下，想知道除了海东城，还有没有别的地方也有一条叫螺河的河流。结果搜出了一大把。我还是不死心，坚信这个螺河肯定和海东城有某种隐秘的联系，再联想到姜明河为什么偏偏选中了我，不选余三省，也不选郭主编。他肯定是知道我的籍贯的，并有意要托付我什么。

我继续往下翻，终于在2006年10月5日的日记里找到这么一句话，"今天才知道，姓马的是海东人。"我查阅那时的《南泰人》，当期我正好发表了一篇关于在县城学艺的小散文。很明显了，姜明河也是海东人，就算不是海东人，也应该对海东相当熟悉，在那里生活过，或上过学——上过学的可能性更大。我迫不及待地翻到他新近的日记，日记戛然而止于2007年12月22日，看似平淡无奇，他只在那天的日记里写下四个字：光辉岁月。应该是一首歌的名字，如果没猜错，就是beyond的歌曲，难道他和罗一枪一样，也是beyond乐队的歌迷？我逆着日期，一页一页地往上翻。那些天，他并没有把精力放在写字上，日记本更多成了涂鸦的本子，有时画画，画一只鸟,画一个人,一个人骷髅,画一些不知道是什么东西的物件。跟写字一样,他画画的水平也堪忧;要么就是写一些乱七八糟的词,比如"失眠""煎熬""痛苦""度日如年",以及一些写了又涂掉的句子,还有好多陌生的名字,估计就是他的工友,曾经认识的人,等等,没什么有用的信息。

我翻得都快睡着了,夜里不吃安眠药竟然也打起了瞌睡。

紧接着有个重大发现,一张藏得很深的纸条从本子里掉了出来,像是事先做好的机关,重要的信息总是在关键时刻才出现。纸条上的字依然潦草,可以肯定就是姜明河的笔迹,他粗重地写道:"请您回去告诉他们,罪人已经死了。"不用说,这是他写给我的纸条,也可以说是他的遗言。他让我转达给家乡人(这点已经确切无疑了),他是有所指呢,还是泛指呢?暂时还弄不清楚,不过罪人已经死了,说的就是他自己。他承认他是罪人。那么,他在家乡应该是犯了什么严重的错误,才来到深圳,足足七年不回家,也不与外界有任何多余的联系。至于他中途辍学的学校,十有八九,就是曲山中学了。

我为一段时间来认真而严谨地推论而暗自高兴,谜底即将揭晓。

我打电话给陈静先,想让他好好回忆一下,在他读高中那几年,曲山中学是否发生过什么大事情,导致一个叫姜明河的学生辍学出逃。陈静先很忙,他和潘红霞创办的黑马文化传媒公司刚起步,在接手机的同时,还能听见他的座机也响个不停。

陈静先说:"阿玮,你等一下,我先接个客户的电话。"

我说好。一等就是十多分钟。

陈静先突然说:"喂喂,还在吗?"

我说:"在,没死呢。"

陈静先笑了,"说什么啊你刚才?"

我又把话重复了一遍。

陈静先说:"你怎么对这事感兴趣,跟你有关吗?"

我说:"你先别问,先想想,有没有?"

陈静先:"用不着想啊,那件事情整个海东城都知道,可以说家喻户晓。不过那人好像不叫姜明河,具体叫什么我忘了,应该姓杨,要么姓刘。我们不是同班同学,他是另外一个班的,普通班,一般都是外县来的编外生。事发之前我也没见过他,不认识,事后才听人说,他是鹿河山内人。你知道鹿河人都说客家话的,和我们海东人一般也不怎么来往……好像是因为分配宿舍的事情,他把一个老师的妻子给杀了,很残忍,捅了好多刀,当晚就逃掉了。警察后来有没有破案,我也不清楚,总之我考上大学之前,没再听说过他的事。七八年了吧,死在外头了也不一定……"

听了陈静先的话,我难掩心中的激动,事情果然如我所推测的那样。不过看样子,现实比我想象的还要惊险,还要精彩。至于那人到底是不是叫姜明河,根本就无关紧要,他既然杀了人,潜逃在外,身份证肯定也和我的毕业证一样,是在天桥上找人作的假,是冒充的,是戴在脸上的面具而已,人是变不了的,血肉之躯更是变不了的……我几乎用颤抖的声音跟陈静先说:"这完全是一部现成的小说题材啊。"

陈静先被我搅糊涂了,他才懒得听我废话,转而跟我讲起他的黑马文化,什么企业文化、策划方案。讲了一大堆,我算是听出来一些他的意思了,他是想干点事情的,至少想赚钱,一个读书人如果赚不来钱,那不就连罗一枪都不如吗?陈静先最后叮嘱我好好写作,将来万一出名了,黑马文化会签了我,他要做作家们的经纪人,不但是我,全深圳乃至全中国的一流作家，他以后都要收在麾下，共创双赢。

"等我出名了再说吧。"我说完就把电话挂了。

12

我并没有把日记本还回去，因为没过多久，就听说姜明河擅自带伤出院了，也没回南泰，去向不明。想要在茫茫人海中找到他，已经不太可能，我有些后悔当时没去医院见他一面，至于见了面要说些什么，似乎也无从说起。随着姜明河的再次失踪，我对他的身世以及曾经犯下的命案，就此也中断了进一步了解的线索。我祈求他只是失踪，不要再次寻短见，根据他的日记，几乎可以肯定，他患上了和严粒一样的病症，自杀也就是随时随地的事情了——但愿他不要再做傻事，有一天，在生活长河的某个节点上，突然又像一朵浪花一样冒出来，我愿意是那个等待的和见证的人，再过三年、五年，或者七年。

自那以后，我开始着了魔似的写小说。不可否认，正是姜明河的事件给了我写作的动力，更直白地讲，是生活本身的离奇和复杂让我产生了想用文字表达的欲望。除了文字，我想不出更好的方式来表达对世间的敬意，以及通过建立在现实中的虚构一层一层像剥开百合瓣一样靠近世事的本质，那种激动人心的战栗。

我试图以姜明河为原型写一部长篇小说，那几乎是一个盲目的举动。我知道还不是动笔的时候，对整个事件的始末还未充分了解，更别说背后隐秘的真相。只能说，我亟须把自己逼上一条危机四伏的路途，去实现一个近在咫尺却又十分遥远的理想。总有一天，为了手头的小说，我得竭尽全力去调查清楚姜明河所犯下的罪行，否则我无法保证在不远的将来不会把他冷漠地淡忘。

事实上，疯狂的写作并没有给我带来更多的欢乐，相反还激起了深藏心间的忧伤——那些储存在电脑硬盘里的文字，就好像罗一枪废品收购站里跌价一半还卖不出去的废品，看着都让人无端焦灼起来。是的，在没有发表之前，它们就像废品收购站里的垃圾，仅仅是垃圾，垃圾并不是贬义，就像罗一枪从来就没贬低过他收购回来的垃圾。问题是，全球金融海啸，废品价格急速下降，本来堆积的货物早一天卖出就能少亏一点。罗一枪不甘心，他翘首以待价格回升的一天，结果越等越绝望，最后终于血本无归。罗一枪的再生资源回收公司遭遇了前所未有的困境。我的处境自然也好不了多少。我们似乎都有种破罐子破摔的贸然冲动，我继续写前途不明的小说，他继续在废品收购站里囤货。价格还在往下跌，他索性一斤也不往外抛售，开掉了大部分人工，直接让废品站处于半瘫痪状态，那几乎是自杀式的做法。

那些日子，我深居简出，颇有大隐隐于市的意味，没心情过问罗一枪的事，再说他不是还有鞠总罩着嘛，死不了。

我租住的地方离罗一枪的废品收购站有点远，中间几乎隔着整个麻布村。麻布村可不是湖村，一根烟的工夫就可以横穿头尾，麻布村头尾相距十几里路，开车都得开一会。我不知道当初找房子怎么不愿意靠罗一枪近一些，而是一个人躲在偏僻的旧楼区，房租便宜当然是重要原因，心里其实也有逃脱的意思。罗一枪问我怎么老是不见人，我说我在写小说——我那么大言不惭，连自己都感觉难为情。

罗一枪说："你整天把自己关在房间里跟坐牢似的能写好小说吗？"

罗一枪说得对。我确实跟坐牢没什么两样，除了上班就是写作,整个人也瘦了一大圈。我不敢告诉他自己可能得了抑郁症,正以写作的方式在自愈。况且,我就算跟他说起抑郁症,他也听不明白,他只知道人的身体要么就是小感冒,要么就是长了恶物,精神上的疾病,他肯定会把它们视作神经病——抑郁症是什么东西,可以吃吗?一斤多少钱?

我的出租屋在六楼,无论白天黑夜,房间里总是一个状态——阴沉,不见一线阳光。进门的那一刻总能闻到一股浓重的霉味,待久了就习惯了。有时罗一枪过来,不无危言耸听,他说:你这里是不是死过人?阴气重得很,大热天都起鸡皮疙瘩。那时我们租房子最怕遇到"阴宅",罗一枪以前租住的楼里就曾有房间出了人命,一个工厂的女孩,半个月没人发觉,最后发臭了才知道。报了警,警察也懒得查,直接把责任推给死者,说是自杀。那栋楼从此给人一种阴森的感觉,但没过多久,死人的房间就被人租走了,房东不说,所谓的"邻居"也不会多事,唯一的好处就是比别人便宜几十块钱,租的人还以为撞了好运,开心得很。

尽管怀疑我的房间死过人,罗一枪还是喜欢往我这边跑,开着他那辆二手的卡罗拉,横穿整个麻布村,停在十巷楼下,然后急急燎燎地摁响我的门铃。罗一枪是不安分的人,那点秉性丝毫没有因为年岁的增长或者生意受挫而有所收敛,他依旧大大咧咧、没心没肺,至少表面是那样子。他喜欢搞出一些动静来,霸着电脑听 beyond,音量开得老大,好几次都把邻居惊动了,扬言要报警。罗一枪可不好惹,只见他横着脸说:"你报啊,明天就让你搬家。"邻居知道遇上的是道上混的人,连忙噤声。我觉得罗一枪太过分了,越来越不讲理了。他倒好,耍了横就走,留下烂摊子让我收拾,楼道里的邻居都对我充满敌意,见面都不打招呼了。

每次来，他还自带酒菜，武汉鸭脖子、各种凉拌，散装的包装的，几大袋，把我从小说里拽出来，陪他喝酒，听他唠叨。他的话题总是离不开鞠总和那帮所谓的兄弟，说起鞠总如何如何厉害，再棘手的事也搞得掂，上次一个兄弟闯祸被抓了，是南山区出的警，鞠总直接找到了市局，硬生生把人给捞出来了。罗一枪如数家珍，烦不胜烦。事实上我知道，他已经和鞠总少有往来了，金融危机，鞠总的生意也难免受挫，听说都开始放弃废品生意，把投资重头转移到别的行业上去了，搞不好，人家一甩手，手里的钱一漂白，罗一枪他们这帮马仔是谁，他都不认识了，也不敢认识了。我承认曾被罗一枪的江湖话题吸引，但时过境迁，一次两次，感觉新鲜，听多了，就烦了。我不知道是从什么时候开始烦罗一枪了、烦了他说话的方式。总之，越往后，我越感觉和他说不到一块了，他的兴趣爱好、崇敬的那些人和事，都与我格格不入；我所热爱的文学，对他来说，又像是另一个世界里的事物。

酒越往后喝，罗一枪的话越多，有一次他严肃地问我："邓小平说，不管黑猫白猫，抓到老鼠就是好猫，你觉得这句话对吗？"

我莫名其妙，说："我觉得没错。"

罗一枪又问："邓小平还说，让一部分人先富起来，再让先富起来的那部分人，拉着还没富起来的另一部分人共同富起来，你觉得这话有毛病吗？"

我说："似乎也没毛病，如果那些先富起来的人愿意的话。"

罗一枪笑了笑，说："问题就出在这里。他们愿意吗？"

我知道罗一枪醉了。但他没有，他酒量好着呢，哪有那么容易醉。喝了酒，说了话，他又精神饱满，开始在我的房间里制造动静。他先是把灯灭了,趴在窗口往隔壁张望。隔壁出租屋刚好住着附近工厂的几个妹子,一到夜里就无所顾忌地穿着睡衣到处晃动,有时洗澡还忘了关窗,哗啦啦的水声让电脑前的我都无心敲字了。罗一枪可不矜持,他关灯正是为了更隐蔽地偷窥对方,还美其名曰"看电影"。

有一次更甚,罗一枪竟然把外面的女人也往我屋里带。那女的一看就是外面混的风尘女,头发炸得像是触电一般,低胸短裙,十分性感。罗一枪朝我使眼色,我知道他的意思,故意装糊涂。罗一枪悄声说:"借一宿,废品站太脏了,没气氛。"都说这话了,我也没办法,心想以前不是说废品站挺刺激的嘛。

我问他:"怎么不去麻布公馆?"

他笑着说:"你还不知道啊,麻布公馆已经被封了,要不还用找野猫。"说着他把我推出了房间,砰地合上门。

我在楼下巷子来回走了不下十趟,才接到他的电话:完事,买点夜宵上来。差点没被气吐血。

总之,只要是罗一枪来,我就别想静下心写作。久而久之,自然就害怕他的到来。有时他会事先打个电话:在家吗?我故意骗他:没呢,在外面,参加一个文学活动。罗一枪一听,肃然起敬,说:"哇,又获奖啦,大作家?"

13

夏天快过去了,台风才来。深圳的夏天和秋天没什么区别,不过台风过后,天气就会凉一些。阳台门被风吹落了,我联系房东,房东说得等一阵子。好几天晚上,我就睡在呼呼的风声中。

我大病了一场，这次倒真是身体的疾病，重感冒，连续发了几天高烧，创作中的小说被迫中断了，并且一想起就头晕。我怕是再也续不下去了。我感到从未有过的失落，恨不得把电脑里的文档都删了。罗一枪的手机打不通，这家伙差不多有半个月没到我这儿来，估计是废品收购站的生意又忙起来了，或者，他终于想明白，再那么颓废下去，迟早玩完。

我给余三省发了条短信。晚上，他就带了药和各种吃的来看我。余三省还是老样子，并没有因为我的孤僻，关系就有所疏远。说起来，这也是车间和办公室的区别。车间人太多了，工作时似乎谁都认识，都是好哥们，一旦离开了，才发现就是过眼云烟。办公室不一样，就那么些人，往往能遇到一两个值得深交的，当然了，斗争起来也是不要命。好在我和余三省不存在这种斗争，他不是那种为了点世俗小事就斤斤计较的人，即便郭主编更赏识我，他也是在郭主编身上找问题，从没牵连到我身上。我怀疑余三省对我有微妙的好感，却不敢说破，也许只是我敏感的错觉。

两人共处一室时，气氛就有些尴尬。

余三省问："你的小说写得怎么样啦？"

我摆摆手，说："写不下去了。"

余三省说："那就不写了呗。写小说多累啊，不如写写诗歌。"

我说："诗歌有什么好的？就那么几句话，敲敲回车键就是了。"

余三省说："你可以看不起我，可不能看不起诗歌啊。"

我说："那你说，它好在哪？"

我有点故意挑衅的意思。

余三省说："这样，我给你朗诵一首，这首诗可伟大了，是波兰诗人切斯拉夫·米沃什的作品,题目叫《礼物》。"

我说:"好。"

余三省就站起来朗诵了。

> 如此幸福的一天
> 雾一早就散了
> 我在花园里干活
> 蜂鸟停在忍冬花上
> 这世上没有一样东西我想占有
> 我知道没有一个人值得我羡慕
> 任何我曾遭受的不幸,我都已忘记
> 想到故我今我同为一人并不使我难为情
> 在我身上没有痛苦
> 直起腰来,我望见蓝色的大海和帆影

"你听,多好啊,蜂鸟停在忍冬花上,看似简单,却只有伟大的诗人才能写出这么伟大的句子……"余三省还陶醉在诗意里。

我不太懂,不过觉得余三省说的不无道理,我的小说之所以无法继续下去,就是因为写不出那些看似简单实则又不简单的句子。

第二天,我的病情有了好转,决定出去走走。台风过后的麻布村一片狼藉,街上的广告招牌歪了一地,被折断的榕树枝和倒地的异木棉还横在街上来不及拉走。我走出十巷,拐上麻布街,正往罗一枪废品收购站的方向走。路过麻布公馆时,确实冷寂一片,大门上还交叉贴着白色封条。鞠总的地盘都能被封,看来事情并不简单。

我"隐居"的那段日子确实错过了不少事情，当然它们都与我无关，对于罗一枪来说，关系就大了，可以说是雪上加霜。

先是鞠总出事了。

鞠总的事到底有多大，坊间其实只是传闻，内情一直得不到确切消息，媒体也没有报道。我光知道麻布村鞠总的所有产业都被封了，废品市场似乎也放开了，随便谁都可以在麻布村开个废品收购站了。当然，那些街头的黄毛还在，只是不再像以前那么猖狂，更多的转为地下组织，散兵游勇，大多都各立山头，什么潮汕帮、海陆丰、湖北佬、江西老表……鱼龙混杂。

罗一枪的废品收购站还在维持，他的地位有所动摇，却不至于瓦解，暂时没人敢在他头上动土，毕竟鞠总的事还没有完全定论，说不定随时杀个回马枪。这种本土佬，本事大着呢，关系可以通天，谁也料不透啊。罗一枪就坚信鞠总只是暂时出去避避风头，有仇家暗算他，就像海里的风浪有时起有时落，用不了多久，鞠总就会风风光光地重返麻布村。到时麻布公馆重新开张，肯定又是敲锣打鼓舞狮放炮，连区长都得送来大花篮表示祝贺。

罗一枪说得胸有成竹，他甚至拿出手机，说昨天刚和鞠总通过电话，鞠总说了，沙沙碎啦，小意思，唔使担心啦……

罗一枪的话我将信将疑，他的焦虑写在脸上，废品收购站里堆积如山的货物台风过后显得凌乱不堪，工人们大都被辞掉了，只剩下一两个小毛孩，平日就帮着收些捡破烂的送过来的瓶瓶罐罐，顺带打扫下卫生。我问罗一枪下一步怎么打算，他深吸了一口烟说，"熬呗，就不信这个金融海啸过不去，台风也就一天两天的事情……没事的，价格很快就回升了。"

半个月后,发生了两件事,让罗一枪的废品收购站彻底没了回天之力。

事后想想,那两件事其实也是一件事,或者说是有因果关系的两件事。

罗大炮在堡岗村的烧烤摊被人砸了场子,有人说他鸡翅没烤熟,不但不给钱,还要轰罗大炮滚蛋,从此不许在堡岗村摆摊烧烤……时间具体是哪一天已经不清楚,罗大炮没有第一时间告诉罗一枪,他瞒住弟弟是想息事宁人,向外做生意,谁也得罪不起。几天后,有马仔告诉罗一枪,砸罗大炮场子的人是湖北佬,他们想在堡岗村垄断烧烤生意,知道罗大炮是罗一枪的哥哥,故意那么干,一是鞠总的势力已经衰退,权当试试深浅,二也是为了报当年遭驱逐之仇。砸罗大炮的场子其实就是砸罗一枪的场子,在此之前,道上的人谁都没敢动罗大炮,就因为有罗一枪在麻布村镇着。鞠总出事后,魍魉魑魅纷纷冒头,开始觊觎罗一枪的地盘了。

当晚,罗一枪便领了十几个黄毛,去了堡岗村,把湖北佬的烧烤摊都砸了个稀巴烂,并留下话——有事来麻布村找罗一枪。自然没人敢来找罗一枪。湖北佬屁都不敢放一个,事情似乎就那么过去了。

我要说的第二件事发生在一个礼拜后。有几个民工模样的人偷偷摸摸来废品收购站销一批货,上千斤的铜线,纯度高,是上等好料。他们要价很便宜。受金融海啸影响,金属的价格都在下跌,不过对铜的影响不是太大。凭罗一枪的经验,很显然,他们那批货来路不正,急于销掉。罗一枪也不是第一次干销赃的勾当,以前跟王建国合作就是这样,否则废品收购站光靠正道赚不了多少钱。罗一枪还有些窃喜,像是半路捡了大便宜,他又把价格压低了一些,收下货物,心想转手一出,就可以赚一笔了，也算是危机时期的一次回温。

晚上，罗一枪邀我一起下馆子喝酒。看他眉开眼笑的样子，我还真以为金融海啸在逐渐退潮了。

第二天，罗一枪出去联系买家，半道上，就接到了派出所熟人的电话。那是跟着鞠总时认识的朋友。朋友通风报信，让罗一枪赶紧跑路，所里出警已经封了废品收购站，有人举报，罗一枪销赃，销的还是国家电缆，警方盯罗一枪很久了，眼下趁着打黑的势头，想把罗一枪一锅端了。

罗一枪接到电话，卡罗拉在半路掉了个头，随即离开了深圳。

几天后，罗一枪在珠海给我打过一次电话，吩咐我去废品收购站看一下，如果有机会，就潜进去，拿一些私人物品，给他寄过去。我还真去看了，废品收购站被贴了封条，值钱的东西已经被偷得七七八八，不过没人看守。我当真潜了进去，照罗一枪的指引，搜出了他的证件包以及一些衣物，第二天就给他快递过去。

没过多久，罗一枪又给我打了个报平安的电话，那时他已经在汕头。之后，有半年之久，我没有了他的任何信息——直到我父亲去世。

14

2008年确实是多事之秋，上至国家的经济危机、汶川大地震，下至黎民百姓——鞠总出事、罗一枪跑路、罗大炮离开了堽岗村、我开始写作并混进深圳文学圈……当然了，还有另一件大事：我父亲得胃癌死了。

父亲的死来得突然，他才53岁，谁也想不到他会死，可他就是死了。我甚至都来不及悲伤，像是父亲只是出了一趟远门，过段时间还会回来的，大概跟我们好几年没见面有关。从我得到父亲生病的消息到他去世，也就三个月时间。这期间我回去过一次，我二叔把我骂了一顿。这些年，我身为父亲的长子，的确做得够差劲。

父亲刚开始感觉肚子不舒服（他分不清是肚子还是胃，总之就是胸口以下不舒服），就像多年前我患胆囊蛔虫备受折磨却没能引起家人重视一样，父亲自己身体不适同样不会引起重视，以至于连找翟先生抓几服草药的兴趣都没有——翟先生也不好找，极少有人看见他回到村里来，他家的院子总是落着锁，都锈迹斑斑了。父亲以为还跟年轻时一样，拖几天就好了。结果不但没好，还变本加厉，开始呕吐，吃什么吐什么，没吃就呕酸水。父亲怀疑是吃错了什么东西，好不容易等到翟先生回来，开了几服清热排毒的草药，熬了喝了，没见效。这下有些急了，去管区找赤脚医生，吃了药，打了屁股针，没好；又打了点滴，还是没好。怎么办？只好求神拜佛——这事归母亲管，母亲大清早带了香烛纸锭、牲礼青果，跑去八仙宫求签，又跑去三山国王庙，把从神明跟前请回来的香灰泡水给父亲喝。可怜我父亲喝了一肚子香灰水，一声长呕全吐了出来，香灰水变成了青胆汁，蜿蜒在天井的水泥地上，如新长的青藤。

母亲这时才记起给我打电话。

"你爸好像不行了。"

我吓一跳，以为出了什么意外，问清楚后，心想呕吐也不是什么大毛病吧，大不了是肠胃炎。我反而安慰起母亲：没事的，人老了有点毛病很正常。第二天，家里又来电话，这次是我二叔。二叔素来自傲，和我家鲜有往来，一般不会打电话给我。我意识到事情并不是我想象的那么简单。俗话说：打虎亲兄弟。感情再糟糕的兄弟，遇事了一样能走到一块。二叔既然插了手，说明事情已经严重到了"打虎"的程度。

二叔先是叫我马上回家一趟，又压低声音说："你妈给你爸求的签是'庞统投刘备'，我不敢跟你妈说实话，就跟你说两句吧。听说你现在是个作家了，三国的戏传应该知道吧，庞统与孔明齐名，一个凤雏一个卧龙，同为刘备的军师中郎将。可是庞统命短啊，才活到三十六岁，就葬于落凤坡了。你爸要是投东吴，那还能剩点阳寿，如今投了刘备，离死就不远了……"

我二叔马东河，左脸颊上长了一块鸡蛋大小的黑痣，痣上还长出一撮骇人的黑毛，被湖村人称为马半仙，他能断生死，据说比扇背镇人民医院的医生还灵。

也正如二叔所言，我已经是一个作家了——尽管只是在小报小刊上发几个臭豆腐块，随时都可能饿死在深圳的握手楼里，我也不能就此信了二叔的话，让父亲在家里等死啊。当晚连忙坐夜车回家，第二天便带了父亲到镇人民医院检查。检查结果出来了，医生却说："你们还是到汕头去复查吧。"

我的心咯噔一下，确定父亲这一生已经快走到尽头了。

我弟弟马烨年轻气盛，已经比我高出一个头，他两步蹿到医生面前，问医生是什么意思，看样子他想像提一只羊羔一样把医生提到背后的墙上去。

医生吓得不轻，避开马烨的身体，嘟囔一句，"我说得还不够清楚吗？"

我一把拉开马烨。

马烨甩开我的手，吼道："别碰我。"

我看见他的眼里瞬间全湿了。

我离开家的这些年,马烨已经完全代替了我的位置,他比我更不能接受父亲的离去。

"去汕头"只是镇人民医院一贯的说辞,以此来推卸责任、规避风险。万一有个什么差池,误诊了,家属情绪不稳定,打砸医院和群殴医生的事也不是没发生过——"去汕头",说白了,就是可以回家等死了,该吃吃,该睡睡。

事情到了这份上,大家心里也都明了。

父亲对自己的病情还不知情,我们还瞒着。可是从医院回来后,他就变了个人,一夜之间,像是泄了气的皮球,已经不成人形了。

我问二叔:"上不上去?"

二叔反问:"上哪去?"

我说:"汕头。"

二叔说:"五十不过夜,六十不过厝,七十不出门,身上既然长了恶物,就好好在家待着吧,你想让你爸死在半路上吗?"

湖村人谁都不愿意死在外面,那样连葬礼都没办法回村里举办,棺材还得支放在村口,和死一头牛没什么区别。湖村人把骂人"半路死"视为最恶毒的诅咒,就是因为人死了还不能进村入屋。

父亲被安排在大厅的床位上,床铺草席毛毯被褥枕头都是临时备好的,只要父亲一死,这些东西都得丢弃到大军河里,厝内不允许存放任何一样死者的东西。母亲哭了两天没再哭了,马烨也开始领着弟妹,干活的干活,上学的上学,忙家务的忙家务……他们似乎都把给我忘了。说起来也是,在我离开的这些年里,家里发生了一些结构上的变化,几个弟妹都变了模样,变成了我不太熟悉的人。他们还喊我一声哥,却怎么也亲不起来。我像是看着一户陌生的人家，他们正在遭遇父亲即将死去的悲剧。这种错觉让我极度失落和颓败，我又能怎么办呢？眼看父亲还能熬一段时间，我佯装深圳还有事情，交代马烨有急事再通知我。马烨冷冷的，竟然也没阻拦。我倒是希望他能拦住我，哪怕像二叔那样骂我一顿，甚至揍我一顿，我也都认了。可他没有，他摆摆手，叫我走吧。我当真走了，到深圳逛了一圈，找余三省借了点钱，试图联系罗一枪，发现他原来的号码已经停机了，还想联系陈静先，盯着蓝色屏幕上的号码看了半天，终究没有拨出去。

父亲前前后后拖了三个月。马烨照顾周到，每天给父亲洗一个澡，即便坐在床头也闻不到一丝异味。人们都说马烨是个孝顺的孩子，言下之意，我肯定就不孝了。父亲弥留之际，靠打杜冷丁缓解病痛，直到把草席踢出两个大窟窿，才睁着眼珠子哀怨地死去。父亲临死前一个礼拜的胃口特别好，一餐可以吃掉两碗饭，配三四块梅菜扣肉。母亲还很开心，以为发生了奇迹。当然那仅仅是回光返照。父亲终于饱着肚子离开了人世，患了胃癌却没有成为饿死鬼，也是一件值得庆幸的事情。更庆幸的是，我们儿女六人都守在他身旁，二叔说，大哥，还有什么话要留给后人的吗？父亲喘着气，眨了眨像是被故意撑大的眼睛，他最后说："能不能不火葬……"

父亲死后，给我们家出了一个大难题。

我去找村主任陈四九，我说我父亲死前有遗言，说不想火葬，这事能办到吗？

陈四九看样子相当为难，他低沉着声音说："阿玮啊，你也是走过世面的人，应该知道怎么顺着局势走啊，如今从县里到镇上，都在严抓殡葬改革，火葬是大势所趋，便捷又环保。再说了，我就算同意，也没用啊，除非你偷偷拉出去埋了，要是葬礼一办，锣鼓一敲，殡仪馆的车就到村门口来等着了，谁也逃脱不了啊。上次老张家，都埋了几天了，还被挖起来。要不我看啊，你也是明白人，死人有死人的心愿，咱们活人也有活人的苦衷，能满足的尽量满足，不能满足的，也不能冒着触犯法律的风险去满足啊，是不是这个理？"

陈四九说得情真意切。可是据我所知，当年陈爷爷去世，陈四九就没有让父亲火葬。陈爷爷的坟墓修在后壁坡上，又高又大，站在巷尾就能望见坟头。陈爷爷作为国家干部，应该也是明白人，他弥留之际总不至于也像我父亲那样给家人留难题吧——当然，对于陈四九而言，那其实不算什么难题，就打声招呼的事情，殡葬管理所乃至整个民政局在葬礼那天都会装聋作哑。

这事我怪不了任何人，只能埋怨自己没能耐。

我跟家人说："要不，跟父亲再商量一下，还是火葬吧。"

母亲问："怎么商量？人都死了。"

二叔说："也不是没有办法，葬礼那天打圣杯，让阿玮跟他说清楚，打到圣杯，就表示答应了。"

母亲问："要是打不到圣杯呢？"

二叔皱了下眉头，转向我说："没圣杯就打到有圣杯，是吧。"

我点点头，明白了二叔的意思。

出殡的日子二叔帮忙看好了，在三天之后。那几天，我作为当家人，要联系房头内的族人，拜托大家帮忙。这种事谁都推托不了，多年下来也形成了一套经验，谁该干什么，都不需要特意吩咐。二叔作为我们马家的贤人，一直以来是马氏家族治丧事务的领头人，搭灵棚，租灵具，布幡挽幛，灯笼彩旗，草龙棺木，以至于师公是请廖家还是请黄家，乐队是请铜鼓还是请八音……他都能帮我定夺。

二叔跟我说，都说你这些年混得不错，有钱没钱，谁也不会搜你口袋，多少朋友，也没人跟在你屁股后面数，不过嘛，葬礼上，村里人可就都看在眼里了，清清楚楚，咱们死了人不能输了阵，你明白吗？你看当年陈四九，那排场到现在都没人能超过。

二叔一席话把我说得脸都红了。

说实话，我要钱没钱，要人没人。可我不能说实话，我跟二叔说，我明白，我尽力。

我再三斟酌，把所有能通知的人都通知了。最让我感动的是余三省，第一时间就跟郭主编请了假；陈静先一个劲地道歉，说真是不巧，刚好那天要见一位重要的客户，实在推托不了。我表示理解。罗一枪依然没联系上。另外有几个初中同学，他们都在扇背一中或者二中当老师，没有什么特殊情况，一定会来送逝者一程。一通电话下来，我整个人差不多都垮掉了，真希望这个事情能快点过去，然后跑去深圳像只鼹鼠那样躲起来。

父亲先走一步，他倒舒坦，生前除了烂摊子，没能给我留下什么，死后还把更大的难题扔给了我。夜里守灵，我越想越不是事，隔着蚊帐看着一动不动的父亲。死后的他已经干瘪成一具尸骨，裹着一层光滑的寿衣，看起来像是一个木偶。屋里充斥着烟灰味，几个不谙世事的弟妹蹲在父亲脚尾一页一页地烧纸锭。我想起当年离家去深圳，父亲追着大巴示意我到了打电话的情景，突然感到一种深入骨髓的绝望。我号啕大哭。我哭倒不全是因为父亲，多半还是因为自己，以及父亲留下的这么一个烂摊子。弟妹中，除了马烨已经长大成人，在镇上一家批发部打工送货，余下的还都在上学。不过，我似乎已经能预知到他们未来的命运，无非还是重蹈我和马烨的覆辙，面临着辍学的命运编排。

我越哭越厉害，与其说是伤心，不如说是恐惧。

母亲吩咐我不要把眼泪滴到父亲身上。

一直到出殡前天，二叔才问我："遗照安排了吗？"

我才想起葬礼需要遗照，不过父亲一辈子没照过相，拿什么当遗照呢？这是个无法解决的问题。

二叔说："要不你画一个吧？"

我一惊，说："我哪能画啊？"

我二叔也一惊："你不是跟了朱画师一年吗？怎么不能画？"

我说："哪有那么容易，再说朱画师也没教过我画画。"

二叔说："你现在不是个作家吗？"

我挺难为情的，解释说："作家是写字的，画画的叫画家。"

我二叔嘀咕一句："还这么分的啊？古人可没分得这么清楚。"

看二叔疑惑的样子，明显对我很失望。我像是被人打了一拳，恨自己怎么就不是一个画画的，那样至少能帮父亲画个遗照，偏偏又是一个写字的，那些狗屁文章一到紧要关头连个屁用都没有。

出殡当天，一大早，师公来了，看好了时辰等待殓尸入棺。

身为长子，师公递给我半钵沙子、三根点着的香和三张纸锭，让我端着去大军河桥头"买水"，葬礼时需要给父亲"洗身"。我出门时，天还蒙蒙亮，町前收割过后的田野荒芜一片，顺着长满草藤的田埂往桥头的方向直走。十五岁出花园时绕完村子走一圈，便是由着这条小路回的家。眼下我却单独一人，捧着个陶钵要去桥下给父亲"买水"，嘴里还得一路念叨："桥公桥母，我为父亲买水来了，请行个方便呐。"如果不是父亲去世，我真不知道村里死个人还需要这样的礼俗。到了桥头，我不知有没有完全按照师公交代的做了，总之把钵里的沙子倒进了河，三根香则插在河边，接着下桥舀半钵清水带回家。整个过程让我觉得很诡异，我竟然感觉到害怕，似乎桥下真有那么一个隐藏多年的神灵，专门提供神水给死人洗澡上路。桥洞黑幽幽的，有虫子在叫，河水冰凉，慌乱间，陶钵差点从我的手中跌落……我逃也似的离开，快步往村子里走。

亲戚们已经围在我家门口了，等着我领他们去村口迎棺，有人责怪我动作太慢，还没等我把陶钵放好，就已经被人群拥到了队伍的最前面，套上麻衣穿了草鞋。谁又给我递过来一根上端系了红布的竹杖，抬眼一看，是马烨，他已经穿好一身黑褂麻衣，头上戴着麻顶，差点没能认出来。我们兄弟几人都是一样的装扮，房头内的亲人则男的穿白衣女的系蓝裙，照着辈序排出好长的队伍。棺材在锣声的带领下被抬进村口，我们齐刷刷跪下，每人手里握着一张纸锭，待棺材从眼前经过时，起身，用纸锭擦拭棺材，然后丢弃。

迎棺进屋，在师公的指导下抬尸入棺，母亲和几个弟妹趴在父亲身上，屋里哭声一片，师公再三交代泪水不要滴在死者身上。几乎不费什么劲，我们做好姿势，抬起父亲，用力过猛，还差点把尸体兜到了棺材外边。虽是冬天，父亲的身体却有了异味，瞬间弥漫整个大厅，所有人都憋着不喘气，个个面容古怪。身为长子，我抬的是父亲头部。当我双手托进父亲的后脑勺时，感觉到后脑勺是软的，如腐烂的水果，稍一用力，"水果"就破了，流出黏黏的汁水，沾在我十指之间。我想抽手离开，又想这后脑勺是父亲的后脑勺，我不托着，谁能帮他托着呢？

尸体入棺后，我们在棺尾跪下，等着师公入殓。父亲过于瘦小，棺材几乎空出一半的空间，师公往里塞了一大堆米黄色的粗纸,塞严实了,才盖上一层红色蓝边的长布条,接着再往布条上面叠满纸锭冥币,收拾平整了,才能合上棺材盖。棺材盖被抬起时,所有跪着的人都得起身离开,不能让棺材盖从活人的头顶划过,影子也不行。我起身站到一边,马烨在我身边,几个弟妹躲在我们身后。棺材盖合上的那一刻,我的心仿佛也咔嚓一声响。我突然想起一个成语:盖棺定论。父亲这一生总算没了。不管他过得如何,总算走完了。

母亲哭得死去活来,她一直反复念叨着一句话:你没福啊,再熬几年,孩子都大了,就可以享福了。母亲这话像是在自我安慰,仿佛她熬过几年就真能享清福了一般。

棺木往外抬时,我的手机响了。

一看,是个陌生的号码,接起来听,竟是罗一枪的声音。

罗一枪的声音很大,"阿玮,我都安排好了,今天放心出殡。"

我莫名其妙,罗一枪让我放心什么呢?

我问:"怎么啦?你在哪?"

罗一枪说:"我就在灵棚,早上刚到。马叔叔不用火葬,他得入土为安。殡葬管理所那边我已经交代好了,所长是我好哥们。"事后我才知道,为我父亲不火葬的事,罗一枪花了一万块钱给人喝茶。

当时我却一头雾水,不知道是自己听错了,还是罗一枪在胡说八道。这小子消失了半年之久,怎么就和殡葬管理所的人成了好哥们?这半年,他到底经历了什么?

我果真在巷口见到了罗一枪。余三省也到了,依然戴着瓜子帽,在一个乡村葬礼上显得特立独行,吸引了不少人的眼光。他们站在一起,说着话,看似是一起到达的——在深圳时,他们有过几面之缘。

罗一枪的突然出现,不但使我感到意外,所有湖村人都惊诧不已，似乎他死过一回了，又活生生回到了人群中间。我的意外和村人的惊诧当然不一样。在村里人看来，罗一枪自从纵火出走后，就没再回来过，直到重修三山国王庙，人们才知道罗一枪发了，竟捐赠了十万块，算是抹平了村人对他的怨恨。如今，他突然出现在了我父亲的葬礼上，精神焕发，开着小车，腋下夹着个公文包，看样子像个国家干部，人也比在深圳时胖了不少。罗一枪这么猝不及防，让人都忘了他曾经干下的坏事，只把他当作衣锦还乡的故人，或仅仅是外出多年突然回家了。人们纷纷上前打招呼，跟罗一枪问好，他也像个客人那样礼貌地回应，庄重而得体，弄得现场不像是丧葬仪式，倒像是罗一枪重返故里的恳亲会。

半年不见，罗一枪确实发生了不少变化，不单单是外形的改变，那只要拾掇一下就可以做到，关键是他整个人的气质也发生了转变，显示出了与年龄并不相符的成熟稳重。这点让我有些纳闷。我也可以把他的表现视作一场表演，他只是暂时端出的架势，一旦私下面对了，他肯定就打回原形了。

葬礼在紊乱中还算有序地进行着，灵台中间本该悬挂遗照的地方却空了出来，显得很怪异，像是葬礼根本就没有死者。我挺羞愧的，蹲在角落里没敢往灵台上看。余三省不知什么时候也蹲在我边上，他小声跟我说，来的路上，他写了一首悼念诗，想在葬礼现场朗诵，送给我父亲。我看了余三省一眼，心想诗人就是不一样，比小说家有想法多了。余三省此举倒是提醒了我，我二叔不是想在父亲的葬礼上体现马家的实力嘛，咱在排场方面比不过陈家，可以做点特别的事情啊。比如我来念悼词，余三省朗诵悼诗，罗一枪充当司仪，像殡仪馆开追悼会那样来办葬礼，这在湖村也算是头一遭吧！

我当即把罗一枪和余三省叫到一边，说了我的想法。罗一枪觉得我的主意不错,他似乎也想在这个场合出下风头。我二叔一开始不同意我们那么搞,他当然明白我的意思,只是觉得不妥,村里没人这么办过葬礼。不过他还是依了我们,具体是依了罗一枪。罗一枪在搞掂殡葬管理所这个事情上,让我二叔刮目相看,以前村里能有这等能耐的人,大概就只有陈四九了。

我立马找来纸笔写悼词。平时文思如泉涌,紧要关头却一个字也憋不出来。好不容易写了几百字,念起来干巴巴,像是蹩脚的个人简介。我看了余三省的诗歌,吓我一跳,不愧是诗人,把别人的父亲写得跟自己父亲那样深情悲切。

待师公走完该走的程序后,罗一枪拿起话筒便走到了灵台前。

"乡亲们,各位亲朋好友们,以及对马东远同志的逝世表示哀悼的所有来宾,大家上午好!"这家伙像是经过排练,几句台词说下来,顺畅大方,瞬间就把现场的气氛给压住了,所有人都眼巴巴地看着他,照人们对葬礼约定俗成的印象,是不应该有这一出的,于是摸不透接下来想干什么。

"这样,"罗一枪清了清嗓子,继续说,"今天的葬礼,遵照乡村礼仪的那一部分暂时告一段落,接下来,应孝子马玮的意愿——当然了,我们现在其实应该叫一声马老师,马老师如今已经是深圳著名的作家,大家可能还不清楚,他这几年的文学作品在全国各地遍地开花,大小刊物和报纸都刊发了他的大作,而能把名字印上报刊的,咱们湖村有史以来,恐怕是前无古人吧,至于以后有没有来者,暂时还不能确定。"说着,罗一枪放下话筒,直勾勾地看着我,所有围观的人也都齐刷刷地把脸朝我转了过来——我不知道这家伙还能来这一招,所幸每一句话又都说在点子上,一点都不显得外行,"当然了,这些都是闲话，我只是给大家先做个介绍，以便你们对马玮现在的身份有个大致的了解。根据马老师的意思，在接下来的环节里，他想给他敬爱的父亲开一个小小的追悼会，以纪念他父亲这平凡却也不平凡的一生。下面，我们请马老师上来致悼词……"

我在人们的注视下站了上去。有了罗一枪开场在前，无论如何我得把这场戏演下去，不能自己砸了自己的场。罗一枪真是个聪明人，他先给了我一个"角色"，接下来我便可以照着预设的角色继续演下去了，或者说，根本就不需要演，本来就是这样，罗一枪一点都没有夸大其词，我确实是这个村里唯一能把名字写上报刊的人物——罗一枪没说错，我真不需要为此有半点不必要的羞愧。我开始以情真意切的语气念悼词，其间突然文思涌动，在原来的基础上临时发挥，整个悼词念下来，感情丰富，文采飞扬。

余三省的诗歌朗诵更是掀起了葬礼的高潮，诗歌的魅力得以充分地体现。余三省带着悲戚的声调，加上诗句本身的煽情，再次感染了不少人。余三省突然声音哽咽了起来，捧起诗稿掩面而泣。那还真不是演出来的效果，余三省是真哭了，当他朗诵完毕，举目鞠躬时，我看见不少妇孺也跟着落了泪。

余三省那首写给我父亲的诗歌手稿后来我一直珍藏着，视若珍宝，与其说是写给我父亲的，毋宁说是写给他自己的——当然这是后话。那几乎是他第一首"公开发表"的诗歌，发表在我父亲的葬礼上。

余三省《悼父诗》中的最后一句是：

我们生来卑微
重量抵不过一粒尘土

15

父亲去世后,母亲开始咬了牙催我结婚,随便找个女的都行,只要能生儿育女,否则有我在前面挡着,马烨想结婚也不太方便,听说他在镇上已经谈恋爱,对象是镇里的一个女孩子。

我却一门心思扑在写作上,一年后,长篇小说完稿了,定名为《隐匿》。我又花了半年时间修改,仍有诸多不满意。我试着投了几家刊物,都毫无音讯。正当颓废消极之时,在一次文学活动上,认识了一位来自北京的编辑,他所在的《钟声》是国内顶级的文学刊物。高山仰止,之前我一直不敢给他们投稿。那次相识,我斗胆把小说稿塞给了编辑。大概几个月后,他从北京给我打来电话,说稿子看了,觉得不错,他会极力推荐。不过,好长时间过后,再也没有接到编辑进一步的消息。

正当丧气焦虑之时,我又接到家里的电话,母亲在电话里说,马烨结婚了,既然他先成了家,家里大小事就让他做主吧。母亲让我放心做自己的事情,想不想结婚都无所谓了。我一下子不知说什么好,在母亲眼里,我得是一个多么失败的儿子。

马烨还算争气,这个沉默寡言却满肚子心事的年轻人,开始表现出作为一个男人的魄力。结婚后,他在扇背镇开了一家小型批发部,把几个没事干的弟妹都叫去身边帮忙,母亲也不用再挑着担子去省道半路站卖甜糜了。马烨的妻子很快怀孕了,母亲得等着抱孙子。

我必须得承认,无数个难熬的夜晚,都是余三省陪我度过的。同时,我又觉得和一个男人过于亲近实在有些羞耻,羞耻更多来自精神,而非身体——这恰好又是羞耻的根源。

每当余三省敲响我的房门,并迟迟不打算离开时,我便不得不下逐客令。余三省眼神里的哀怨我能轻易察觉,他就像个小女孩,希望得到我的爱护和怜悯。可我真不觉得这是我该尽的义务,或者说,我的生活就应该如此不堪吗?

那年冬天,我借一次杂志社采风的机会,独自去了一趟根河。传说那是中国最冷的地方,被称作"冷极",气温最低时,达到零下五十八摄氏度。杂志社采风的地方在海拉尔,也就是说,我独自行动,继续向北而行,穿过呼伦贝尔大草原——冬天的草原简直就是一片一望无垠的荒地,积雪和积雪化出来的雪水,在牛羊马群的踩躏下,整片草原就像一个超级大泥坑,泥泞不堪。作为南方人,再不堪的北方景致都是新鲜的,尽管天冷得让我的脑门生疼,仿佛被人扎着针。我计划从海拉尔去额尔古纳,再从额尔古纳深入大兴安岭林区,到达冷极小镇根河。路线我已经跟当地的导游询问好了,他为了方便我出行,还帮我联系了一辆面包车,车主既是司机也是导游,那样路上会比较安全。

到达额尔古纳后,那个脸上有一片疤痕的司机跟我说,如果往西走,沿着中俄边境,就能到达满洲里,看俄罗斯长腿大美女。我对大美女没啥兴趣,问他,能否见到额尔古纳河?我读过东北作家迟子建的《额尔古纳河右岸》。司机说,见不着,只能见到沿河生长的红毛柳,在草原上,有红毛柳的地方就是额尔古纳河。我说,那还是去根河吧。我只想体验一下一个地方能冷到什么程度。事实上,也没那么恐怖,当我站在根河景区观看台上,俯望一望无垠的草木深处时,层林尽染,白桦树黄褐色的林梢缀着皑皑白雪,简直美极了,心间竟升起一股暖意，像是身体里燃起了一根蜡烛。

　　我又去了鄂温克族狩猎的敖鲁古雅部落，第一次见到圣诞老人骑的驯鹿。在落满松针和积雪的木板走道上停下来拍照时，一群顶着一头枝杈茸角的驯鹿悠悠向我走过来，把茸角抵在我的手机上，埋下头，像小孩依偎在母亲身旁。

　　我蹲下身，与驯鹿纯净的眼神对视，突然想起余三省也拥有同样纯净的眼神。那一刻我感动得不知如何是好。几乎与此同时，我接到郭主编的电话，郭主编在电话里低声说，你在哪呢？余三省出事了……

　　我故意把手机拿开，像冰块一样放在眼前落满松针的雪地上，四下静谧，手机里的声响能清晰地听见，郭主编的声音明显在哽咽。一头驯鹿还在我身边迟迟不走，它大概被我的怪异行径吸引住了。我抬头一看，泪眼蒙眬，仿佛在身边站着的就是余三省。

　　诗人余三省从南泰集团的办公室大楼纵身而下。时隔三年，他自我满足了期待，终于刷新了跳楼人数纪录，从"九连跳"刷到了"十连跳"，只是其他九个都是在厂区，他另辟蹊径，直接爬上了办公区——真要从厂区往下跳还真不容易了，那儿到处是铁制的防护网，密不透风。

　　余三省的死再次引起了媒体的哗然，尽管厂方解释称他的死完全是个意外，本来就患有间歇性精神疾病——写诗的不都是那样嘛，神神道道的。那天晚上他喝得酩酊大醉，带着米沃什的诗集爬上公司顶楼，鬼嚎般朗诵了一晚上，第二天早上保安就发现他像个假人那样趴在园区的花圃上了，真如"蜂鸟停在了忍冬花上"，鬼知道是失足，还是自杀呢。

　　幸运的是，因为余三省的死，他的许多诗歌开始被人从各大论坛挖掘出来，坊间肆意流传，并被各大刊物发表、转载，无数诗评家参与其中，轰轰烈烈，颇为壮观，以此纪念一位英年早逝的伟大诗人，无不表现出疼痛、惋惜和缅怀的心情。我借此写了几篇与他同事共处的纪念文章，并有幸受邀参加了几场高端的诗歌研讨会，接受了不少报刊和电视台的采访，作为"天才"的见证者而大言不惭，实在有愧诗人的在天之灵。

第三部

直至世界末日

1

余三省死后,我就辞去了南泰集团的工作,郭主编没有刻意挽留,他知道余三省的死让我很难过。我又过上了孤独的生活,余三省再也不会半夜三更来敲我的房门了,每次想起,他在我父亲的葬礼上朗诵诗歌后掩面痛哭的模样,总是历历在目。

第二年春天,深圳为筹办第二十六届世界大学生运动会,全城如火如荼翻新之时,我终于再次接到了来自北京的电话,还是那个文学刊物《钟声》的编辑。他先是跟我道歉,说稿子在他手头压了快两年了,有些不太好把握的敏感问题,他一直据理力争,终于,我的长篇小说《隐匿》在编辑部通过了终审,准备在下个月的头条刊发。

他还激动地说:"这部作品肯定会在文学界引起反响,你要做好出名的心理准备。"我怀疑编辑夸大其词,不过还是很兴奋,有人竟在我不知道的情况下,默默为我据理力争。

果真如编辑所言,小说刊发后,我一下子成了文坛的讨论焦点,很多评论家和陌生读者联系上我,表达了对《隐匿》的喜爱。似乎就是一夜之间的事情,我从一个没多少人知道的小作者变成了年度小说红人，好多刊物向我约稿，一些大型的文学活动也开始邀请我参加。在短短的几个月时间，我去了十多个大城市，面对不下几万个文学爱好者讲述文学之路和创作经验。

正是在这时候，陈静先联系了我。

陈静先敏锐地闻到了我身上的商业气息，他急切地要我加盟黑马文化传媒正在紧锣密鼓策划中的一项大活动。陈静先把它命名为"回乡团"文化之旅。光这名头，听起来就很山寨，不过一家文化传媒公司，也就那样，想不出更好的点子了。

那些年，黑马文化传媒发展势头良好，成了深圳文化产业的领头羊，陈静先作为老总，已经是深圳文化产业界的知名人士。作为成功人士，年轻一代的佼佼者，陈静先曾被授予"深圳十大杰出青年"荣誉，是80后的唯一代表。这些我都是从新闻上得知的消息。我和陈静先联系不多，却一直在关注着他。陈静先名声在外，还不是虚名，说白了，就是有钱，在家乡，他的名字自然也是响亮的招牌，深圳海东商会成立时，陈静先就是创会会长。

我应承了陈静先的邀约，至于所谓的"回乡团"，其实一点眉目都没有，也不知道具体要我做些什么，或者说，我能帮上陈静先什么忙。

难以预料的是，罗一枪却比我更清楚陈静先的动作。

离开深圳后，罗一枪在珠三角等地辗转了大半年，终于回到县城站稳了脚跟，并很快结交了城里的三教九流，在他们中间腾挪转移，如鱼得水。他在深圳练就的本事回到县城竟倍加焕发光彩，无非就是仗义疏财，为兄弟两肋插刀，那一套江湖习气。往后几年，罗一枪越混越开，也不知道具体是干什么，据说在某单位还混了个吃空饷的职位，身上则多了不少听起来很牛的头衔,比如人大代表、青年商业联合会会长等等……海东城称得上是个人物的,他几乎都认识。

罗一枪打电话给我,先是说他前几天正和政协主席和宣传部长一起吃饭,在场的还有作协主席周光以。席间,无意中提起了我,周主席竟然还记得,问我是不是当年朱画师身边那个"远房亲戚",磨刀高手,文笔也挺好,还在《海东报》发过文章呢。罗一枪说我现在已经是炙手可热的青年作家了,名声在外呢。周光以很高兴,希望我有机会回县城走走。罗一枪最后对我说:"现在有机会回来了吧,听说你答应陈静先参加'回乡团'了?"

我一下被问蒙了,没想过陈静先的活动会和罗一枪有关系,更没想到他会突然问起这个事情。我只好如实回答。罗一枪笑了笑,说好啊,刚好兄弟几个可以在县城聚一聚。我更莫名其妙了。罗一枪又说:"没想到吧,陈静先这次回乡之旅,我们青商会是统战部委托接待和对接的单位之一,回来的都是企业家、商人、大作家、文化学者,总而言之,是我们海东县的财神爷,我们会好好接待的,你们将让海东城蓬荜生辉啊……"我听出了罗一枪语气里的嘲讽,也是对我,他才会这么说话。我大概明白是怎么回事了。陈静先策划的"回乡团"文化之旅看来是深圳海东商会和文化界的一次亲密合作,目的地就是海东城,对接的正是当地政府,高举的旗帜自然也是类似文化搭台经济唱戏之类的套路,什么寻根溯源、考察投资、反哺家乡、造福子孙等等,冠冕堂皇的词能用的都用上了。我有听罗一枪说过,陈静先的叔叔陈志军早就调到了县里,据说在统战部任要职,关系很吃得开,他们叔侄联手,肯定能上演一出大戏。

没过多久,陈静先邀我去他的公司参观,要派专车来接我，问我住哪。我说麻布村。陈静先说，你还住麻布村啊，多少年了？我说少说也有十几年了吧。陈静先说，"这样，活动结束后，我让潘经理给你在市内租一套公寓，以黑马文化传媒的名义。如果你还愿意的话，我们可以进一步谈合作，我以前不是跟你说过嘛，我准备把作家经纪人这个行业做起来，现在签在黑马名下的作家已经有十几个了，个个是国内前线作家。下一步，我们除了做图书，还做影视，影视可是一块大肥肉，咱们有大把的合作机会，可以先从你的《隐匿》开始。下一步先合作出版的事，找一家好一点的出版社，包装推广，再策划几场活动，北京上海广州杭州几个大城市走一圈。说实话，现在出书不宣传，根本就卖不动，跟写得好不好没关系，酒香最怕巷子深，你说是不是？"

陈静先侃侃而谈，中间都不用歇口气，他真是厉害，目光很长远。我暂时不想跟他谈这些，不是不想，是觉得不合适。我觉得我们之间坐下来不应该谈合作，从光着屁股在大军河里扑腾时就认识了，我们谈什么都可以，就是不能在多年后再次见面时，一开场就谈合作，那样真的很别扭。

我最后只问了陈静先一句："你说的潘经理，就是潘红霞吧？"

陈静先笑着说："是啊，你还记得啊。"

我说："记得，怎么会不记得。对了，你们结婚没有？"

陈静先说："还没有，早着呢，先立业，再成家，我们都不急。"

我笑着说："你爸不等着抱孙子啊？"

陈静先说："他倒是催了很多年了，说要回去村里办婚礼，我一想到这就犯怵，所以一直拖着。哎，老人家就这样。"他的语气总算回到了我熟悉的状态。

这才是我乐意去见的陈静先。不过我更期待再见到潘红霞，这个活泼开朗的东北女孩给我留下了很深的印象，她几乎是我心目中那种理想的女孩，身上有种人见人爱的魅力。陈静先能成功，我想离不开潘红霞的影响和帮助。我是真心祝福他们在一起，有个美好的未来。

当天下午，印有"黑马文化传媒"的商务车把我接到了蛇口一处文化艺术创意园。陈静先的公司就在艺术园区里。创意园由老旧的工业区改造，既古香古色又充满现代感。那些年，深圳喜欢干这种一举两得的改造工程，几乎每个区都有一两处创意园，进驻的企业大多都是文化公司和艺术家工作室。

黑马文化传媒的位置很显眼，一进园区就看到了指引和硕大的黑体招牌。陈静先还挺直接，果真让一匹奔跑中的黑马充当了公司的LOGO。这让我想起一年前去内蒙古，在草原上见到垂着长长的脖颈吃草的马群，它们一点都不像我想象中的马。我一度很失望。如果陈静先也见过那种老实巴交的马匹，大概也会重新审视公司的招牌吧——我胡思乱想，我也没见过马群奔跑时的样子，说不定陈静先就见过，他正意气风发，没兴趣去关注那些垂着脖颈吃草的马匹，还干巴巴地站在寒冷的荒原上等着主人半个月才送去一把盐（这是海拉尔的司机兼导演告诉我的，他说马不怕冷，就需要吃盐，否则会被活活冻死）。

2

潘红霞已经在门口等着我了，她爽朗地笑着，穿着一身文艺麻棉，深黄色的小灯笼六分袖套头衬衫，袖子上有大红的绣花，雪白的衣身配上复古长项链，下身搭配白色的水洗裤子，看起来很具波希米亚风情，跟我之前所见差别很大。那时的潘红霞刚毕业，着装比较朴素，也不化妆。几年后的她已经是个成熟的女人了，有了文艺范和脂粉味。我想起多年前在县城当学徒时，朱画师和周光以他们合作画画，朱画师画了两个石榴，一个是闭合的，青涩的，一个已经熟得裂开了，像是珠宝盒乍露，现出了一脸的珠光宝气。潘红霞前后给我的印象就是朱画师笔下那两颗迥异的石榴。

当然，我对潘红霞的感觉还是好的，她得体地过来握了一下我的手，唤我一声"马老师"，又笑着说："咱们好几年没见了吧。"我说："四五年了。"潘红霞说："哦，应该有了，不过几年不见，马老师您可成了大作家，我这个中文系的却连一份文案都没能力整好。"说着，潘红霞把我领过工作区域，在走廊处拐进了陈静先的办公室。

陈静先的办公室装饰得文艺雅致，实木书架上码着满满的古籍，我怀疑那一整套的《二十四史》就从没被翻开过；博古架上放置各种艺术品，一匹红铜浇注的马很是显眼，他大概买不到黑色的，那样就和公司名称很契合了；用木架子支放着的茶饼下面，倒是放着一只黑色的瓷狗，与其说是放，不如说是藏，明眼人便能猜出主人属狗的身份；红砖墙面上挂着沙比利装框的书画，启功体和仿徐悲鸿的《八骏图》。多年不习字画，我还是一眼能看出是江湖书画家的拙劣模仿。

陈静先正坐在电脑前，见我们进来了，连忙起身，几步跨过来，伸出缠满佛串的手。他看起来胖了好多，老板的派头呼之欲出。我没去接他的手，只是张开双臂，把他抱住了。我不知道当时怎么会有如此举动，这本该属于罗一枪的动作。

陈静先蛮惊喜，也张开双臂迎合我的拥抱，我们两人在潘红霞面前抱在了一起。

潘红霞笑着看我们，退到一边的花梨茶几上去泡茶。我和陈静先也在茶几前坐了下来。那一刻我有一种久违的自在和轻松，正如罗一枪所言，我们三人真的需要一个机会好好聚一聚了，上次我们在一起的场景，感觉已经是很遥远的事了。我们都在深圳，虽然有先后之别，重叠的时间也有七八年，我们却各走一端，相聚的机会并不多。

在陈静先眼里，我和罗一枪要走得近些，正是因为他考上了大学，大学生的身份似乎成了我们中间一道隐形的沟壑，这道沟壑既是陈静先挖掘出来的，更多也是我和罗一枪合力挖掘出来的。当我以作家的身份，罗一枪又以另外的身份出现，沟壑貌似又被我们填平了，就像少年时一起踩着单车去扇背二中上学，罗一枪率先拥有一部黑色嘉陵，我们依然甘愿陪他走几十里的路，把摩托车推回家，是成长让我们丢失了与生俱来的纯粹。

陈静先显得比我沉着自如，当即给罗一枪打了一通电话，先是汇报了活动进度，最后才说我也在他身边。陈静先把手机给了我，让我和罗一枪说两句。罗一枪竟然也在电话里客套起来，仿佛我们之间也很多年没联系似的。挂了电话，陈静先跟我坦陈，说他和罗一枪之前有过一些误会，这次活动要和罗一枪对接，一开始陈静先也觉得惊讶，几年没消息，罗一枪竟然在县城混得风生水起。陈静先怕罗一枪还有意见，谁料罗一枪竟跟什么都没发生似的，一点都没难为陈静先，双方为"回乡团"的活动配合得天衣无缝。

我说你们之前还有过我不知道的误会啊，我怎么不知道？

陈静先看了一眼潘红霞，潘红霞接口说："其实都怪我，马老师，当初是我不同意，在你们兄弟背后当了回小人。罗一枪离开深圳后，要找陈静先合作，说是出资十万块钱，要在县城和什么人竞争一个什么萝卜种植基地，成功的话政府会给几千万补助。我当时觉得那个项目不靠谱，真是那样的话，万一不成功呢，十万块钱不就打水漂了吗？我就没同意，拦住了静先，静先听从了我的意见，就那样把罗一枪给得罪了。马老师你评评理，那样的投资项目值得去冒险吗？"

我不懂这些，把头转向陈静先，想听听他怎么说。

陈静先面容诡异，"你知道和罗一枪竞争的人是谁吗？"

我摇摇头，不过看样子能猜出是个熟人。

陈静先说："是老猴，侯水塔。"

"啊？是他，他也混到县城去了？"

"是啊，老猴的侯氏菜脯厂早就搬到县城去了，如今还是海东民营企业的代表呢。当然他做的也不只是萝卜加工了，前两年承包了萝卜种植基地，几百亩的园地，政府还给了他几千万的扶持资金。当时投标，他是胜券在握的，基地刚好和他的产业对口，而且，听说他跟副市长的关系很硬，要不是罗一枪横插一脚，可以说就是他家里面的事情，其他几个竞标企业就是做做样子，都是他们自己人，早就商量好了的。罗一枪硬要跟他抢，有点不自量力，不过我也挺佩服他，那么一折腾，在县里的声望就起来了，大伙都不敢小瞧他。罗一枪现在还是人大代表，政府大会有提案议案的权利，老猴都不得不敬他几分。他们暗地里较劲，表面上却和颜悦色，还经常一起喝大酒。我前几天给老猴打电话，他也是我们这次'回乡团'文化之旅的主要对接对象，参观他的萝卜种植基地是行程之一。老猴在电话里挺客气，说他已经和罗一枪安排好了，欢迎我们回乡，到时痛痛快快喝一个。对了，他还问起你来，说你现在是大作家了，为海东人争光。海东有钱人不少，有文化的却不多，是稀有人才，比什么都值钱呐。"

要不是陈静先说起这些，我还真不知道。罗一枪从来没跟我提起过老猴，大概是懒得提起吧。而且老猴对于罗一枪而言，绝不仅仅是老猴那么简单，提及老猴实际上也是在向我提及郑昕。郑昕的事，罗一枪后来绝口不说，不代表他不在乎，否则凭他的人缘，不可能没再谈女朋友。确实，这么些年来，罗一枪是耍过不少女人，但是正儿八经谈恋爱的，真没有。是出于对女人的不信任还是放不下郑昕，外人就不得而知了。

喝茶间，陈静先介绍了一会活动的情况，跟罗一枪说得差不多，就那个意思。陈静先说起工作的那种语气让我感觉不适，不是他说得不对，而是太浮夸了，生意人的那副嘴脸在他三十岁不到的胖乎乎的脸上表现得那么彻底。我还是怀念他少年时期沉默寡言，凡事都瞧不太上的冷冷的样子。

我倒想跟潘红霞谈谈文学，这个中大中文系的毕业生，说不定能和我聊到一块去。可是，潘红霞似乎不太爱说话了，她就笑着，只顾着泡茶，把潮汕人那套烦琐的泡茶程序运用自如，除了叫我们喝茶就是听陈静先侃侃而谈。我好不容易趁着陈静先歇口气，插了一句，问潘红霞在看谁的作品。潘红霞一愣，没听明白。我又重复了一遍。潘红霞才笑着说，马老师啊，我们哪像您那么专业啊，公司的事都忙不过来，哪还有时间看文学作品啊？我跟她说，"我记得你当年很喜欢海明威呢，对他的作品了如指掌。"潘红霞有点不好意思，她说，"海明威是真写得好，你看《老人与海》，一般人读了还莫名其妙，就这么简单的故事，薄薄一本，写一个老人出海打鱼，好不容易打到一条马林鱼，还遇到了抢食的鲨鱼，然后就搏斗啊搏斗，最后终于筋疲力尽，带了一身伤回到岸上，马林鱼也只剩下一副骨架，这都什么跟什么啊，瞎忙活一场呗。当初他要是不出海打鱼，就在家里坐着，同样没打着鱼，还不会落一身伤呢，圣地亚哥为什么要这么干呢？你说呢马老师？"我摆摆手，提醒她说别马老师马老师地叫，叫我阿玮就行。"好的马老师。"潘红霞撩了一下额前的头发，"一般读者是不是得这么理解？等于这部小说写了一个瞎忙活的故事，写了一个瞎忙活的人物。顶多也就学会了一句看似高大上的名言：人可以被毁灭，不能被打败。道理谁都懂。只是我一直疑惑，海明威是不是要告诉人们，人生就是瞎忙活的过程？"

陈静先插嘴说："我就觉得《老人与海》没多大意思，不够正能量，海明威应该让圣地亚哥把鲨鱼们都干掉，将马林鱼完整地带上岸，那样才鼓舞人心嘛。当然我是外行，你们才专业，想听听你们的解读。不过，也不着急，我们的'回乡团'成员里还有几位作家和文化人，阿玮你应该都听说过，我把名单给你看下。"说着陈静先起身从办公桌上拿出一份文件，递给我，"呐，你看看，这就是我们这次的活动方案，后面附有嘉宾名单。回乡后，我们会安排一个座谈会，除了商业洽谈，还有文化上的交流，到时座谈会上再进行观点的碰撞，显得咱们是有货有料的嘛。"

我大致翻了下方案，看了后面的名单，参团的名单中多数是商人，应该就是海东商会的成员，邀请的文化界嘉宾倒是有几个熟悉的名字，有深圳本土作家曹金，另外几个谈不上是作家，挂着各区作协副主席之名沽名钓誉，或平时老在文学活动上出现却不知道写过什么东西的圈内人，我只是知道名字，可能在某些场合见过，但都不认识。我热衷于参加文学活动时还是个小角色，不是作协领导也不是刊物编辑，没人会主动和一个文学新人打招呼，我脸皮又薄，不会说好话，在圈内自然算不上是大伙的熟人。

作家曹金我倒是见过几回，有点印象，因为那时每次参加活动,他总是在场,还是座上宾,主办方邀请的,担任那些小征文评委等等。这人因为姓曹,写小说,便一直自诩与曹雪芹有某种遥远的血缘关系。他的小说也写得跟《红楼梦》一样,跟砖头似的,据说已经出了十多部了,可谓著作等身——曹作家身高不足一米六,这个理想大概不难实现。有人说他的小说都是自费出版,这没关系,人家熟人多,卖不完就送,送不完就配合政府搞文学下社区进工厂活动,还是送,政府会买单。曹作家不但作品厚,人也胖,还留着齐耳长发,戴圆形的金丝眼镜,爱穿唐装,随手带着一柄油亮的Z字形海柳烟斗,说话时也是满嘴古诗文,一副旧文人的模样……不由得让我想起朱画师,只是,同样是一副古时装扮,朱画师浑然天成,曹作家则怎么看怎么不对劲。每次颁奖活动,曹作家往台上一坐,底下的人都会跑上去毕恭毕敬与之握手,老师前老师后,谦卑得像个小学生,我也曾是其中的一员。作为一个文学菜鸟,我对台上的每一个嘉宾都敬若神明,况且他们确实能说会道,诗歌散文小说无所不通,从《诗经》说到马尔克斯,洋洋洒洒,无须打草稿。

看到名单里有曹金,我竟然有某种说不出来的喜悦之感,像是一个小媳妇熬了很多年,终于可以和婆婆平起平坐了。然而我得故作镇定,不能让陈静先看出破绽。在陈静先看来,能请到曹金是他此次活动最大的亮点,曹作家几乎代表着整个深圳文学的最高水准。我虽然出了点小名,但跟曹金比,还是远远不够的,再说还没出过书,别人在互赠作品时,我什么都插不了手。陈静先给我看名单,一是为了吸引我,二也是为了起震慑作用。这我十分清楚,既不能表现得过于兴奋,也不能表现出飘飘然。

我合上方案,放在茶几上,开口第一句却面向潘红霞,

"你刚才说的没错,圣地亚哥是瞎忙活了,鱼白打了,但海明威可不是瞎忙活,《老人与海》是一部伟大的作品。"陈静先正等着我的反应呢,突然被我这么话锋一转,显得有些失落,他收起方案,说:"回头我发你一份电子版。"潘红霞看了一眼陈静先,又看着我,笑着说:"算了,不说了,我不能班门弄斧啊,是不是马老师?喝茶喝茶。"

3

回乡时间定在清明节期间。

这样的安排,陈静先有点小得意,一下子解决了不少困难,比如时间问题。海东人怀乡追远、敦亲睦族,历来比较重视清明节,反正是要回去的,顺带还办了件事;再者,除了特邀的嘉宾,其他参团者都是自驾车,可以带上家属,也相当于一次回乡自驾游。

海东弹丸之地,海东人却遍布深圳每个角落。大到上市公司,小到菜市场里卖粿条和卤味的商贩,各行各业都有海东人。能入深圳海东商会的自然都是商界精英,陈静先能把他们吆喝到身边,除了本身的魄力,大概也是沾了点从事文化事业的好处。哪个有钱人不喜欢被人说有文化呢?他们缺的,正是陈静先能提供的,黑马文化传媒大部分业务就是靠老乡们支撑着。

临出发,我给母亲打了个电话,说清明要回去给父亲上坟。

我真是一个不孝子,父亲都去世三年了,我才回去上坟。

陈静先追了我几个电话,问我到了吗?要不要他开车来接我?车队在海滨广场集合,上午十点准时出发。我说不用,自己打车去。海滨广场离麻布村不远，选择在那集合，是为了方便关内外的人都能及时赶到。那儿离高速路口近，人一齐，直接就可以从机场路上深汕高速。

早上下了一场大雨，整个麻布村仿佛浸泡在水里的烂草席。这个城中村的下水道早就堵死了。听房东抱怨，政府趁着大运会全城改造的势头，旧楼区可能也被列入了拆迁整治区域。这么一块化脓的伤口，不是拉几条横幅就可以掩饰过去的，长痛不如短痛，不能让全世界人民看到伤口的存在啊。尤其是我租住的十巷一带，城中村里的城中村，七八十年代建的老楼，感觉像是过了一百年，不早点拆，再泡几天水，它们就要坍塌了。

我叫了一辆的士，一路赶往海滨广场，沿途都是施工中的翻新工程，工人们绑着绳子像吐了丝的蜘蛛，爬满了大道两边的楼房。他们正在把灰黑的墙面刷成七彩板，还在楼顶加装木头架子，以遮挡楼顶的储水桶和慌乱的野草。再过几个月，当深圳欢迎全世界人民来看运动会之时，这儿就成了一座巨大的"幼儿园"。

到达海滨广场时，车队已经在广场上列开了，整装待发，挡风玻璃上都贴了统一标识。我顾不得细看，在人群里找陈静先的身影。现场少说也有上百号人，妇女和小孩居多，此刻正被工作人员召集到一块，似乎是谁要发表讲话。讲台就势搭在广场的台阶上，拉上横幅，话筒正在调试，忙音叽叽刺耳。没一会，陈静先便领着曹金上了台阶。曹作家还是那身打扮，多年如一日，唯一的区别是他比以前又胖了些，上台阶都有点障碍了。我挤在人群里，跟着大伙鼓掌。

陈静先隆重介绍，曹金先生，全国著名小说家、散文家、诗人、文化学者、民俗学家、美食家……一连十几个头衔，凡是能和一个作家身份扯上关系的基本都用上了。曹作家看样子也乐意接受，他笑容可掬，故作谦虚状，拱手道："哪里哪里，陈总抬举了，跟在座的企业家相比，咱们搞文化的人那是真没用啊。你们看看，环绕周围的高楼大厦，还有改革开放带来的遍地财富，哪一样不是你们傲人的作品，文化人，动动笔，耍耍嘴皮子，顶多也就是劳动果实的享用者罢了……"曹金接着又说了一通，就着活动主题，旁征博引，引经据典，一会从《论语》摘出一句，一会又从《圣经》里找出一节，把底下的人唬得一惊一乍。

曹作家发完言，陈静先又把所有邀请的嘉宾请上了台，我也是其中之一。介绍到我时，陈静先顿了下，他显然想做重点介绍，却苦于找不到更为新颖的言辞，最终说出口的，无非也就是介绍曹作家时的那套溢美之词。曹金作家能坦然接受的美誉，我听起来却十分难为情，至少在人群面前，我的脸已经红得如身后的横幅了。最后，陈静先免不了加上一句——"这可是我们地地道道的海东人！"这句话起到的作用显然比前面的排比句要好得多，人群里有人开始鼓掌，像老熟人那样朝我招手，举起手机拍照。我的心情也随之舒展开来，缓解了初到时的紧张神情，与陈静先的互动算是流畅默契，某种虚荣心让我获得了自在。

陈静先对我的表现很满意，他可能并不奢望我能如此配合，都有点出乎意料了。下台时，他过来搂了一下我的肩膀，让我坐他的车。我一时之间有些恍惚，内心既有羞耻，同时又感到某种余温未尽的激动。紧接着，陈静先把我拉到曹金面前，"介绍一下，曹老师，马玮是我从小玩到大的发小，以后还请曹老师多多照顾啊。"陈静先语气谦和，在我和曹金之间，同时获得了存在感。曹金率先伸出手来，我立马也伸手迎上去。"久仰久仰。"我说。难以想象,我说这话时内心竟然充满感动。我是瞧不上曹金的为人和作品,然而这平等庄重哪怕是客套性的一握,也是以前的我所不敢奢望的事情。曹作家笑着说"后生可畏"时他可能一时也想不起来我是谁,我在他心目中正如他在我心目中的角色,只是逢场作戏罢了。

浩浩荡荡的车队在陈静先一声令下后出发了。

陈静先安排周到,事先设立了策划组、协调组、后勤组、资料与外联事务组,每个组都有一两个身穿"黑马文化传媒"字样的黑马甲的人负责。甚至还有医务组,特意请了医务人员随队。四月的天气开始炎热,以防万一。

几十辆豪车排出数百米的长队,正缓慢而有序地驶出广场。这就是改革开放先富起来的一部分人!我突然想起罗一枪离开深圳之前发过的牢骚,而他此刻正远在县城,等着迎接车队的到来。陈静先开的是宝马740,我坐在副驾驶位置上,后座空荡荡,并没有其他人。这显然是故意的,为了尽量让车队浩大,多数车辆其实都没坐满。我却很诧异,为什么坐副驾驶的不是潘红霞,而是我?

陈静先似乎察觉出了我的疑惑,刚上高速,他就笑着跟我说:"曹老师坐潘经理的车,他俩比较聊得来。这次曹老师愿意随团,可以说是给足了面子啊。"

我说是啊是啊,曹作家可是文坛大腕。

4

车队一路出深圳,经惠州,过鲘门……

三个小时后,驶过螺河入海口的大桥,桥下茫茫的江河被分割成格子衬衫似的塭田和盐埕,几个撑着长杆的鱼排在水里静止不动，车辆的速度很快就把它们甩在了身后。过了大桥，两边皆是沼泽地，长满了铺天盖地的芒花草。芒花大概是吸取了足够的水分，竟和陆地上长的很不一样。眼下正是它们生长开花的季节，初开的芒花，花梢附着一层紫褐色的油光，像极了大兴安岭层林枯瘦的颜色。实际上，如果走近了看，单独的芒花并没有这么显眼的色彩，一旦它们以沼泽地里野生疯长的芒花丛林出现时，色彩就要艳丽得多，尤其是从桥上眺望，简直有些波澜壮阔。

我正起身子，问陈静先，"海东到了？"陈静先说，"到了。"

我们在霞湖下高速，开进了海东城。这下我知道了，穿城而过的螺河，正是汇入被改造成了塭田的海口处。之前我一直觉得海东城离海还有一些距离，那是年少时对距离感产生的错觉，如今才知道，海东作为一个海滨小城，离大海只是咫尺之遥。

时隔十余年，我再次回到县城，对它开始有了宏观的认识，竟是从入海口开始的。我不得不想起朱画师，他被儿子接走那年，走的肯定不再是海路，他们大可以光明正大从深圳关口直接进入香港；只是更早之前，我说的是朱画师安排妻儿出逃那年，他们就只能借助海路，从入海口送走妻儿。当他乘坐儿子的汽车离开县城时，显然也能从桥上看见入海口，那个苍茫的出口，静穆如老者，甚至让人错觉是海水在往里面倒灌。

车队沿着螺河南堤缓慢行驶，行人纷纷驻足观看，以为是某个迎亲队伍。

十多年前，老猴的面包车拉着我和朱画师回城时，我们也是沿着螺河南堤而行，直至驶离县城，去往月眉庵。我不知道月眉庵是否还存在，乍一想起，竟然忘了去月眉庵的路该怎么走了。县城的变化不算太大，但也不小，天空中随处可见的塔吊,证明这座小城正在蓬勃发展。依然能见到鸽群,它们打河堤的南岸飞过北岸,又打北岸飞回南岸,像是也对车队感兴趣。

下榻的酒店门口面向一片小广场,足够宽阔,看架势是全城最大的酒店,却起了一个不伦不类的名字,叫"贝尔娜",看起来像是一个床上用品的品牌名称。人群一下子拥在了一起,分不清谁是迎候的领导和工作人员,只看见大伙都在各自握手和派发名片。最后被安排拍合照时,我才看到了罗一枪的身影,只是瞬间又不见了,大概有更重要的人物需要他陪伴左右。待记者的长枪短炮在人群前闪过一阵后,罗一枪才从身后把我抱住,他说,"我还以为你没来呢。"我看他至少又胖了一圈,看来县城的水和空气更适合他。

我们站在台阶下抽烟,花圃里的三角梅开得鲜艳。陈静先过来打了声招呼,罗一枪让他忙去,我交给他照顾就好。陈静先重重地拍了下罗一枪的肩膀。这一拍,显然有更深的意味,有冰释前嫌之意,更多可追溯到年少之时,彼此无所顾忌的交情。我乐于见到这样美好的场景,哪怕是三个人站在酒店门口抽根烟——可惜陈静先不抽烟,这也是他身为成功人士的"洁癖"。好吧,晚上我们大可以喝几杯,找个嘈杂的街边摊档,如果能这么安排的话,才不虚此行。

"看到陈志军了吗?"罗一枪突然问我。

我摇头,人太多,确实没注意,再说,这么多年没见,我也认不太出来了。

"他现在可是这里的红人,本事大着呢,据说明年会上去……"罗一枪做出一个诡异的表情。我差点听成"进去",不过"上去"和"进去"的意思都很明显。我对升官发财并不感兴趣,接下来几天的行程,除了安排好的考察交流活动,余下的时间我想回一趟湖村,为父亲上坟,要是还有机会,我还想去拜访一下沈兼豪先生,参观他的民间艺术博物馆——如果他的博物馆当年筹办成功的话。

我们抽完一根烟的工夫,一辆保时捷卡宴匆忙赶到。还没等我开口,罗一枪撇着嘴说:"老猴来了。"卡宴几乎成了县城有钱人的标配,似乎不开一辆卡宴就称不上是有钱人了。我问罗一枪什么时候也搞一辆,罗一枪笑着说,那辆卡罗拉还硬朗着呢,坏了再换。正说着,老猴笑呵呵地迎上来了。他倒是没什么变化,只是腿脚看起来有点异样,瘸了,轻易看不太出来。"这不是阿玮吗?大作家大作家,不好意思,基地那边竟然把横幅写错了,'莅临'写成了'位临'。我是土八路,想不到手下的人也个个是土八路,幸好及时发现,要不明天肯定得出糗。要知道,来的可不仅仅是商人呐,还有大文学家啊。"老猴掏出软中华,派给我一支,又派给罗一枪,罗一枪正抽着,挡住了。

"对了,陈总呢?"老猴点上烟问。

我指了指酒店大厅。

"我还有事要跟陈总汇报,先失陪,晚上几个老乡好好喝一个,需要什么服务,尽管吩咐,一一满足。"老猴哈哈一笑,迈上了台阶,进了大厅。

"你们的事,我都听静先说了。"我看了罗一枪一眼。

"今天不说他。"罗一枪掐灭烟头,"进去吧,时间差不多了。"

晚上的欢迎宴会办得相当丰盛,是海东最具盛名的海鲜全宴。

县长及主管经济的副县长,陈静先的叔叔陈志军,包括宣传系统的领导,文联、作协、报社等等,与此相关的重要人物几乎悉数到场。县长讲话,副县长讲话,陈志军讲话,宣传部长讲话,陈静先讲话,企业家代表讲话,作家代表讲话……紧接着台上摆开桌面,端上备好的纸墨,嘉宾和当地书画名流现场挥毫作画,然后互赠书画著作,合影留念,席间掌声雷动。

我和罗一枪坐一桌,同桌还有罗一枪张罗的其他几位本地人,大多我不认识,作协主席周光以却是老相识了。罗一枪刻意把他安排在我邻座,说是周主席多次问起我,要和我叙叙旧,顺带为下一期的《海城文艺》约个稿。《海城文艺》是周光以筹资新办的文艺内刊,他手里算是掌握了县城一报一刊的发稿大权,亲自约稿还是头一回。

跟十几年前比,周主席明显苍老了不少,只是这个作协主席当得也足够久了,看样子得当到退休为止。在小县城,这应该是最没有竞争力的角色了,没实权,没经费,更没油水可捞,领着几个臭文人,人家也不一定听话,以为写点豆腐块就算作家了。到头来,博的也就是虚名,如鸡肋,嚼之无味弃之可惜。就像灯光寺要靠信众捐赠来维持日常开支,周光以也得靠着本地企业的赞助才能开展一些文学活动,比如赞助某些会员出书,好加入省作协,或组织一些采风活动,举办征文比赛等等。周主席除了捞点差旅费,一分钱工资也没有,作为地方文学的领头人,他必须有这份牺牲精神。再说作协只是民间组织,没编制,也没财政支持,主席副主席说白了都是体制内人员兼职。周光以的本职工作是报社负责人,几个副主席要么是报社编辑记者,要么是宣传科的文秘科员,要么是某个镇上文学社团的领头人,文学上不见得有什么成绩,倒是在各自的地头上有融贯汇通的能力,往上能向政府要政策,往下能从企业要赞助,否则不出一年,作协就会成空壳一个。周光以之所以能在县城当这么多年作协主席,显然是各方面能力的不二人选。

作为地方文学的领头羊,周光以又确有目光狭隘、见识浅薄的缺点,比如他一味尊崇古典文化,浸淫孔孟之道,对西方文学嗤之以鼻,因为熟谙诗词歌赋的创作,又完全不把新诗放在眼里,如若他知道余三省,势必就是他狠言狠语的批判对象了。我对周光以的印象却不算坏,还称得上有好感,大概也是因为朱画师的缘故,让我过早见识了周主席面对长辈和蔼友善的一面。那份友善并没有因朱画师的离席而中断,若隐若现的,似乎隔着时空遗落到了我身上。我们之间的相识和所谓的文学并无瓜葛,也就是说,在周光以看来,我更大的身份并非青年才俊,什么新锐小说家在他眼里根本就不是什么值得关注的好名头,而是我作为朱画师的"远房亲戚"那么一个亲和的角色。他见证过我的青涩和灵敏,在他的印象里,我才成为和其他作家不一样的可亲近想爱护的年轻人。

席间,周光以不断为我夹菜,我的羞涩给了他照顾的理由,他也乐意为我服务,可以看出并非虚情假意,有真挚的情感适时流露。我们聊起了朱画师,聊起那些年的人和事,几乎都忘了台上的"戏"演到了哪一出。一位自称姓庄的老板透过话筒嘱咐大家喝好吃好,晚上住好。看样子他便是酒店老板,晚宴和住宿都是他做东赞助的。我觉得此人有点眼熟,似乎在哪见过,一时又想不起来。

我转向周光以,说:"这人看着很眼熟。"

周光以说:"庄富贵啊,当年和朱画师交往甚密,你应该见过。"

哦,我突然想起来了。庄老板就是庄富贵,县城首富,早年靠走私发家。事后得知,庄富贵这些年开始改邪归正,经营餐饮酒店、休闲娱乐行业,珠三角各地都有他的产业,眼下我们下榻的贝尔娜大酒店便是其中之一，平时政府方面的接待都定在这里，是海东城人人皆知的官方指定酒店，除了吃饭住宿，K歌桑拿按摩大保健，能有的都有。我对庄富贵的熟悉倒不是因为他是海东首富，这事还得牵扯到朱画师。朱画师当年就是托庄富贵的走私货船去香港打听家人的消息，不过庄富贵不地道，骗了朱画师，只是带回来不少香港的八卦报刊搪塞朱画师。这事我稍有了解，庄富贵虽是富人，却敬重艺术，喜欢朱画师的字画，以打听消息为筹码收藏了朱画师的不少作品。

好多人物和事情隔了十多年的时空似乎都对接上了。

我借势又问起月眉庵，还问起沈兼豪先生。

周主席说，月眉庵还在，朱画师一走就荒废掉了，没人理，城里人甚至传言那地方闹了鬼，可是谁见着呢，完全是子虚乌有。不过，既然有人传言，假的也成了真的，从此没人再敢靠近一步了，估计现在去月眉庵的路也被野草封死了。至于沈兼豪，早退休了，不再当民间文艺家协会主席了，倒是筹建了一家民间艺术博物馆，这些年他就守着博物馆，每天给馆里的藏品擦擦洗洗，也不干任何事，深居简出，和朋友鲜有走动。周光以偶尔会去博物馆坐会，陪沈兼豪喝杯茶。两人还经常因某些观点争吵起来，大到关于古典文化的理解，比如孔子和老子谁更牛逼，小到诗词里一个韵脚和平仄，以及对小城文化界一些人事的看法抵牾，一坐下来就吵个不休。周主席也就懒得去了。城里的文化人几乎都被沈兼豪骂过，说他们一个个都是鲁迅笔下批判的对象，是拿馒头围观砍头等沾人血的麻木之人。

"刚才致辞的陈部长你认识吧，统战部的。"周光以几乎趴在我耳边说，"他和沈兼豪可是故交，不过后来也绝交了，沈兼豪连他也敢骂，没一句好听呢。"

沈兼豪和陈志军的关系我知道,当年就是陈志军出面,委托沈兼豪出面邀请朱画师为三山国王庙画的门神,才有了我后来跟随朱画师的因缘。总之,照周光以说的,沈先生在城里几乎没有一个朋友了,也没人敢惹他,都害怕他的毒舌。当然也有敬佩他的人,暗地里传播他的文章,借他犀利嘲讽的笔风攻击看不惯的乱象和具体的"敌人"。即便是这样,他们也不愿意和沈兼豪有任何生活上的接触。这人在县城里活脱脱是一个现代版的鲁迅,都躲得远远的,如躲着一个浑身竖起毒刺的刺猬。

听了周光以这么一介绍,我倒对沈兼豪十分感兴趣,之前一直觉得他是内敛温和之人,看不出他还有在县城扮演"刺头"的潜力,大概是某些人和事激发了他的斗志。我要去拜访他的愿望更为激烈了,虽然也有些顾忌,生怕自己的形象在沈先生那里也是不待见的龌龊之徒。不过没关系,我身为局外人,比当地人多了份豁达和无所谓。

5

宴会接近尾声,席上的气氛一下子热烈起来,每人都端着杯子到处敬酒,生怕漏过任何一个在不远的将来或许能用得着的人物。这是县城交际圈惯用的广撒渔网式的做法,谁也不得罪,谁也得罪不起,无论是做生意的还是体制内的小职员,内心深处都根植着一目了然的不安全感。

我身为局外人,或者说旁观者,时不时被罗一枪和陈静先拉到某位不知名的领导或商人面前推荐一番,也毕恭毕敬地举着杯子,内心却难免感觉荒凉,同时还心生鄙夷。这种鄙夷只是一粒小种子,并不敢在面上或言语中有所表现。

我想逃离混乱的现场，离开他们所有人，哪怕独自一人，也要走出酒店，到街上去螺河边走一走，看一看这个我曾来到却没有机会好好感受的小城之夜。眼看其他人都喝得差不多了，领导该告辞的也告辞了，剩下曹金几个还在高谈阔论，接受本城文学爱好者的追捧。

周光以提前走了，他说宣传部的意旨是，"回乡团"的事每天至少得保证一个版的报道。他要先回去休息，深夜还得爬起来审核稿件，把最后一道关。周光以前脚刚走，我也悄然起身，撇下餐厅仅剩的人群，离开了酒店。在酒店门口，我打电话给罗一枪，问他在哪。罗一枪说刚送走一位领导，正在酒店门口呢。他这个青年商会会长干得还挺称职。我说我也出来了，一起逛下。

罗一枪喝得有点多，他想去开车，被我制止了。

我说，这么好的天气，沿着螺河散下步。

罗一枪笑着说，毕竟是大城市来的嘛，我在这里几年了，还从没有在河边散步呢。

我们一起沿着南堤往东走。路上确实少见步行的人，即便路边摆满了各种小吃摊档，光顾的客人也都开着车，似乎谁也不愿下车多走一步。街道塞满了各种急不可耐的摩托车电瓶车，大家左闪右突，像海里的一群秋刀鱼，竟然也能做到相安无事，毫发未损。不过作为步行者，就只能被逼迫到堤道的栏杆处，像个楔子一样斜着走。螺河两边栽满了柳树，绿化带上横七竖八，也停了不少电瓶车。我们继续顺着栏杆走，绕过那些没按规矩停放的车辆。罗一枪显然很恼火，一路上骂骂咧咧。恨不得趁着酒劲揪住某个路人打一架。我这个初来乍到者貌似更能适应小城的混乱，大概也是因为初来乍到。

罗一枪说，如果开车，他们就会停下来给我们让行，嘴上也会骂骂咧咧,不过没办法,他们必须停下来让行,这是规矩,在这里,行人让摩托车,摩托车就该让汽车,跟你们大城市是反着来的……

罗一枪一口一个你们大城市,舌头像是打了结,确实是喝多了。

我们拐上一座石拱桥,到了河对岸,直对着的是一条热闹的街道,塞满了汽车尾灯和摩托车的喇叭声响,目测更不适合步行。海东人真多,他们似乎都选择在夜间出行,如昼伏夜行的物种。我们只好朝北堤往下拐,下了几步台阶,走进河边的曲径小亭台。亭台修建在河面上,有几个老人正在下象棋,垂柳的枝叶刚好遮蔽了亭台临街的一面。我们趴在护栏上,望河面上波光粼粼的倒影和对岸的街市。

"我也是第一次来,倒是经过了无数次,"罗一枪拿出烟来抽,"你看,这小亭还有个名字,叫怡情亭,是前任县委书记题的字——这么个小地方,到处是他的题字,连个小亭子都不放过……这么丑的字,要是我可不敢拿出来见人。"

我听不太清他的话,夜晚的河面挺好看,绿色的水浮莲看起来成了墨色,难怪智慧的古人想出在国画里用黑墨表现绿色。我挺享受这夏季的夜晚,清爽惬意,罗一枪一待就是三年,都舍不得离开了。我清楚罗一枪的脾性,他心里舒服,嘴上不一定会说出来,就像当年他对深圳愤愤不平,对县城,同样没句好话,尤其是喝多了酒。他一个劲催促我离开,要带我去一个好玩的地方,"这黑麻麻的水有什么好看,也就夜里看起来干净些,要是白天,跟麻布村的乌龙江没什么差别。"我跟罗一枪说,现在乌龙江可干净了,为了迎接世界大学生运动会,深圳下了血本,恨不得把整条河的水都抽干,铺上瓷砖,再灌满益力矿泉水。罗一枪不屑一笑,"嘿,过后还不是一个鸟样。"

罗一枪倚靠在护栏上不知给谁拨打电话。看他哆哆嗦嗦的样子，我担心他的手机会掉进河里。一会，电话通了，他大着嗓门问："在吗？"又说："我们等会过去，我们就是指我和我经常跟你提起的大作家马玮，你备好酒水哦。对了，上次留在你那的半瓶轩尼诗还在吧……在就好，拿出来，待会一块喝。"

"还要喝啊？"我问。

"没事，喝不死；再说，喝死了也不用怕，那姿娘仔在医院上班。我介绍你们认识吧，可好玩了她。"罗一枪诡异一笑。

我随着罗一枪又上了河堤，向西直走。我的方向感还行，知道跟刚才离开酒店时正好是相反的方向，也就是说，我们正在往回走，只是换到了螺河的另一边。

我随手摘下一片柳叶，在手指上揉成碎末，凑到鼻子前一闻，是一股植物的清香。

"你有女朋友了吗？"我突然问。

"问这个干吗？"罗一枪回头看了我一眼，他的眼神躲闪着，不敢过多和我对视。

"没干吗，我就想知道我们三个谁先结婚，你会找一个什么样的女人来当我们嫂子。"我故作调侃的语气，"还有，我觉得静先和姓潘的不会结婚，我老觉得他们的关系有点不对劲，可能是我想多了。不过，潘红霞我还蛮喜欢，是个多才多艺的女人。"

"哈哈，那你把她夺过来呗。"

"切，我不是那意思。"

"你不说我还没往那想。刚才宴会上，我就觉得她跟那个姓曹的作家关系不一般，他们之间肯定有一腿。"

"你别瞎猜。"

"就当我瞎猜好了。我也想不通你们这些艺术家之间是怎么勾搭上的,都爱藏着掖着是吧,暗地里偷人是不是能给你们带来创作灵感?——我可学不来,我要是想和谁上床,就会直截了当跟她说,嘿,晚上方便吗,咱们去打一炮?不同意啊?那我明晚再问,总有一晚上她会同意的,是吧?不行就花点钱呗。"末了,罗一枪又突然加一句,"那个姓曹的作家说话真他妈的恶心。"

我会心一笑。

这时出现在我们眼前的是另一座跨河石桥。螺河把县城一分为二,县城人只好用四座桥把南北两半镶嵌起来,要是从空中往下看(如白天飞来飞去的鸽群),螺河肯定像极了小城一道长长的伤口,四座桥便是那缝合伤口的针线。四座桥各有名字,自东往西,分别起名为曲山桥、迎仙桥、人民桥、金钗桥。我们刚才从南堤过北堤,走的是人民桥,直对的街道就叫人民路,是城里最繁华的街道。如今我们从北堤回到南堤时,走的就是金钗桥了。过了金钗桥,贝尔娜大酒店就赫然在前了。

罗一枪返回酒店是为了开车。他喝成那样还敢开车,我说要不打个的吧,万一查酒驾呢。罗一枪摆摆手,"不怕,交警大队长是我好哥们。"这话听着熟悉,在我父亲的葬礼上,他也说过殡葬管理所所长是他好哥们。我没怀疑罗一枪是在吹牛,只是心里隐约有些担忧。

6

果然如罗一枪所言,路上的摩托车纷纷为小车让路。十分钟后,罗一枪把车开进一条不知名的街道,我良好的方向感完全被打乱了,丝毫不知道自己身处何处,要是他把我丢在半路,我估计找不回下榻的酒店。

眼前这条街道倒是要清静许多,至少没有那么多争先恐后的摩托车。店面的装饰也比人民路要雅致一些,两边望去,几乎都是特色小吃店、咖啡屋、小旅馆和酒吧。罗一枪把车停在一家叫"野棕榈"的店铺门前,我一下子想起了福克纳的同名小说,看来老板是个文艺女青年。"野棕榈"三个字就刻在一片棕榈树叶形状的褐色木板上,闪着多色灯光,目测是一间咖啡屋或安静的酒吧,看着却挺冷清的,要不是门口的灯火亮着,还以为已经关了门。

罗一枪掀帘而入。里面开着暖色灯,有几桌人在安静地喝东西、聊天,斜对门的台上坐着一个女孩,抱着吉他,正在弹唱一首许巍的歌,旋律熟悉,一时想不起歌名来。罗一枪拉我在一张藤桌前坐下,指着台上弹唱的女孩介绍说:"田景,这家酒吧的老板,就喜欢唱这些酸溜溜的民谣,也写诗歌,有时候会在台上朗诵海子的诗,那句什么'面朝大海,春暖花开'听得我都能背了。不过她白天在医院上班,是名妇产科护士,每天要亲手从女人的阴道里接出七八个湿漉漉的婴儿,你不知道咱们海东女人多能生呐……"

罗一枪已经把声音压着够低,还是引起了客人的注意。

台上的弹唱者,也就是那个名叫田景的女孩突然停了下来,搁下吉他,笑着朝我们走来。她身后跟着一条小狗,看样子是吉娃娃。她灿烂的笑容和走路带风的姿势,跟刚才的氛围格格不入。这是个爽朗外向的女孩子,长得很好看,穿着碎花连衣裙,个子不高,不过很匀称,有点像韩国女演员裴斗娜。我实在有些意外,罗一枪在县城除了认识各种好哥们,还能和田景这样的文艺范女孩相识。他们之间肯定有什么阴差阳错的巧合，才会让一对反义词并列在一起。

田景抱起吉娃娃，在我们面前坐下来，脸转向吧台说："把枪哥的轩尼诗拿来。"

一会，服务员将半瓶轩尼诗连同三个小杯子端了过来，外加两碟小吃，一碟鱿鱼丝，另外一碟是盐焗兰花豆。

我说不喝了刚在酒店喝了不少。

田景却似乎没听见，依然把斟满的酒杯推到我面前。

我问能抽烟吗？

田景立马从邻桌拿过来一包万宝路，给我和罗一枪各分一支，再给自己留一支，剩下的又还回邻桌。邻桌的人一点都不觉得诧异，看来都是野棕榈的老熟客。

万宝路的味道够呛，我有一段时间每天要抽掉两包。这会再抽，除了一股熟悉的味道，感觉不再适合我了。它太浓郁了，像是没兑过的洋酒。我刚抽了一口，就晕乎乎的，想吐。

"马老师从大城市来，看不上我们小地方啊？"田景有点咄咄逼人，语气却随意而和善。

罗一枪懒洋洋地靠在藤椅后背上，微笑着，沉默不语，似乎就想看我怎么出糗。

"哪敢？我也是海东人。"我忍住翻滚的胃。

"枪哥多次提起你，弄得我还蛮期待，也不过如此嘛。"田景继续说。

罗一枪扑哧一声，差点被烟雾呛到。

我不知道该说什么好，只想找个地方把胃里的东西搅出来，兴许是刚才散步时吹到风了。

罗一枪终于开口，"田小姐嘴下留情，我兄弟不比我，他脸皮薄。"

田景突然笑了，她笑起来可真好看，"不好意思，开玩笑的，我和枪哥经常这样，您别介意。"

我只好跟着笑，"你刚才唱的是许巍的歌吧？"

"你也喜欢许巍啊？是的，他的《时光》。"说着她又哼了起来，"在阳光温暖的春天，走在这城市的人群中，在不知不觉的一瞬间，又想起你……"

"以前听过一些，不过都没记住歌名。我还买过一把吉他，结果连最简单的和弦都没学会，吉他最后放成了废木材。"

"对了，在三音厂时你还干过这种傻事，不说我倒忘了。"罗一枪插嘴。

"田小姐会唱《执着》吗？田震的歌，其实也是许巍写的，当时他还没出名，只能给别人写歌。"

"《执着》谁都会唱吧，每当夜幕来临的时候，孤独总在我左右……哈哈，你不说我还真不知道，不过这歌词一看就很许巍，离不开'孤独'二字，就像汪峰离不开'梦想'、朴树离不开'阴霾'……"

"我就知道你们聊得来。"罗一枪又抽上一根烟。跟在深圳时一样，他抽的还是红双喜。

"深圳最近有个民谣乐队，很红，叫严酷乐队，超酷。我就是严酷乐队的粉丝。"田景对我说，她以为我来自深圳，一定也是严酷乐队的粉丝。我何止是严酷乐队的粉丝呢？不过我除了听几位老歌手的旧歌，对歌坛的新星早就没了兴趣，很久没再关注了，至于严粒的严酷乐队是否真的如田景所说的那样出了名，我也一概不知。

"严酷乐队？听着挺耳熟……"罗一枪嘀咕着。

我们断断续续又喝了几杯轩尼诗，呕吐的感觉似乎被压下去了，再喝起酒来，竟有一股甜意，像是在喝糖水。这种感觉很美妙，同时也很危险，我以前没经历过。

罗一枪几乎在椅子上睡着了，田景当然还清醒，她的酒量深不可测，脸色也越喝越红润，开始饶有兴致地说起她作为一个小城文艺女青年的生活。然而在妇产科接生实在是太不文艺了，她懒得提及，不过也可以想象，耳边充斥着临产孕妇撕心裂肺的喊叫，再扒开她们的阴道观察宫颈口已经开到几指……她说迟早得把医院的工作辞了。她说得一点底气也没有，大概也知道，她离不开医院的工作，酒吧的生意惨淡，做的还都是熟客，赚钱不多，每个月也就够租金水电人工等的开销。幸好田景开店的目的也不是为了赚钱，至少赚钱不是最强烈的愿望。照我看，她只是为了制造一个文艺的场所，吸引顾客，这时候她才可以登上舞台，继续扮演文艺的表演者，来的每一个顾客都是她的观众。

罗一枪便是其中之一。

田景说，第一次见到枪哥，以为他是黑社会来收保护费的，后来才知道他是喝多了，进错了场。一年之前的事了。那天晚上野棕榈的音响出了点问题，罗一枪歪歪斜斜走上台，把田景吓得抱着吉他匆忙躲开。罗一枪却三两下就把音响调好了，还做了个"有请"的手势让田景重新上台。从那时起，罗一枪不忙的时候几乎天天来野棕榈喝酒，有时是一个人，有时带上几个朋友。

我不知道罗一枪和田景之间到底以一种什么样的关系存在，在小城里，孤男寡女，不可能是纯粹的友谊。他们做过爱吗？或者说，田景到底算不算罗一枪的女人？从罗一枪轻佻的言语看来，又不太像把田景当女友看待。他甚至想把田景介绍给我，至少在县城逗留的几天里，希望我把田景当作一次艳遇。我缺乏这样的能力，也没那份心。老实说，田景我还蛮喜欢，她让我想起了严粒。也正是因为让我想起了严粒，我又充满了警惕。

这期间,陈静先给我打电话,问我在哪。我说跟罗一枪一起呢,在外面逛会。陈静先也喝多了,他睡了一觉,起来洗澡时才给我打的电话。我一看时间,还真不早了,已经十二点半了。我推了推罗一枪。罗一枪正轻轻地打着鼾,这家伙竟然睡着了。

田景说:"他每次都这样,让他在这过夜吧,我这有专门为他准备的行军床。"

我说:"那我……"

"我送你回酒店。"

田景拿了罗一枪的车钥匙,起身撩开日式门帘。我跟着来到街上。街上几乎一个人也没有,除了几条野狗在拱街边的垃圾袋,时不时吠叫几声。田景轻车熟路,开着罗一枪的卡罗拉,迅速地在不宽的街面上掉好了头。"枪哥这老爷车也该换了。"她笑着说。

我说:"这是他在深圳开废品站时买的二手车,刚买时可得意了,恨不得上趟洗手间也要开着去。"

田景哈哈大笑,说这事够她笑一年。

田景把我送到酒店门口,下车前我忍不住问她:"你和一枪,到底……不好意思,他没跟我说清楚。"

田景做了一个鬼脸,双手抬起来,又落在方向盘上,"我们是兄妹啊。"

7

"回乡团"第二天的行程排得很满,上午参观老猴的萝卜种植基地。基地位于城北郊区,离城区几公里的路程,那有上百亩的平原沙地，很适合种萝卜。老猴在基地里挂满了横幅，铺了红地毯，还放了热气球，菜脯厂的员工夹道相迎，阵仗弄得很大。这些正合陈静先的意，可以看出来，陈静先对老猴的安排很满意。得到了陈静先的肯定，自然也就得到了陈志军的肯定。这点道理，老猴很懂。

天气很热，所有人都戴上了"黑马文化"字样的红色鸭舌帽。夏天刚到海东城，难免一惊一乍，有时热得发慌，有时又有些凉意。

罗一枪拉着我故意落在后面，"跟我去曲山中学吧。"

行程的下一站就是曲山中学。罗一枪说，本来按原计划，曲山中学是第一站，老猴非要把他的基地安排在第一，这家伙贪得无厌啊。

在车上，罗一枪给曲山中学的蔡校长打电话，问会场什么的都布置好了没有。曹作家待会在曲山中学有个文学讲座，完了还有个座谈会，在学校的会议室进行。午餐就在学校食堂吃，然后集体参观百年老校。下午一同驱车去青云山参观灯光寺，傍晚再转道去金厢镇看十里银滩……一天的行程才算完结。接下来还有几项政府组织的招商引资活动，主要是深圳海东商会的企业家参与，对他们而言，那才是此次"回乡团"文化之旅的重头戏。

罗一枪把车停在马街，我们从侧门进入曲山中学。

这儿正是当年我请陈静先吃咸茶的地方，看起来也没多大变化，除了街道看上去狭窄了许多，多开了几家商铺。罗一枪带着我穿过教师宿舍楼，上了几处曲折而上的台阶。山腰处有片推填出来的平地，往右是崭新的教学楼，往左是篮球场，直走就是旧校址了。曲山中学作为百年老校，旧校址依然被当作宝贝一样保留下来，谁也不敢率先摧毁，怕毁了老校的龙脉。

旧校址门口长着四棵巍峨苍劲的香樟树，列成两排，一排两棵，其枝叶几乎把整个旧校区都遮蔽在了绿荫之下。木质结构的校门看起来随时可能会坍塌，阳刻鎏金的校名牌匾倒是崭新，像是刚挂上去不久，左右两边的灰色墙体上也刷出两片漆白，一边是"文章华国"一边是"科技兴邦"，八个红漆大字看样子一年一刷新，亮得耀眼。进了校门，其实就是一处破落的院子，几间土夯的瓦房，地上铺的还是长了青苔的灰砖，即便没下雨，砖缝间也湿漉漉的，沁透着地下水。

曲山中学的行政办公区设在旧校址内，包括所有校领导的办公室。

罗一枪直奔校长室。我则止步在院子里，说真的，我有点喜欢这个地方。它让我想起月眉庵，也是这种古旧的环境，我当时就蹲在院落里磨刀，猫着腰一磨就是一整天。罗一枪故意喊我跟上，他有意让我接触城里这些有头有脸的人物。我犹豫了一下，才慢悠悠走进校长室。蔡校长正在泡茶，他正后方的墙壁上挂着一幅字画，我一眼便看出那是朱画师的作品。我突然有些惊奇，朱画师虽是小城名家，但能拥有他字画的实则不多，他可不像前任县委书记那样到处题字。再看蔡校长时，我更惊呆了，这不就是十多年前经常去月眉庵的蔡老师吗？当年他只是曲山中学的一名历史老师，还是小年轻，跟在周光以和沈兼豪的身后屁颠屁颠，每次都是充当司机的角色。

显然，当上校长的蔡老师已经对我没印象了。我没打算提起那些无关痛痒的往事。蔡校长泡好浓郁的大红袍，邀罗一枪和我用茶。眼前的他肥头大耳，早就不是多年前的模样。

喝完茶，蔡校长领着我们离开旧校址，来到新教学楼的会议室。讲座现场和座谈会的布置都安排妥当了，会场里只有稀稀拉拉几个学生，以及另外几名引导会场的老师。蔡校长挺忧虑，说清明节假期，多数学生都回家扫墓了。罗一枪站在一边想办法，实在不行，找一家工厂的员工，假装学生听课，现场的座位必须得坐满，否则场面不好看。罗一枪当真这么安排，他开始打电话，并很快落实了此事。

在等候听众入场的过程中，我们在走廊里抽烟。

蔡校长这才注意起我来，问罗一枪："这位是……好像不是本地人。"

罗一枪说："哦，忘了给您介绍，这是深圳来的著名作家马玮，是我们海东人，只是在深圳发展，名声在外啊——是我的好哥们。"

蔡校长连忙伸出手来与我握手。

我还是不想提醒他月眉庵的事，似乎也没有那个必要了。

"曲山中学真是百年名校，"我客套了一句，"培养了不少社会栋梁。"

"是啊，这次领队回来的陈静先就是我们曲山校友，商界人才啊，后生可畏。"蔡校长说。

"我，还有他，"我看着罗一枪，"加上陈静先，我们是一个村里的，当年一起上学，只有陈静先考上了曲山中学，我们这些半途而废的，就沾不上曲山的光啰。"

"哪里，都是人才，不一样的人才。你看罗会长，现在也是一方能人啊。"

"哪里哪里，蔡校长过奖，日后多多提携。"罗一枪哈着腰笑道。

"对了，蔡校长，我听陈静先以前说过，说当年有个学生杀了一位老师的妻子，潜逃多年，一直没抓到，不知现在落网了没有？"我突然问起此事，倒也不是心血来潮，回海东城之前，我就想着找机会调查清楚"姜明河"的案件。

蔡校长诧异地看着我。

罗一枪立马插嘴:"你问这事干吗?"

他朝我使了个眼色,我没看明白。

"没事,罗会长……多年前的事了……不过,法网恢恢疏而不漏,凶手迟早会抓到的……"蔡校长表情有些异样,欲言又止,看样子不愿意多说。作为校长,他不愿提及有损校誉的往事,也可以理解。

"不好意思,蔡校长,我这哥们刚回来,有些事并不知情,冒犯了。"罗一枪忙着圆场,并有意把话题往别的方向引。

我知道罗一枪为难,不再询问。看来凶手"姜明河"还没有落网,却是事实,他是继续以假身份潜藏,还是已经不在人世,对我来说都是个迷了,也许永远也解不开了。《隐匿》发表并引发热议后,有好几家大型出版社联系了我,承诺以可观的印数和版税出版,我却感觉稿子还缺点什么,迟迟没有应承。小说嘛倒也不一定非得照搬现实,我只是需要时间弥补遗憾,更需要生活的神启,如若有机会,我会继续调查"姜明河"的杀人案,尽量还原案情,也不枉他对我的信任。我还保留着他那七本日记,时不时地还会拿出来翻一翻,渐渐地,我把"姜明河"当成故知,仿佛我们已经认识很久。

没一会,陈静先来电,"回乡团"已经到达曲山中学大门口,问罗一枪会场准备好没有。罗一枪说,好了,就等着曹大作家粉墨登场。他转身拿起话筒,大声说:"同学们,待会大作家一进场,你们就鼓掌,拼命地鼓掌。"

曹作家的文学讲座在雷动的掌声中开始了。

我站在走廊上抽烟。没一会,罗一枪走了出来,看来现场已经不需要他多费劲了。他来到我身边,找我要了根烟,也抽了起来。

"你刚才,怎么回事啊?"罗一枪看着我。

"怎么啦?"我很讶异。

"你不知道当年被杀的就是蔡校长的老婆啊?"

"啊!"我差点叫出声来,"我还真不知道呢。"

"我也是回来后才听说的。据说死得很惨,就在我们刚才路过的宿舍楼上,至今那个房间还是空着的,上了锁,没有老师敢搬进去住。"罗一枪悄声说,扭头看向台阶下灰突突的宿舍区,"当年,蔡校长,哦,那时他还不是校长,他们两公婆的感情也不好,他在外面有人,老婆死后,就和相好结婚了。嗨,你刚才真吓了我一跳,我以为你是故意的,多不好意思啊,当着人家的脸。算了,也没什么,我待会再跟他解释下。"

罗一枪拍了拍我的肩膀,又进去了。

8

我下了台阶,右拐走上一个平台。学校长长的宣传栏上印刷着著名校友赖子期的墨迹,以及历年来的高考英才的介绍。宣传栏对面就是宿舍区,我数了下,有九层楼,很旧了,灰黑色的墙体上爬满了绿色地锦,挺有年代感。我站着仔细看着每一个阳台,跟工厂宿舍一样,都晒满了衣物,还真有一个阳台是空的,花草枯萎,几近废弃,看样子是多年没人入住了。我想就是它了,在五楼。我绕过侧面,发现宿舍楼的楼梯是露天的,几何形盘旋上去。我目测五楼就在中间的位置,楼梯的转折处有个小平台,平台上放着一盆发财树。当年,"姜明河"肯定停住脚步,站在那个小平台上犹豫过,然后敲响紧闭的房门……

我又在附近转了一圈,回去时,曹金的讲座已经结束了。

座谈会移步到会议室里举行，学生和女工们都离开了，留下开座谈会的除了陈静先邀请的嘉宾，剩下的全是县城文艺界人士和年轻的文艺爱好者。每人都安排了几分钟的发言，围绕各自专业畅所欲言，最后还得给小城的文化事业提点宝贵意见，年轻人都拿着本子等着记录呢。陈静先之所以邀请我，大概也就是想在座谈会上撑个场。这对我来说不算什么难事，大大小小的文学座谈会也参加过不少。

座谈会由潘红霞主持。她着正装，看起来真漂亮，简直可以说光彩照人，在场的男士没有不被其所吸引的，都把目光肆无忌惮地放在她身上。昨晚听罗一枪那么一说，我还真的注意起她和曹作家的关系。大庭广众之下，他们不可能做出逾矩的举动，不过曹作家看潘红霞的眼神还真不一样。

潘红霞的开场白说得很好，得体有度，让在座的人刮目相看。她当真又提起海明威的《老人与海》，接着那天我们谈论过却没有谈论彻底的话题，想听听我的看法。这让我松了口气，我原先以为这样的座谈会枯燥无味，一帮自诩是文化人的外来者，对一个贫瘠之地指手画脚，大谈文化振兴、文化建县之类的空话。潘红霞这么一定调，我作为第一个被点名的发言者，就可以避重就轻，顺着她的话题说几句真正跟文学有关的话，或对文学的理解了。我并不打算长篇大论，更多的时间想留给曹金去发挥，如果他在讲座上还没讲够的话。

潘红霞给我做了个简单介绍。她的措辞倒是新颖，说我是从海东走出去的能与外界对话的青年小说家。工作人员便为我递过来话筒，扯着一条长长的话筒线，几乎绕着会议室走了满满一圈。这让我想起，当年罗一枪在香港回归晚会上唱《追梦人》时的情景。

"刚才潘经理说到《老人与海》，潘经理是中大的高才生，我想她不是随便举的例子,她是有目的的。是吧,潘经理?"我看了一眼潘红霞,"我们海东也是一座海滨小城,有港口,有码头,有曲折绵长的海岸线。我们对海再熟悉不过,我们吃着海鲜长大,习惯了愤怒的台风,更习惯了在外地人看来无法忍受的海腥味……然而我们海东城是否也诞生过《老人与海》这样的艺术作品呢?没有。当然,我并不是说,我们就胆敢和海明威做比较了。我的意思是,我们是不是就看清了摆在眼前这浩瀚之物的本质?一条船,或者说无数条船,在海里,又算得了什么呢?我们每年都有渔船回不来,有渔民葬身大海尸首无归。记得少年时,有一次我骑单车去扇背镇的东宫码头,在一片繁忙的场面里,我看见垃圾遍地的沙滩上,有一家人正披麻戴孝跪倒在海边,伴着唢呐、鞭炮,师公面向大海作法……过后我才知道,不久前有一艘渔船被台风打翻,船上的人无一幸存,尸体也找不到……那个哀怨无助的场面一直镌刻在我的脑海里,事实上,我们一直以征服的名义畏惧着身边的庞然大物,所以我们选择信奉妈祖——大伙刚一进入海东,能见到的最高建筑其实就是我们福山上的妈祖石像。是的,我们还是征服不了,跟海明威笔下的圣地亚哥一样,最终都会无功而返,灰溜溜的像是打了败仗。我们会因此而放弃吗?还不是得一次次扬帆起航,就像明知道生命就是一个赴死的过程,依然会选择结婚,选择生子,选择赚钱,选择建功立业,选择名利双收;就像我们明知道地球总有一天会毁灭,人类就像白垩纪的恐龙那样会被一颗不明来由的流星击中,然后轰然一声宣告'世界末日'的到来……我们也不会因此消沉,选择去杀人或者自杀。我们明知道的事情太多了……潘经理刚才问,海明威为什么要写《老人与海》,那是不是一部瞎忙活的作品?我想潘经理心里肯定是有答案的,她是科班出身,看的书比我多,理解也比我深刻。我们多年前就认识了,海明威的书还是她推荐我阅读的……"

说到这里,潘红霞笑着插话:"马老师过奖了。"

人们开始鼓掌,我看到是罗一枪带的头,他专注地看着我,第一次听我这么郑重其事地发言,能感受到他的眼神里充满敬佩。我喝了一口水,心里的话还没说完,有种一吐而尽的快感。我继续说:

"十几年前,我初中辍学,跟随师傅朱文保来到县城,记得当时坐的就是侯老板的面包车,对吧?"

老猴坐在我对面,笑着点头。

我说:"提起朱文保,大概有些年轻人会感觉陌生,除了他的老朋友。当然,老朋友都习惯叫他朱画师,在座的几位老师,当年就是朱画师的朋友,如周光以主席……"

蔡校长明显有些惊讶,他差点站起来,急忙插话:"我记起来了,难怪看着眼熟,你就是朱画师那个远房亲戚啊,那时还是个小孩呢。我和周主席经常去月眉庵,那时候……"

人们开始交头接耳,谈及朱画师。十几年了,如果不是我刻意提起,他们大概早就忘了他的存在,以及发生在他身上的那些传奇故事。

我澄清说:"朱画师那时大概是顾及我的面子,骗你们说我是他的远房亲戚,实际我们在此之前,一点关系也没有。他收我为徒,却从不主动教我任何本领。学徒一年,我多少是失望的,除了学会磨刀,几乎没学到朱画师一点本事,哪怕是一丁点。不过现在想,我是错的,我后来的所有东西,似乎也都是在那一年学到的,至少可以说,那一年,给了我生活下去的希望和勇气。朱画师最后去了香港,他的故事我想在座的多少都有听说,作为一个海东才子,他的遭遇实在有些悲惨。可这又能怎样呢？他也是人，他同样征服不了庞然大物，如大海一样的庞然大物。我想你们应该明白我指的是什么。他完全可以在绝望里自杀，可他没有，为什么呢？因为有希望啊，希望来自香港那边的消息。我记得他那时经常托庄老板去香港探听妻儿的消息，可惜一点音讯也没有。要说他当年收到儿子的来信，说到底还是周光以主席帮的忙，如果不是《海东报》为他做了一版专题报道，他儿子还不知道父亲仍活在世上呢。朱画师至少还是上了岸，跟圣地亚哥一样，即便一无所获、遍体鳞伤……"

周光以接着说："我记得这事，报道出来后没多久，朱画师就离开了月眉庵，被他儿子接去了香港。不过没几年，听说就在香港去世了。他当真是咱们海东难得一见的才子，书画、篆刻、诗词、歌赋、戏曲、民俗，样样精通啊。"

我最后说："朱画师去世的事，我还真不知道。离开后，我就再也没有他的消息了。我是一个不称职的学徒。三年前，我父亲去世，我同样是个不称职的儿子。我父亲也谈不上称职，他的一生可以说毫无功绩。当然，我父亲是个无名之辈，不能和朱画师这种艺术家比。我想说的是，圣地亚哥这个小说人物，如果不是海明威为他写了一部《老人与海》，我们会知道吗？跟我父亲一样，他同样会被掩埋在茫茫人海中，淹没在苍茫大海里吧……我们写作者，不就是要把这些普普通通的人写出来，写成一个个被大家所熟知的人物吗？像鲁迅笔下的狂人、阿Q，像陀思妥耶夫斯基笔下的拉斯科尔尼科夫，还有卡夫卡笔下的K，马尔克斯笔下那个去一个陌生小镇为儿子收尸的母亲……无论是生活中，还是小说里，他们几乎都可以称得上是'瞎忙活'的人物，哪怕是《月亮和六便士》里那个抛弃妻子、离经叛道的斯特里克朗，毛姆也没给他安排一个'圆满'的结尾……这些都是值得我们穷极一生去书写的小人物,一如我在小说里写到的杀人犯,众人眼里的罪恶之徒,在小说家手里,也得把他们当作宠儿去对待,如果我们只为强大者鼓与呼不为弱小者书与写,文学的意义也就无从谈起了——好了,我今天就说这么多吧。"

9

会后,蔡校长主动过来与我打招呼,并和我合影,像是故意做出不计前嫌的姿态。

"真想不到,"他说,"一晃就是十多年了,你不说我还真不敢往那想。是看着眼熟,不过我教过那么多学生,看着眼熟的人可多了,我还以为你是我们曲山中学的校友。这么说来,真是遗憾啊,曲山中学错过了一位作家校友。"

我说:"哪里,应该是我遗憾,不能成为贵校的校友。"

吃午饭时,潘红霞端着餐盘故意坐到我对面。她显然很惊讶于我在座谈会上的发言,似乎是第一天认识我,觉得有必要再跟我交流几句。

她说:"想不到你是这么理解《老人与海》的,真是佩服。"

我反倒有些羞涩,"其实也是临场发挥,话赶话,就那么胡乱说了一通。"

"马老师谦虚了,当年在中文系,文学教授要是有你这样的水平,我也能成为作家啊。"

"每个人理解的角度不一样而已。任何伟大的作品,最后都是苦口婆心地告诉我们,你们这帮傻帽,最后就是瞎忙活,怎么折腾最终都毫无意义,毫无意义恰恰又成了我们活着的全部意义……"

"还有证明我们毫无意义的过程?"

"是的,就是一个过程,并没有结果。"

"谢谢马老师,你又让我茅塞顿开。"

"哪里,不敢在潘经理面前冒充专家,随口胡说罢了。"

隔了一会,潘红霞说,"其实,怎么说呢?"她咬着嘴唇,显然在犹豫,"这样说吧,我和静先从大学到现在,已经十年了,大家都说什么爱情长跑,我们就是名副其实的爱情长跑。可是,跑着跑着,就疲倦了。你知道,是人都有累的时候,跑得越久,就越累,最后甚至会猝死。你明白我的意思吗?马老师,我担心的,正如你所说,我们跑了十年,最后还是一场空,抵达的终点就是我们都成了最熟悉的陌生人。这些年,我们一起创业,相互支持打气,结果却发现,我们就只剩下加油打气了。突然意识到,我们已经没有了感情,或者说,爱情淡成了亲情,我看见他就像看见家人,他看见我也是家人的感觉。你知道家人的感觉是什么吗?说白了就是一种道德绑架,家人是没办法选择的,与生俱来,道德绑架我们必须去维持,不能背叛,连有想背叛的心都是罪过……可是,我们还没有结婚啊,也可以说,一直在准备结婚的过程中。以前,他老爸催我们结婚,我们以事业为借口;现在,他老爸还催我们结婚,我们还是以事业为借口。实际上,事业的成功何时是个头,我们都清楚,以前事业为重是真实的想法,现在就当真是个借口了。我们不爱了,只是还以爱情的名义维系着。我现在很恐慌,不知道该怎么办,能怎么办。我们都在等着对方率先提出分手,也知道对方再没把心思放在对方身上了,可是谁也不愿开口摊牌,都在死皮赖脸地拖着,好像拖着可以解决问题似的……"

潘红霞一口气说了一通,我察觉到她的眼眶已经红润了。

我没想到,她会突然跟我说这些,我也不知道该怎么劝导她,一方是我的发小,一方可以说是我志同道合的钦慕者。我又不是情感专家,能给她什么好的建议呢?

"不好意思,马老师,跟你说这些,当我没说,真的,我有点失态了。"潘红霞吸了一把鼻子,继续吃饭。她这么可怜兮兮的样子真让人爱怜,和得体干练的经理形象简直判若两人。我突然意识到她的用意,她是聪明人,不会平白无故跟我说这些的,目的是想让我以发小的身份转达给陈静先,好让陈静先放过她。是的,她肯定抱着这样的目的,否则一切无从解释。她早就跟曹金好上了,如果陈静先不放手,她和曹金就永远是暗处的苟且,见不得天日。我真替陈静先可惜,这么好的一个女人,他已经失去了,瞎折腾了十年,最终还不是一场空。这或许只是我个人的想法,对陈静先而言,他大概无所谓了,他的心思早就放到别处去了,或者说,他在财富上的野心,使他把情感漠视成角落里的微小尘粒。

曹金这老家伙倒成了最大的赢家。他与前妻离婚的事曾经在深圳文坛泛起过波澜,情感生活的混乱显然不是空穴来风。想到这,我刚要萌生的冲动一下子被浓浓的醋意给浇灭了。不行,我不能干这么低级且愚蠢的事。正如潘红霞所言,就当她没说过。

参观旧校址时,蔡校长充当导游介绍曲山中学悠久的历史,这座始建于1742年的学校,前身叫曲山书院,已经有近三百年历史了,是粤东地区的老牌名校,著名校友有赖子期先生、朱文保先生,以及省里市里的领导,前任县委书记,包括陈静先、周光以和另外一批省市作协美协书协会员……蔡校长如数家珍,人们紧随其后,时不时拍照留念。陈静先和潘红霞挨着，站在一起，饶有兴致地听着蔡校长介绍，谁也想象不出，他们的感情出现了那么大的危机。

蔡校长对大门两侧的校训"文章华国，科技兴邦"做了一番解读，意思是说曲山中学把"文章"放在"科技"之前，足以见得曲山中学更为注重人文学科。事实也证明，曲山校友文人荟萃，人才辈出。接着蔡校长话锋一转，他指着旧校址门口说："这大门两边啊，原先是有两尊石狮子的，'文革'时被红卫兵砸了，后来也不知去向。据记载，那两尊石狮子从书院始建时就有了，和门前这四棵樟树一样，有两百多年历史了，可以说是曲山中学的遗憾啊。"蔡校长这么一说，众人还真发现，门口两边的台阶下，确实留有两个石墩面，看样子是放置瑞兽的位置。

陈静先当即表态，他愿意捐资打造两尊石狮子，镇住旧校址，守母校之灵气。

陈静先转身跟潘红霞说："潘经理，这个事情你负责跟蔡校长对接落实。"

潘红霞说："好的，陈总。"

蔡校长说："那我就代表校方谢谢陈总的慷慨捐赠，事成之后，再举办隆重的开光仪式。"

众人簇拥着，被蔡校长领进大门，继续参观旧校址。

我则在这时候退了出来。我不想再跟着走了，灯光寺和十里银滩也不想前往。某种沮丧的情绪钳制着我，这是抑郁症留下的后遗症。突然对某件事情失去兴趣后，我就无法说服自己勉强应付。我独自在樟树下徘徊许久，这四棵樟树长得真好。两百多年是一个多么遥远的时间啊，它们得见证多少风雨，经过多少次台风，依然免于被摧毁。

我想离队去看一个人。

我在马街上拦下一辆的士,问知道民间艺术博物馆吗?

的士司机是个中年妇女,看样子不像本地人,她摇头,"没听说过。"

这下为难了,这么一个小城市,虽说是我的家乡,但我又完完全全是个陌生的外来者,如果不求助于朋友,我当真找不到去博物馆的路。

我只好拨电话给周光以,周主席以为我掉队了,跟不上,接上电话就说,"你直接进大门就行了,我们在校长办公室看朱画师的遗作呢。"

我轻声说:"周主席,我想去拜访沈兼豪先生,您知道他的地址吗?"

周光以"哦"了一声,他说:"乌暗街。你到乌暗街走一趟,就看见了。"

乌暗街。真是个奇怪的名字,可以想象,那会是一条怎么样的阴郁街道。

10

的士把我放在街口,说车子开不进去,走几步就到了,整条乌暗街也就一百来米。我下车一看,确实是条很狭小、很普通的街道,说是街道,还夸大了,其实就是一条小巷子。巷子两边是各种杂货蜜饯店和出售干海鲜的铺面,没什么生意,冷冷清清,能听见苍蝇嗡嗡嗡的声响。我并不急着往前走,民间艺术博物馆确定在这条名叫乌暗街的小巷子里的话,就不愁找不着,自巷口往里望,几乎能一眼望到巷子尾。我站在巷口处抽了根烟,同时给罗一枪发了条短信,说我在乌暗街看一位老朋友,如果天黑前还没有回去,让他开车来接。

罗一枪没有及时回复，我估计他在路上，他得陪着"回乡团"去灯光寺，完了还要去金厢镇，虽然都在县里头，来回一折腾，也要几个小时的车程。

我开始往里走，故意走得很慢。说实话，我竟有些紧张，大概是周光以之前的介绍让我对沈兼豪有了敬畏之意。如果我是特意来拜访他，或者说路过县城，突然想起他老人家，顺带来看一看，自然会表现得自在一些。但这次我是跟随陈静先的"回乡团"来的，"回乡团"的事早就在县里传开了，相信沈兼豪也有关注，肯定还是他看不惯甚至极力抨击的事情，我作为其中一员，怎么会给他留下好印象呢？这么说来，我还得回避此次回乡的缘由，沈先生不问，我不能主动交代，免得尴尬。走了一半路时，我才发现两手空空，眼看刚好路过一家烟酒店，便进去买了条芙蓉王香烟。沈兼豪是抽烟的，这我记得。

当我站在一座两层的小楼房跟前时，有些发蒙，半天都没敢确定那就是我要找的地方。不过从门面上看，它确实是乌暗街唯一比较公开化的场所，至少看起来干净利索，门口处用水泥浇起三十厘米高的小平台，周围还围上半米高的不锈钢栅栏。很明显，它想跟周边的环境区别开来，划清界限的样子。门是关着的，玻璃推拉门，光线太暗，里头又没开灯，看不太清里面的情况。倒是在门楣处，我发现了一小块黄色的金属标识，上面写着一行字，凑近辨认，确实是"民间艺术博物馆"的字样。这不是那种急于告知行人的招牌，说不定只是挨家挨户都会装订上去的类似门牌号的标识。不过还好，至少我确认没来错地方。我迈上小平台，伸出手去敲玻璃推拉门。

一会，门开了，是个小男孩，问我找谁。我说找沈先生。

"我爷爷在楼上。"小男孩挺活泼，蹦蹦跳跳，上楼去叫爷爷了。

我侧身走进大厅,果然是个博物馆的布置,就是有些狭窄,目测不足五十平方米,摆放着各种木头架子,架上是琳琅满目的民间器物,有些比较笨重的佛像和石雕则干脆放在地上。眼前这些器物,我几乎每一样都很熟悉,大部分其实就是朱画师当年在月眉庵的收藏品。我挨着木头架子走了一圈,发现所有器物都被擦拭得发亮,一点灰尘也没有。无论是佛像、牌匾、石磨、瓦甏以及旧时的农作工具,分门别类,贴有标识,都保持着古旧的崭新状貌。

我转过一圈,见沈兼豪还没下来,便在屋角的茶几前坐下。侧面放着张博古架,架上挂着一幅看起来已经有些年头的画作,仔细一看,竟然就是当年朱画师和他们几个合作的"芭蕉石榴图",裱好的画作看起来有些陌生,用的是沙比利实木画框,是我喜欢的装裱样式。我刻意看了一会,依稀还能记得当年他们一笔一画共同完成的过程。我拿出烟来抽,目光从墙上收回,一会望向街面,偶尔有几个妇人拎着物件路过,一会又瞥向通往二楼的楼梯口,期待着沈兼豪从那向我走来——我突然有些恍惚,脑子里产生错觉,似乎我要等的并不是沈兼豪先生,而是朱文保师傅,他那一身古装、道骨仙风的身影再次清晰浮现,如在眼前,依然拿着一块特制的棉布挨件擦拭着收藏的器物……而我到来的地方也不是乌暗街,还是曾经偏居一隅如今已被野草封住了路道的月眉庵。

约莫一根烟的工夫,沈先生下楼了,他的脚步缓慢,从布鞋踩踏石面梯阶的声响可以听出,他年事已高,行动有些不便了。我连忙起身,迎到楼梯口,必要时可以扶他一把。沈先生显然不需要,他看起来虽然体态苍老,整个人却显得精神矍铄,一身麻棉唐装,两个袖口齐整的折痕,几乎完美的对称。

他微笑着，面容还和当年一般和蔼，完全跟周光以所描述的形象对不上号。我身心都放松了下来，笑着朝他鞠了一躬。

"你是小马吧？"他认出了我，"我听说过你的情况。"

看来我都不用费什么口舌介绍自己了。别人介绍我时，我虽然也尴尬，不过还能接受，自我介绍，如何把握程度，对我而言，真是一件大难事。

我们在茶几两边坐了下来。

"你还带烟来啊？"沈先生看着我，"我都没抽了，得了哮喘，戒了好多年了。"

我暗中一喜，都说沈先生是海东城的鲁迅，看来不虚，连病都得了一模一样的病。

沈先生开始为我泡茶。紫砂壶被茶水浸成了黑檀木的颜色，这是长年舍不得清洗茶垢形成的结痂，只有讲究的老茶客才会几十年如一日泡养茶壶。在月眉庵时，我就知道沈先生有多讲究，每次到月眉庵，他都是穿着齐整，夏天穿套衫、布裤，配一双牛皮凉鞋，冬天大长衣，棉布鞋。他身材有那么高，即便老了，也能看出年轻时的潇洒。他还习惯戴一顶扁扁的黑色毛毡帽，用以掩饰略秃的前额。他秃得其实并不难看，相反让前额显得高阔，颇具官态。他还经常围一条银灰色的长围巾，也不盘在脖子上，看起来，不是为了取暖，恰恰是为了搭配他的大长衣，使之看起来，真是风度翩翩……他们几个常来看望朱画师的人当中，我对沈兼豪的印象最佳，一则是他为人和蔼，每次来时和走时都不忘跟我打招呼，有时给朱画师带礼物，也会顺带给我包扎一份，海东蜜饯、糕饼什么的；二则也是因为他穿着方面的讲究，我甚至还暗下决心，心想，等我老了，也应该像沈先生这般优雅，不可以像别的老人那样，邋里邋遢，还满嘴脏话。

三个紫砂杯子,恨不得跟硬币那般大小,淘洗了半天,才冲出了三杯淡绿色的铁观音。我们各自喝了一杯,沈先生又郑重其事地把第三杯分别均匀倒在各自的杯子里,每人半杯,再次请我喝。如此操作,三轮之后,他便不再泡了。他说,工夫茶可不是为了解渴,要解渴,上街买可乐去。他半开玩笑,便带着我参观展馆,挨件介绍,宋的,明的,清的,福佬的,客家的,瓯船(疍民)的,像个专业的解说员。他笑着说,"其实不用我多做介绍,你也都熟悉,七八成是朱画师当年的藏品,他离开后,都捐赠给了我,我不想它们最后连个存放的地方也没有,才想起要筹办民间艺术博物馆。记得那时我还想把你留下来,幸好你没答应,要不可就耽误了你的前程了。"

我知道,当年沈兼豪要创办民间艺术博物馆,向政府申请场地和资金,却没能成功。原因很复杂,说起来也简单,就是博物馆涉及朱文保,政府有忌讳,毕竟朱画师曾以特务罪入过狱。沈先生那时还没退休,在县城仍有声望,他为朱画师鸣不平,三天两头跑,跑民政局,跑文化局,跑宣传部,还亲自找了县长和县委书记,大家碍于面子,会敷衍几句。后来退休了,他们就连门都不让他进了,都快把他列为维稳对象了,身边那些平日里推杯换盏的朋友也都纷纷避着他。沈先生开始破口大骂,逮谁骂谁,一赌气把博物馆开在了自己家里,所以说起来,乌暗街的民间艺术博物馆也是他一个人的博物馆。

我暗自敬重沈兼豪对朱画师的情感,他们之间是真友谊,有子期伯牙的古风。为了朱画师,沈先生可以说得罪了整个县城文化圈。他自然也是最了解朱画师的人,当年是谁告了朱画师的密,沈兼豪也一清二楚,"那人还健在呢,混得人模狗样的。"他说。

整个下午,沈兼豪跟我讲述了朱画师坎坷波折的一生。他的记忆力真好,诸多内幕和细节都让我这个后辈瞠目结舌。我得趁记忆新鲜,把它们记录下来,以后有可能,想以朱画师为原型写一部小说,到时还得再次拜访沈先生。但愿他长命百岁。

告辞时,沈兼豪要留我吃晚饭。我不想麻烦人家,刚好罗一枪打我电话,问我还在乌暗街吗?我跟沈先生说还有其他事情。沈先生不再强留,他真心要留我吃饭,看样子,他对我并不反感,或者说,他就没对我反感过。

"见过周光以没有?"沈兼豪突然问我。

我说见过了,"正是听周主席说起您,才特意过来拜访。"

"周光以这人做事是俗了些,为人还是不错的,你以后多跟他接触。"沈先生送我到门口,他站在小平台上,并不往街面走。

周光以说的没错,晚年的沈兼豪当真半步都没离开过"博物馆",他甚至连门口的台阶都没下来过,如果不是我的到来,他可能连玻璃推拉门也不准备迈出来。

11

走出乌暗街,罗一枪的车已经停在街口等我了。他显得有些疲惫,看见我,故作精神,跟我讲他们去灯光寺和金厢镇的情况,他又提起曹金和潘红霞的关系。

"我可以肯定,陈静先这绿帽子是戴定了。"罗一枪信誓旦旦。

"怎么啦?"

"关我屁事,不过我还真想把那老家伙揍一顿,可以的话。"

"当然不可以,人家可是陈静先花了大代价请来的。"

"这代价也太大了点。"

罗一枪在车里哈哈笑开了。

"今晚有什么安排?"我问罗一枪。我突然不想回酒店。

"听你的,想干吗就干吗。"

"要不回扇背镇吧,明天就是清明节了。"

"今晚?"

"是,就今晚。"

"好的,遵命,我的大作家。"

说着,罗一枪在路口掉了个头,直奔324国道,没一会,在霞湖上高速,往扇背镇的方向开去。车里依然是beyond的老歌,"原谅我这一生不羁放纵爱自由,也会怕有一天会跌倒"……在他眼里,华语乐坛似乎就这么一个歌手。半道下起了小雨,雨刮器呱啦呱啦响,这车也真够破了。我不明白罗一枪回县城后把所有行头都换了,就是车子不换,车牌也依然是粤B。半个小时后,我们在内湖下高速。不知是因为开得快,还是路途真就那么短,我感觉县城与扇背镇之间随着时光的流逝,距离也缩短了不少。当然是错觉,却是很确切的错觉。罗一枪建议先到镇上吃点东西,肚子饿了,夏天一到,冷饮档也开张了。

不过,吃冷饮的地方不再叫六角头了,镇里人嫌它俗气,改名叫"城东开发区"。我倒觉得城东开发区更为俗气,几乎在哪都叫得通。透过车窗,乍一看,扇背镇的变化比县城要大些,可能是夜晚的魅惑又让我产生了错觉。海滩当然还在,能想象它的肮脏,但黑魆魆的海面上点缀着几处渔船的灯火,还是让小镇散发出一种宁静的悠闲气氛。我们把车停在码头天后宫前,可以沿着海岸走上一段路。我总觉得缺了点什么。我问罗一枪，怎么感觉不一样？他笑着说，肯定不一样啦，现在这里的房价比海东还高呢，已经卖到三千块了。这我不奇怪，扇背镇就这么一小块地方，背靠县界，面临大海，几乎每幢楼都是海景房。罗一枪误解了我的意思，我指的不是雨后春笋般耸立起来的商品房，以及天天见涨的房价——我不关心这些……隔了会，罗一枪似乎才领会了我的意思，他说，我知道你想说什么了，你们作家的眼光就是跟别人不一样。从东宫码头到六角头冷饮一条街，以前全是木麻黄树，扎扎实实一整排，像是扇背镇脖子上的围巾，冬天遮寒流夏天挡台风，现在全没了，都砍光了……我感觉怅然。罗一枪说的没错。树没了。六角头的冷饮店虽然还在，不过不是露天的了，都躲进了楼房底下的商铺里，一家挨着一家，干净是比以前干净，吃的人也蛮多，就是没了那种惬意的风味。我还是怀念多年前那个夏日的夜晚，那晚出了一些不愉快的事，后来想起也不是什么大不了的事情了。

罗一起带我走进了一家叫"银月光"的店铺。说是冷饮店，其实就是家混杂的餐饮店，什么都卖，包括冷饮。罗一起说这就是原来的六角头冷饮店，老板没变，只是由老爸换成了女儿。罗一枪只要回扇背镇就会上这儿来，跟老板娘很熟。他的女人缘确实好，大大咧咧的性格和痞子气的长相很讨女人欢心。果然，我们前脚刚进去，一个肥胖却不至于难看的丰腴女子便笑着迎了出来，开口就一句，"枪哥，来啦，好久没见你回来了。"罗一枪调侃说老板娘最近好像瘦了些。她便开心地四下看自己的肚腩和屁股，亮声问："真的吗？"

我们找了个临窗的位置，望出去，正好望见渔火摇摆的海面。

老板娘先把冰镇啤酒和小吃端了上来。罗一枪没有翻菜单,随口就说:"海螺、冰芋头,有尼仔吗?刚照的吧……好,对了,再做一条黄翅鱼,要本港的哦……"老板娘走后,罗一枪为我倒上啤酒,"本港外港我一口就能吃出来。"罗一枪现在可是典型吃货,要在以前,那时他还以拥有一辆黑色嘉陵沾沾自喜,两瓶啤酒就着一盘鱿鱼丝,都够我们占整晚上的座位了,也不知道挨了老板多少次白眼。

从冷饮店出来,已经十一点多了。我们不打算回湖村,先在镇里住一夜。罗一枪在镇上到处是朋友,他给在酒店做安保的朋友打电话,让他安排两个房间。我说一个房间就够了,咱俩可以聊聊。我喝了点酒,心情有些亢奋。罗一枪笑着说,放心,有人会跟你聊。我大概明白了他的意思,打了他一拳,没再说什么。

去酒店之前,我们先去光明路看我的弟弟马烨。罗一枪比我还清楚位置,他说他以前来过,我反而是第一次。马烨在光明路的批发部经营得不错,都快十二点了,还亮着灯,有人光顾,也是因为清明节,人们要为明天的祭祀采购各种祭品。我的突然到来,让马烨和其他弟妹感觉意外。我差点没认出马烨来,他看起来比我还老成,如果是大街上遇到,估计不敢上前相认。弟媳倒是首次见,她刚生了二胎,还是个男孩。大的已经三岁,会走会闹了,自然不认得我这个大伯了,我张开双手去抱他时,他惊叫着跑开了。其他弟妹我也都认不出谁是谁了,各自都长大了,除了我和远在广州读大学的细妹,余下三个都在批发部帮忙。他们对我这个大哥几乎都很陌生,更多时间里,他们一直视马烨为大哥,我是缺席的存在,像是虚拟的角色。

我们在批发部没待多久,就离开了。

我们约好第二天一起回家扫墓。"全家都回去吧?铺子关一天。"我说。马烨明显有些迟疑，他看了弟媳一眼，似乎得到了眼神的确认，才说："好吧，明天都回去。"弟媳微笑着，没说什么。她并没有我想象中那么不解人意。我跟家里人相处的时间太少了，误解也是难免的，这当然都是我的不对。

路上，我问罗一枪："你跟厝内人相处得还好吧？"

罗一枪说："还行，老人家除了催我结婚，没其他要求。"

我说："那你赶紧找一个结了啊，我看田景就不错。"

罗一枪笑了，"瞎说，田景是我妹妹，妹妹可不能娶。"

12

第二天，天气很好，阳光像是一盏巨大的白炽灯，把小镇照得亮堂堂，空气中弥漫着浓烈的被炙烤过的咸腥味。

罗一枪见我第一句话就是，"怎么样？"

我避而不谈，"还行吧，也就那样。"事实上，我并没有如愿，昨晚到我房间的女子虽说长得还可以，却没能引起我的性欲。我担忧的情况还是发生了。我让她走吧，就当她为我服务过了。她有些迟疑，怕拿不到钱。我让她放心。临走时，她倒是善解人意，没责怪我的意思，还劝我有病别瞒着要积极看医生。我哭笑不得，只能轰她离开。

回到村里，弟妹们已经早我一步到家了。

马烨有辆金杯商务车，刚好把全家大小都带上了。母亲很开心，她和儿媳妇的关系看起来并不紧张，两人为准备扫墓祭拜的物件有商有量，配合默契。说实话，我们家从未这么圆满过，除了细妹上学回不来，最大的遗憾是父亲的过早离世。而且，父亲还未能留下一张像样的照片。这事马烨一直耿耿于怀，所以这次他带回了相机，把母亲叫到院子里，趁着阳光美好，给她拍了不少照片。母亲也不忌讳，相反还很开心，把自己装扮一新，穿上了平时最舍不得穿的衣服，往头发上揸了许多双花油，在阳光下油亮发光。她自然知道儿子给她拍的是遗照。一个人行将老去，好好拍一张遗照，就是件马虎不得的大事。

我们还拍了全家福。全家人第一次那么近距离地挨在一起，兄弟姐妹，围在母亲周围，像是一朵花开出的花瓣。

母亲说："只是少了你爸。"说着红了眼睛。

马烨说："妈，还有我们呢。"

马烨说出这样的话，他是真的长大了。

母亲再三嘱咐，一定要把照片洗出来，装在相框里，挂在大厅墙上。

"要是你爸能多活几年，就不会在葬礼上没照片了。"

显然母亲也耿耿于怀。

接着去地里给父亲上坟。坟里埋着他的骨殖，也是多亏当年罗一枪花钱疏通了关系，父亲才能入土为安，死后免遭焚化之罪。三年光景了，坟手边上竟长起了一棵碗口大小的苦楝树。村里人俗称它"苦耐树"，和我父亲一生的命运倒也贴切，像是父亲死后，长成了一棵树，还是摆脱不了"苦""耐"二字。

几个弟妹都听从马烨的安排，先把坟头的杂草铲除干净，然后润碑、点香、烧纸——如母亲所言，"这些年，厝内好多事都是阿烨在做……"我不明白母亲的意思，她是单单在称赞马烨的懂事能干，还是责怪我这个当大哥的严重失职呢？我不敢多问。

我们全家在父亲的坟头相聚，如果人真的在天有灵，估计清明节这天是最开心的吧。

我和马烨蹲在苦楝树下抽烟，无话可说让我很尴尬。除了家事，我们没有共同话题。我问马烨是否有把母亲接去镇上住的打算，母亲年事已高，怕有个什么不测，没人在身边。马烨说他已经劝了母亲好多次了，她就是不愿意，死活要守在村里。老人家固执，看来也真拿她没办法。

弟妹们开始放鞭炮，整个湖村都淹没在鞭炮声和刺鼻的硝烟里。

我起身离开父亲的坟地和家人，绕着周边的荔枝园走了一圈。四月正是荔枝开花的时节，蓬蓬松松的，整片园林都缀满了淡黄色的花堆，像是昨夜下了场暴雪；蜜蜂嗡嗡响，如在耳边。养蜂人早在一个月前就驻扎在园林里了。我钻进其中一片果林，从林子的另一端出来时，发现整个身子和头发都沾满了荔枝花。想起那年出花园，正确的做法其实不应该是绕村子走一圈，而是钻进荔枝园里转一圈吧，再出来，自然就是名副其实的"出花园"了。我这么想着，不觉已经走到了湖村和郑厝村的边界，养蜂人的身影在林里晃动，他全副武装，正在用分离机提炼黏稠的蜂蜜。我从他身边走过，他看了我一眼，隔着网纱，我能看出来，这不再是十多年前的养蜂人了。他挥挥手，让我离开，怕我被蜜蜂蜇到。我没听他的，我知道蜜蜂不到不得已不会蜇人。我比养蜂人还要坦然，穿过林子，到了郑厝村，站在一条被默认用作地界的高坝上，居高临下，望见了整片低洼处的湖村以及像水蛇一样横卧在地的338省道。

我突然心生一种舒坦的感慨，十多年过去了，我们当年出花园，是否真的就走出去了呢？

我回望郑厝村，郑昕家的楼房还能从荔枝树梢望见屋顶，已经不是那么崭新了，荔枝也长高了不少，再过几年，可能就会把屋顶给淹没了。作为有经验的果园管理者，任荔枝树这么疯长，不是管理不当，就是荒废不管了。

我怀疑郑昕一家不在林子里居住了，突然想过去看看。我想打电话给罗一枪，叫他一起，又觉得不合适，万一郑昕一家还在，那样彼此都会尴尬。我就当是路过，顺带看一眼，打声招呼，没任何目的。

院子还是多年前的老样子，只是草木茂盛，一条瘦狗追出来，也不吠叫，就那么防范着跟随我的脚步往后退。这是条胆小的狗。我高声问："有人在家吗？"

一会，屋里才出来一个人，不是郑家人。

"你找谁？"

"郑伯呢？"

"哦，你不知道啊，他几年前就去世了。"

"啊？我真不知道，刚从外地回来。"

"你是他家亲戚？"

"不是，我是他女儿郑昕的初中同学。"

"哦，这样啊，郑昕嫁人了，嫁去了客家，都两三年了吧。"

扇背镇人称呼的"客家"，就是指隔壁鹿河镇。鹿河是客家人，说的是客家话。在我们看来，那里的人都活得很苦，山内人，不靠海，自然没有沿海城镇富裕。一般来说，扇背镇的女孩是不愿意嫁往鹿河镇的，反倒是鹿河镇的女孩拼了命想嫁过来。

这么说，郑昕下嫁鹿河镇，肯定是迫于无奈了。

我内心黯然，按原路重返父亲的墓地。家人已经祭拜好了，正等着我。马烨问我去哪了，我说没事就到处逛下，竟然迷路了。弟妹们都笑了起来，他们开始接受我这个长期缺席的大哥。

中午，我们兄弟姐妹一起下厨，一家人吃了餐团圆饭。母亲开心得几次落泪。饭后，母亲摸摸索索从柜子里找出一个小盒子，从里面拿出一本残旧的笔记本。那竟是我刚上初中时制作的剪报本，里面贴满了有关香港回归的新闻报道，纸张早已泛黄，字迹却依然清晰。母亲一直收藏着，估计在她看来，那就是我才情的凭证。我接过剪报本，翻了翻，又把它交给母亲，让她继续帮我保管。

13

返城路上，车子实在有点多，内湖的高速路口都堵死了，车子塞出几公里远。反方向的车道倒是车辆稀少。罗一枪突然扭转方向盘，在路中央的岔口处掉头，车子很快就回到了对面的车道上，往回开了。我有些诧异，以为罗一枪有另外回城的路径，可以抄近路，免受堵车之苦。

罗一枪却说："我们去鹿河吧，从博美路口过去，一个小时的车程。"

"去鹿河干什么？"我问。

"去看郑昕。"罗一枪平静地说，像是我们之前就商量好了的事情。

我还以为郑昕嫁人的事罗一枪并不知情，正犹豫着要不要告诉他呢……我天真地以为那样能使罗一枪死心，好找个女人结婚，满足他父亲的愿望也好，为我们三人开个好头也罢，他都需要把生活驶上正常的轨道。

路上，罗一枪跟我说了一些郑昕的近况。

郑昕当年的出嫁更像是一桩买卖——郑伯的死，对郑昕的打击极大，本来精神恍惚的她患上了俗称"芒花痴"的精神疾病，其实就是间歇性精神病，一年四季，刚好就在芒花开的季节里发作。房头内的亲人也是为郑昕着想，想帮她找一个翁婿，好照顾她。郑昕不好的名声早就在扇背镇传开了，未婚先孕多少还可以原谅，精神问题却让人望而却步。于是托了媒人，往远了去说，没任何条件，只要愿意接受郑昕就可以直接把她带走。鹿河的男子来见过郑昕，他倒是正常人，年轻时参过军，在部队里受了伤，腿瘸了，退役后，每月领一笔补偿金过日子。鹿河男见郑昕长得好看，精神上的问题又不是很严重，就答应了，没过几天，便把郑昕接走了。没有任何彩礼，也没任何嫁妆。

照时间推算，郑昕被鹿河人接走时，罗一枪刚离开深圳，在珠三角漂泊，那时还是所谓的"通缉犯"。关于郑昕的情况，他也是后来才听知情人说起。如果郑昕仅仅是嫁了个瘸腿的丈夫，只要那人能养她爱她，罗一枪也不至于深感自责。事实上，在县城的这些年，罗一枪多次前往鹿河看望郑昕，据他眼见为实，郑昕的情况一年比一年糟糕，以至于最后连罗一枪是谁都记不太清楚了。更为棘手的是，她丈夫腿部的伤还留有后遗症，最近一两年几乎只能躺在床上过日子，跟偏枯的老人没什么区别。他们婚后生了一个女儿，全家三口就靠每月几百块钱的政府补贴过日子。罗一枪每次去都塞钱给郑昕，郑昕像接过别人递过来的一颗糖果，她目光涣散，一直念念叨叨，说她要照顾两个孩子，一个躺在床上一个爬在地上。罗一枪不敢在她家多待，匆匆来回，他不想被人知道。

真没想到郑昕的命运会这么悲惨。上学时，她成绩那么好，人又长得漂亮，所有老师都觉得她会考上曲山中学，而考上曲山中学就等于一只脚跨进了大学的校门。现在回头看，确实正如罗一枪咬牙切齿所认定的，是老猴毁了郑昕一生。

"老猴的腿，你看出来没有？"罗一枪问我。

"是不是有点瘸？我看出来了，第一天见他就看出来了。"我说。

"我找人打的，说好要卸掉他的腿，结果那小子怕了，没敢，只是打折了……"罗一枪漫不经心，似乎觉得我早就知道内情。

想不到罗一枪会这么干，他恨老猴我当然知道，从小就恨，在村里时就恨。"君子报仇，十年不晚。"这话他老早就说过。我一直以为那只是他年少气盛的表现，成年后好多恩怨都会消解掉。真不敢相信，罗一枪竟然动过要卸掉老猴一条腿的想法，并且还就那么干了。老猴是什么人啊，他能不知道背后对付他的人是谁吗？凭他现在的势力，就算暂时动不了罗一枪，以后也不可能放过。

罗一枪似乎看出了我的疑虑，他继续说："没事，他的仇人多着呢，不会怀疑到我头上来。明面上我们关系好着呢，大家都知道我们是一个村子出来的。"

"这件事你只告诉我一个人了吧？"

"除了你，我谁也没说。"

"那就好。不过，我还是要劝你一句，算了，到此为止，别再找老猴麻烦了。你做什么都不会有任何用处了，郑昕不会好起来，你们也不可能回到过去，一切都成定局了，神明也没办法呐。"

"我只是一直很自责，"罗一枪说，"当年如果不离开她，她就不会像今天这样。"

"这也不怪你，换作谁也会那么做。"

罗一枪叹了口气，"算啦，这是最后一次了，再也不去了。"

我竟有些被罗一枪的痴情感动，这么一个大大咧咧的汉子，心底却一直保留着柔情的一面。我们相识多年，算是最为信任的朋友。我不知道是罗一枪刻意向我隐瞒，还是我对他的了解不够透彻，总之，坐在我边上的这个男人，突然让我感觉到陌生，这种陌生又让我瞬间醒悟，也许这才是真实的罗一枪。

14

半个小时后，路况开始变得复杂，鹿河的山路像是植物的藤蔓，时不时岔出好几个路口。而且一进山，人烟稀少，下车问路都找不着人。我猜罗一枪也是凭直觉在选择该往哪边拐，那么多的岔路，随便转错一个方向，估计在山里转半天也出不来。我第一次进鹿河，之前只是偶有听说，传言扇背镇有人挑个担子进鹿河卖盐，回来时迷了路，到家时，已经是半个月之后的事情了。传说自然有添油加醋的成分，不过也说明，鹿河的路况有多么复杂。盛行拐卖外省女人那些年，被拐到扇背镇的女孩还有出逃的可能，要是进了鹿河镇，就算放了她们，几天之后，只能在哪条山路上收拾她们的尸体了。

有那么一会，我们的车一直悬在半山腰上，从车窗左右望出去，一边是山壁，一边是深崖，路就挂在山腰上蜿蜒而行，稍一不慎就会葬身谷底。来自山体的阴冷和潮湿，让我浑身肌肉都紧绷绷的，山里山外似乎正在经历两个截然不同的季节。幸好路况不错，乌亮的沥青路，看上去像是刚铺上去的，迎面却见不到一辆车。有时会遇到一两辆摩托，骑摩托的小伙子如同当年的罗一枪；有时也遇见几头牛在路中央溜达，哞哞叫着，没人带没人管，任其沿着路回家——背着草篓的小孩，驻足看着车子从他们身边驶过,像是见着了稀罕的事物。

我们仿佛沿着时光的路径向历史回溯,越往里走越是接近了原始的古老。

约莫一小时后,车终于开进了一个小村庄,眼看不过十来户人家,况且房子也没按巷陌规矩而建,各自为政,有的建在半山腰,有的散落在树林里。村庄家户虽少,但面积却极大,几乎占去了前后山之间的大片峡谷。

我们的到来,惊动了几户临近村口的人家,他们纷纷勾着头张望。

有人认出了罗一枪,过来打招呼,罗一枪给了对方一根烟,那人便领着我们往山上走。罗一枪回头跟我说:"你看,郑昕的家就在山腰上,那里,顺着山路,最先看到的那家。"我顺着指引举头望上去,确实有一户孤零零的人家,隐没在草木间。

几个吸着浓鼻涕的小毛孩雀跃着要跟上来,却被领路的大人拦住了,骂了一句什么,他们就散开了。罗一枪朝地上撒了一把零钱,他们扑在一起哄抢。罗一枪每次来大概都会这么干,他在这个小村子里,似乎成了财神爷。这一切对我来说都是新奇的,尤其是罗一枪一副土豪式的粗暴做法。我是作家,对眼中所见的细节总是充满病态的敏感。我真想不到数十里之隔的山区,还有这么穷困的村落,蓦地又想起那个举刀行凶的"姜明河"也来自鹿河,胸口一阵凛然,仿佛看见,杀人者的童年就隐藏在这群哄抢零钱的孩子中间,他抬头看了我一眼,眼神熟悉得让我浑身战栗。

我们来到了郑昕的家门口。领路人站着不进去,罗一枪掏了一百块钱给他。他就是为了钱才给我们带的路。事实上罗一枪已经认得路,完全不需要人带。罗一枪没那么干,也许第一次来时,就是他带的路,以后再来,他继续带,罗一枪继续给钱。这很符合罗一枪一向的做事风格,他有时真的不在乎钱。

眼前的院子,与其说是家,不如说是一处破落的棚寮。不过站在山腰往下看,几户人家点缀在树木间,倒像是一幅水墨画。我们进了院子,几只鸭子惊吓得到处乱窜,院子里一片混乱,拿眼望去,都是杂物,几乎没有一样完整而干净的物件。

院里住的人倒不少,足有十几口人,看样子住有几户人家,除了郑昕家,另外一户是郑昕的大伯,还有一户是小叔。郑昕的大伯和小叔接待了我们,孩子们一个个脏兮兮的,围在我们周围。罗一枪依然拿出钱来分,每人十块,孩子们欢呼着,领了钱就不见了人影,妇女们第一时间便跟了出去。

没见到郑昕。

郑昕的丈夫躺在大厅床上,他倒是能坐起来,跟罗一枪和我打了招呼。他看起来长得挺高大,面部轮廓分明,粗眉大眼的,如果不是有腿疾,算得上是个英俊的汉子。一年前,罗一枪曾带着他去县人民医院,罗一枪骗田景,说是他的亲戚,让田景跟熟悉的医生打声招呼。医生检查后,跟罗一枪说了实情,说太晚了,已经错过了最佳治疗期,病人下半辈子估计得在轮椅上过了。这一家子对罗一枪的感激之情溢于言表,他们把他当救世主一样尊敬,渴望能得到更多的帮助。

罗一枪问他们郑昕在哪。

一个小女孩说妈妈在做饭。看样子,她就是郑昕的女儿了,长得跟郑昕还真有几分相像。她跌跌撞撞走出院子,嘴里唤着妈妈。

年轻一点的小叔说,最近她情况不太好。

当下正是芒花开的季节,也就是郑昕最容易发病的时候。

郑昕被女儿领回家时,我简直吓了一跳,眼前这个女人几乎没有了郑昕昔日的影子，完完全全是个陌生的邋遢的神情呆滞的妇女。她头发蓬松，衣服上沾满了草屑，脏得像是几个月没换洗了；脸和手也是脏的，双脚没穿鞋子，连个拖鞋也没有，就那么赤着，像动物那样在地上走，脏得分不清脚趾头了。我有点不敢相信自己的眼睛，拿眼看着罗一枪。罗一枪却刻意不去看郑昕，他抽着烟，和大伯说着什么。

我站起来，走到郑昕面前，"你还记得我吗？我是马玮。"

我几乎都快哭出来了。一路上，我都在想象郑昕会变成什么样，却怎么也想不到她会变成这样。她已经跟我在深圳大街上见到的流浪者没什么区别了。

郑昕没敢直视我的眼睛。她依然是羞涩的，怕丑的，即便是疯掉了，性子依然没改。我故意挡住她躲避的视线，让她不得不直视我。

"记得吧？"我继续追问。

她终于点点头，只是没说话。

"要是冬天，她会好些，那时大概能记住一些。"小叔子在一边说，"就是春夏比较严重，到了秋天，就慢慢好了。冬天那几个月，她又跟正常人一样，过年了，还会上街市。认识她的人都说，她完全没毛病，人家算错她一块钱，她也知道找老板要回来呢……"

我们当地习惯把这种精神疾病称作"芒花痴"，一般也专属于女人，似乎病人的发作就跟芒花的开放有直接关系，弄得我们从小就对芒花充满敬畏，它像是一种有毒的植物，会致人发疯，轻易不敢靠近，如果乱折摘，或者放把火烧了它们，则好长时间都会陷入恐慌，害怕芒花的神灵会报复我们，让我们变成胡言乱语的疯子。然而，海东县，乃至整个粤东地区，却随地可见芒花，只要你往山坡上走，漫山遍野，到处是鸡毛掸子一样迎风摇摆的芒花串,从淡紫色到雪白的花絮,最后像蒲公英一样散落各处。我当然知道,疾病其实跟芒花一毛钱的关系也没有,病人发作只是季节性的,恰好芒花就在那个季节开花,两者并没因果关系。

我们小时候就见识过一个芒花痴的女人,她不知道来自哪个村子,一到芒花开,便沿着省道行走,见到村子就进去乞讨,嘴上念念叨叨,严重时,她还会脱去上衣,露出两只干瘪的乳房。村里的妇人忙拿被单过去帮她披上,她一边挣扎一边奔跑。我们那时还小,对女人的乳房充满好奇,哪怕那女人都可以当我们老妈了。我们一路跟着奔跑,起哄,通常都是罗一枪带头,他也不是真喜欢看她的乳房,没什么好看的,像是两颗干枯的丝瓜,贴在胸前,都分辨不出那究竟是乳房还是下垂的皮肤了。

面对郑昕时,我竟一下子就想起了那个老嬷子,仿佛时光穿梭,老嬷子就是日后的郑昕,多年后,郑昕也会成为她那样子,沿着省道去各个村里乞讨和游荡,保不定还会脱去上衣;等到芒花枯谢之时,她才回到家,像个正常人那样照料偏枯的丈夫……等着郑昕的,也许就是这样残酷的下场,谁也改变不了。如果她遇到年少时的罗一枪,大概还会遭受羞辱。我陷入这种胡思乱想不能自拔。

当罗一枪问我身上有现金没有时,我一时没反应过来,以为他看穿了我的心思。我问怎么啦。罗一枪又问,身上有钱吗?这才看见,罗一枪已经把身上所有能搜出来的现金都拿到手上了,估摸有两三千吧。"回头还你。"罗一枪加了一句。我有点难为情,倒不是因为身上带的钱不多,而是罗一枪特意加上那句"回头还你",在外人听来,显得我和罗一枪,甚至和郑昕都很见外。我不希望我们的关系给外人留下误解,尤其是在郑昕的家人面前，我也不觉得这一家子有什么深明大义的情怀，贫穷和僻陋让他们天生就具有某种让人失望的可悲气质，这种气质可以让人同情，却无法叫人喜欢。不过，再怎么样，我也不希望罗一枪对我见外。我搜出身上仅有的一千块钱，放到罗一枪手里时，特意加上一句，"不用还我。"

罗一枪点点头，把我的钱和他的钱放在一起，他都懒得点一下，起身要交给郑昕。郑昕有点退缩。罗一枪之前每次都把钱交给郑昕。那时他来看她，总是选择在秋冬季节，如今是夏季，本来不在他的计划之内，我们是突然而至。大伯这时开口了，"还是把钱给我二弟吧。"罗一枪这才想起大厅还躺着一个人似的，他转身走到床边，把钱塞到草席下面。郑昕的丈夫嘴里说着什么，估计是致谢的意思，我没听清，我想作为一个男人，郑昕的丈夫，曾经的军人，此刻他的尊严已经消磨殆尽了。我刻意不去关注他。我示意罗一枪尽早离开。

我们走时，郑昕站在门口目送我们，眼光还是呆滞的，表情也是僵硬的。她心里可能很清楚我们是谁，或者说任何一个疯子的内心都是清醒的，只是言语和躯体再也不受心灵支配了，就像我们有时在梦境里也同样无法自持。想到这，我眼角有些湿润。她曾经是多么热情的女孩子，如果不这样，对于我们大老远来看她，她肯定很高兴，至少也要像我们十五岁出花园那天，擂一钵掺了苦丁和九层塔味道的擂茶。

回城的路上，我们几乎一路无话。只有罗一枪说了一句，"如果可以，我愿意把她带走。"我没答话。我知道那是不可能的事情，生活不是刘德华演的电影，《天若有情》里他可以把吴倩莲从家人面前夺走，罗一枪却不可能把郑昕带上车。有些东西丢了就丢了，再也要不回来了。

15

几天后,"回乡团"启程返深。

陈静先说,招商引资很成功,深圳海东商会好几家企业都跟海东政府商定了初步合作计划,签了意向书。领导很高兴,准备近期回访深圳海东商会,参观考察商会企业。这是陈静先预先没有考虑到的,是个大事件,回深圳后他得好好策划,接待海东领导,既是商业任务也是政治任务。对于公司而言,确实是个机会,陈静先完全可以借此让事业更上一层楼。

陈静先希望我能尽快加入他的团队,助他一臂之力。我口头哼哼,算是答应。回到深圳后,我却对陈静先食言了。其实也没有明确回绝,只是迟迟没去他的公司,他打电话来催,我找了一大堆借口,称自己很忙,有好多事情要做。确实,我开始忙起来了,好多不必要的活动都不再参与,即便是那些在以前看来很排场的文学活动。

那段时间,我动手写了几个中短篇小说,并陆续在北京上海的文学刊物上发表,各种文学选刊紧接着转载,评论家们蜂拥而上,似乎谁不说我几句好话,就不配在文坛上立足似的。甚至开始有人预言,我即将在下届获得鲁迅文学奖,乃至茅盾文学奖。长篇小说也签订了出版合同,是家国内一流的相当有影响力的出版社,他们答应首印一万册,开出百分之十的版税。这对于一个年轻作家来说,确实是很好的待遇了,据说莫言和余华也只能做到这样——当然,那时莫言还没有获得诺贝尔文学奖,我还在深圳举办的文学活动上见过他一面。

我依然对《隐匿》不满意,总想着怎么修改一番,却苦于无处下手。我跟出版社商议,决定把出版日期推迟到明年,也就是2012年。编辑是个年纪比我小一岁的女孩,她特意来深圳找我谈出版事宜,我们聊得很好,她是个性格很好的湖南人。

她半开玩笑说:"你就不怕明年真是世界末日啊?"

我哈哈大笑,"那就让它成为这个世界上最后一本书。"

再说,如果真有世界末日,在此之前还在做傻事的,可不止我一个,深圳正在倾尽全城之力办好一届大运会,其势头看起来比我要悲壮得多。

麻布村的拆迁正如之前所猜测的那样,付之行动了,推土机和挖掘机停满了街巷,好多不怎么雅观的楼房一夜之间成了废墟,泥头车正在夜以继日地拉走废土,彻夜轰鸣。巷子里挂满了红色横幅:办大运,讲文明,树新风,促和谐……大多租住在麻布村的人被迫离开,搬家的队伍,一度把巷子都塞得满满的。我偶尔下楼吃饭,总能看见那些工厂的员工,男的在往三轮上搬椅子桌子、锅碗瓢盆,女的则抱着个硕大的公仔,站在一边玩手机。

我很奇怪十巷七号为什么能坚持下来。这幢楼实在配不起深圳的蓬勃发展。很快知道,并不是政府手下留情,而是房东的誓死顽抗,坚决不在协议书上签字。

我们的楼房就成了一座孤楼,周边都是废墟,像是汹涌的海水,我们就在孤岛上生活,每天进出都必须躲过残断的钢筋和轰鸣的挖土机。横巷的牛杂店早就没有了,我甚至找不到吃饭的地方。直至,我们被切断了水和电。这下,开始有人"背信弃义"了,找房东理论,要退房拿回押金。房东这时候变成了无赖。有人骂骂咧咧擅自搬走,楼里没几户人家居住了。我当然无所谓,只要还有一个地方安身,多挨一天是一天。我只想有个空间写作,任何喧闹仿佛都与我无关。我怀疑楼里就只剩下我和房东了，楼上不再有小孩半夜玩弹珠了，隔壁也没再传出做爱时床板的吱呀声。每次进出，房东看我的眼神都充满感激，甚至，如果不是面临拆迁，他都愿意把房间免费送我长期居住。他总是派我烟抽，问我往下该怎么办。我给不出好办法，我每次都说，看着办吧，看他们会拿你怎么样？房东听从了我的意见，果真继续傻兮兮地看着办。他不知从什么地方偷偷拉来电线，白天把电线收起来，晚上就冒着生命危险出去接电线。电的问题解决后，他还叫了桶装水，送到我房间，让我用桶装水洗澡。

  有一天深夜，我下楼找吃的，经过二楼房东的房门时，听到房间里正放着 beyond 的歌。那首歌我很熟悉，名字叫《长城》，唱得铿锵有力——之前听罗一枪在 KTV 里吼唱过。此刻它在一座位于废墟之中的楼房里唱响，简直具有某种悲壮的意味。房东用不协调的嗓音，竟然也跟着吼唱——

    遥远的东方
    辽阔的边疆
    还有远古的破墙
    前世的沧桑
    后世的风光
    万里千山牢牢接壤
    为着老去的国度
    为着事实的真相
    为着浩瀚的岁月
    为着欲望与理想
    …………

一个礼拜后，出租楼终于还是被拆了。

那天，楼下来了大队人马，拆迁队、城管、警察、消防、救护车，都依次排在楼下。有人拿着喇叭大喊："上面的人听着，劝你赶快搬离，此楼危险，我们即将采取强拆手段……"

接着，我看见房东咆哮着被人塞进了警车，他的身影和声音瞬间就被隔绝了。

我站在二十米之外，亲眼见证孤楼被爆破，瞬间成了一堆废墟，如小山一般。我目睹一幢楼的非正常倒塌，如同亲历一个人的非正常死亡。

我离开了麻布村，这个即将改头换面的"村庄"，终于推翻了最后一道阻力，且处理得相当和谐，没有引发过激的冲突，至少没有流血死人。这实在是一件值得庆幸的事情。

即便是这时候，我也没有去找陈静先，按他之前的承诺，他可以在南山为我长期租下一套宽敞的公寓。不知道为什么，我就是不想见到陈静先，他也没做过任何对不住我的事，"回乡团"结束后，他还给了我几千块钱的出场费，据说和曹金的出场费差不了多少。这是他亲口告诉我的。再说，"回乡团"的成功策划，让陈静先大获成功，不久之后，县里组织了由陈志军领队的回访活动，好多动辄几百上千万元的投资合作项目就此敲定，皆大欢喜。陈静先在电话里时不时跟我汇报喜讯，想以此来吸引我。我依然无动于衷，仿佛对什么都丧失了兴趣，尤其是陈静先希望我参与的那些烦透了的事情。

入秋不久，就在大学生运动会开幕前夕，我接到了来自县城的邀请。电话是罗一枪打给我的，他说周光以主席有事要和我商量——放心，是好事儿，你还是回来一趟吧。我隐约有预感，觉得此次离开深圳，便再也不会来深圳了。我的意思并不是说从此就一步也不踏进深圳，而是作为职业生涯，我可能就此和深圳断绝了关系。当天晚上,我郑重其事地在陈静先和县城之间做了一番考虑。

第二天一大早,我便坐上了回县城的大巴。

16

周光以希望我留在县城,作为特殊人才引进也好,回归故里也好,他是在为我的未来着想。按他的计划,他先安排我在报社,负责《海城文艺》的编辑工作,同时兼任作协专职副主席。等时机成熟,他自然会想办法为我解决身份问题,报社虽然编制不多,但他愿意在退休之前为我想办法。而且,周主席退休后,凭我在文学上的实力,再攒个几年人脉,海东县作协主席迟早就会是我的囊中之物。周主席让我考虑几天,再给他个答复。

事实上我第一时间就已经确定要留下来了,不是我对县城有多么好的印象,而是我离开了深圳,既然离开了,就得有一个愿意接纳我的地方,县城显然是比较不错的去处。

为了庄重,我还是若有所思地跟周光以说:"好的,我考虑几天。"

那几天,我就住在罗一枪的住处。

罗一枪在城东买了一套八十平方米的二手房,小区和楼房都比较旧。罗一枪平常很少在家,他总有各种不知名目的应酬和事务。他愿意带我前往,我以写作为由拒绝了,我说以后反正是在这里长住了,到时再跟他出去,认识一些该认识的人。我知道县城不比深圳,在深圳可以目中无人,瞧不起任何人,一旦回了县城,我得遵照风气,至少做到基本的尊重和礼貌,否则我在县城即便是待下来了,也不可能顺风顺水。照罗一枪所言，我急需认识一些该认识的人，这是最为基本的县城生活指南。

罗一枪早就开了口，回到县城后，我就跟他同吃同住，他的家就是我的家。这倒再合适不过，罗一枪还没成家，也没有严格意义上的女朋友。住进他家里，我不但愿意，还觉得很理直气壮，心里丝毫没有愧疚感。对于即将到来的县城生活，我有某种面对熟悉却也未知的新鲜感，同时又有难以掩饰的恐慌。县城于我而言，虽然以老家自称，然而这个老家不像湖村那样是严格意义上的出生地，仅仅是名义上的联系，这里的街道、建筑，包括人和事，本质上和深圳给予我的没什么区别。

三天后，我给周光以回复，确认留下来。周光以很开心，能听出他在电话那端的激动心情，他是真心想帮我。罗一枪大概跟他讲过我在深圳的情况，并不如他想象中的美好，他觉得一个正在成长中的作家不应该在城中村过暗无天日的生活。我倒有了一种被他看透的窘迫感，不过无所谓，我的情况确实不容乐观，至少除了写作上的技能，可以说身无长技，但编辑一本文学内刊对我而言真不算什么难事，况且还是季刊。也就是说，我可以不坐班，每周参加一次报社的会议即可，宣传部如果有什么重大活动，也要参与，比如上次那样的"回乡团"文化之旅。周光以算是最大限度保证了我的创作时间，他希望我在县城写出好作品，我的成绩即是作协的成绩，自然也是宣传部的成绩。周光以毫不掩饰这点，这倒使我觉得他十分坦诚。事实上，如果不是文学上这点成绩，人家也犯不着给我这么好的待遇，工资是不高，也足以让我在县城过上安稳的生活了。

我回县城任《海城文艺》主编的事情，在我看来算不得什么大事，却很快传播开了，连我母亲都不知道听了村里哪个不知内情的人说我回县城当"官"了，把村里的神明都谢了个遍；陈静先第一时间给我电话，表示祝贺也表示遗憾，他那么快获知我的行踪，途径有很多，有可能是罗一枪告诉他的，也可能是县里任何一个和他有联系的小领导。

没过多久，陈静先又给我打电话，问我是不是跟民间艺术博物馆的沈兼豪很熟。我说谈不上多熟，就是认识很多年了。陈静先说，那你得帮我一个小忙，就当是你食言的代价。陈静先这么说让我很恼火，好像我欠他什么似的，不过我还是很平静，问他怎么啦？陈静先说，听说，县里只有你跟沈兼豪关系好，只有你能说服他。我一时间很纳闷，不知道沈兼豪先生又惹上什么麻烦事了，比如毒舌又犯，骂了哪个不该骂的人，还和陈静先扯上了关系。回县城后，我又去拜访过沈先生，他对我的选择没做过多的评论，只是希望我保持一个文人的底线，不要被周围的环境慢慢侵蚀——我明白他的意思。"当然，这样很难。"他紧接着又添了一句。

陈静先在电话里沉吟片刻，"其实也不是帮我，是帮我的母校曲山中学。"

"回乡团"过后，陈静先跟蔡校长联系很密，据说还捐了十多万元给母校修建实验室。

"是这样的，我们那天参观旧校址，蔡校长不是说起门口的石狮子遗失的事情吗？"陈静先说得很慢，想让我记起些什么（我第一时间就记起来了，陈静先当时还交代潘红霞跟进，他要给母校捐赠两座石狮子），"我本来是想花点钱，给母校弄两座新的，也不是难办的事。问题是，那之后没多久，我做了一个梦，很奇怪的梦，说了你可能不信，我梦见那两座'文革'被毁的石狮子现身跟我说话了，它们说，它们还在海东，只是其中一只的前脚断了一小截，走起路来一瘸一拐……它们真是这么说的，并命令我不能让新的石狮子进入曲山中学，得想办法把它们请回来……梦醒后，我满头大汗，它们在梦里对我说的话我还记得清清楚楚，不过也挺为难啊，它们只说在县城，却没有告诉我具体在哪。我第一时间给副县长打了电话，汇报了我的梦。副县长很重视，觉得这个事情非同小可，石狮子都托梦给我了，证明对我很信任，还关系到曲山中学的龙脉和海东城的教育大计啊。副县长随后委托蔡校长，跟我承诺，一定会把石狮子找出来。几个月过去了，我以为没有下文了，其间我打电话询问了几次，蔡校长挺为难，说还继续在找，学校的老师几乎都被他发动了，宁可不上课，也要把石狮子给找出来。就是在昨天，蔡校长兴冲冲给我来电话，说找到石狮子的下落了，他拜托了公安局的朋友，才查清了石狮子的行踪。原来，石狮子离开曲山中学后，被一个叫朱文保的画师给收藏了。我记得你提起过这个人，当年你就是在他那儿当的学徒吧。朱文保可能不知道那是曲山中学的石狮子，或者知道，以为时过境迁，曲山中学也不需要了。后来他不是去了香港嘛，还把所有藏品都捐赠给了民间艺术博物馆。现在那两尊石狮子就在博物馆里，有人还说看见过。我听蔡校长说，馆长沈兼豪是个很不好说话的人，县里能说服他的估计就只有你了。蔡校长知道我们有这层关系，才求我出面，拜托你去说服沈兼豪，让他把石狮子物归原主，还给曲山中学。到时啊，曲山中学会回赠沈兼豪一块牌匾。石狮子要重新开光安放，是件大事情，再搞个大仪式，请领导们一同见证。"

陈静先一口气说了这么多。

我有些为难。说实话，我和沈兼豪只是君子之交，如果突然跟他提出这种要求，凭他的敏感，大概就会怀疑，我之所以刻意走近他，原来都是事先埋好的长线，只为了最后这个请求。那样一来，我也太龌龊了。在他心目中，我肯定比县城所有他憎恨的文化人都要恶心。我第一时间发觉，我不能干这样的事情。我并没有答应陈静先，也没直截了当拒绝。我这人性格就这样，优柔寡断，从来学不会拒绝人，尤其是有人对我抱有很大希望并表现出足够诚意之时。

我说："我先了解一下，再答复你。"

事实上，哪有什么好了解的，事情很清楚了，陈静先是鬼迷心窍，借花献佛；蔡校长呢，一是为了讨好陈静先，二也是想借此事，为曲山中学蒙上一股神秘力量，那样一来，既符合海东人民一贯以来对百年老校的想象和崇敬，还可以在领导那里邀功，对他在学校的地位有极大的帮助。要知道，曲山中学校长，多肥的一块肉啊，又有一股神秘力量加持，蔡校长如若能圆满地驾驭住那两尊显灵的瑞兽，其影响自然不用多说。

17

这事压在我心里好几天，有些烦躁。

我跟罗一枪诉苦。罗一枪说他听说了，有段时间曲山中学到处在找石狮子，恨不得挖地三尺，还悬了赏，有人就用新石狮做旧敲掉一只前脚去冒充。没想到真迹竟然在沈兼豪手上。罗一枪觉得这个事情够呛，即便是我出面，沈兼豪也未必给面子。沈先生这些年像个刺螺一样在县城文化界存在，派头越大越不给面子。当年他筹办民间艺术博物馆，政府不支持，朋友不帮忙，谁都不爱搭理他，都拿他当笑话。如今他好不容易握着这反戈一击的把柄，能不好好利用一番吗？

"县委书记出面也不一定有用。"罗一枪简直有点幸灾乐祸。和我一样，罗一枪对沈兼豪的印象不坏。第二次去拜访沈先生时，罗一枪也跟着我去了，两人聊得还挺欢。那时沈兼豪正在整理文稿,想出一本民俗方面的著作,问我有没有出版社方面的资源。我一时不知道怎么帮他,以我对出版行业的了解,不会有出版社对沈先生的文章感兴趣,除非自费出版。幸好罗一枪及时化解尴尬,他当场拍板,愿意帮沈先生出这笔钱。

我想事情最好就此平息下去,曲山中学不要追究石狮子的下落,陈静先也不要犯浑了,花点钱弄两尊新石狮安上去,不是两全其美吗?然而事情并非我想象的这么简单,没过多久,有一天蔡校长亲自找到了我,那天我去报社办点事,刚好被他堵住了,像是已经埋伏在报社门口多时。

蔡校长笑呵呵的,直截了当问我,"怎么样,马主编?"

我这时候装傻显得有些不厚道,只能直截了当地说:"这事有点不好办啊,蔡校长。"

蔡校长立马给我塞过来一个纸皮袋,我这才发现他手里拎着东西,能清楚地看见,纸皮袋里装的是两条红色香烟,不用猜都知道是中华牌。我正要推掉,蔡校长却用一股蛮力把我的手握住,硬生生地把袋子塞进我手里。几个同事都抬头看了我们一眼,随即又把头埋下去干活了。他们大概对这种事见怪不怪了。我则是第一遭,知道在县里送点烟茶酒什么的纯属正常人情交往,根本不算什么违规的事情,可还是相当尴尬。当然,最大的尴尬是我根本就不想出这个不讨好的头。

"你就登门走一趟,试一试。我已经跟你们周主席打过招呼了,他的意思也跟我一样,觉得还是你去比较合适。"蔡校长在报社的茶几边坐了下来。

我没说话。一会,手机响了,正是周光以打来的,仿佛我的沉默就是为了等他的电话。周主席在电话里也算语重心长,他说我除了是沈兼豪比较看好的年轻人外,还有另外一层身份,让沈兼豪不敢贸然拒绝——我曾是朱文保的学徒。从师徒伦理上讲,我也有权利向沈兼豪提出这种要求,如果他还不同意,那么他是理亏在先,不像其他人去,他完全可以理直气壮地把人拒之门外。

周主席的分析有他的道理,毕竟是老一辈,说话有理有据,分寸得当。

挂了电话,我跟蔡校长说:"这样,我明天或者后天找个时间去,这,就当是我提过去的见面礼。"我晃了下手里的纸皮袋。

蔡校长点点头,笑着起身,"那我就代表曲山中学谢谢马主编了,等您消息。"

我犹豫了一天。这个事情看似庄重,细想起来却十分滑稽,偌大一座百年老校,却需要我这么一个外人去说服某人讨回丢失的石狮子,这一切竟然全因校友陈静先的梦。如果不是陈静先做的,是随随便便一个普普通通的校友做的,我想副县长和蔡校长也不至于这么较真吧。这一环扣一环,想想还真是好玩——没想到最后一环还落在了我身上,大家都把解开最后一环的重任寄予我,我身为局外人,既不是曲山中学的校友,也不是深圳海东商会的企业家,最终却被安排到了"流水线"的座位上,还是最为棘手的那个工位。

认真一想,这事真他妈的混蛋。要命的是,我还拒绝不了,除非我想一下子得罪陈静先、蔡校长、周光以和副县长,甚至还可以说,得罪整个县城文化界(大家都希望两尊石狮子能够回家——多么煽情的字眼)。为了不得罪大多数,我也只能硬着头皮去求沈兼豪了。

第二天,我去了乌暗街,再次敲响博物馆的玻璃推拉门。

我不会蠢到再次带香烟过去,而是在街边买了一袋大红袍和一盒本港鱿鱼脯。我这么正式,也是在给沈先生信号,这次不是来闲坐的,是有事相求。沈兼豪不是笨人,不用我开口,他就知道我的目的了。曲山中学找石狮子的事情,他不可能不知道,那两尊石狮子就在他的展厅里,进门可见。事实上,我早在月眉庵时就见过了,它们其实很小,小得有点不像样,长得又丑,海东随处可见,真有一只断了前脚。我记得很清楚,当年朱画师给石狮子擦拭时,老是念念叨叨,说那只前脚就是被某某某给敲断的。他还能说出那人的名字,只是我忘了。沈先生不知会不会重复朱画师的动作和念叨?——在某些时刻,我已经把他们二人等同于一人了。

沈兼豪穿着一身得体的薄棉衣裤,中秋刚过,海东刚送走最后一个风球,气温陡降。沈先生看样子感冒了,他的哮喘病使他的呼吸听起来像是在夜里侧听大海的浪涛。我们聊了半天闲事,该死的我迟迟开不了口。事实上,我的心不在焉早让沈先生会意了,只不过他装作不知情,一个劲地和我闲聊,或长时间的沉默。我有预感,完了,任务是不可能完成了。我的脸皮太薄,沈兼豪又是那种让人捉摸不透的角色。

正当我吸了一口气要说话时,沈兼豪抢先一秒钟,开口了。

"有你喜欢的藏品吗?你完全可以拿走,这个展厅里的任何一件……就当是你师傅留给你的念想。"

沈兼豪说得若无其事,口气极其平淡。

我一愣,一时没反应过来。不过很快,我就意会了。沈兼豪已经把态度表明了,他不会把朱画师的任何藏品捐献出去,哪怕那东西本来就是人家的。他是从朱画师那里得来的藏品,他就有义务帮朱画师保存完好,一样都不能少。不过,我作为朱画师的徒弟,他倒是可以转赠给我,这不违背朱画师的意愿，至于我拿朱画师的藏品怎么处理，是自己收藏呢，还是捐献出去，那就是我的事情了，跟他半毛钱关系也没有。还真是一个精明的老头子。我由衷佩服，他使出这一招，既给了我台阶下，也给了自己台阶下，更是给了曲山中学以及整个县城文化界台阶下。

我在心里给沈先生竖起了大拇指。

我笑着说："谢谢沈老师。那我就不客气了。"

沈兼豪说："楼梯口那儿有两个松木箱子。"

我小心翼翼地把两尊石狮子放进松木箱子，它们看似小巧，实则还蛮重。

18

半个月后，蔡校长为两尊回归的瑞兽举行了隆重的开光仪式。

开光自然择了良辰吉时，灯光寺的住持宏达法师及众弟子僧尼悉数到场，鸣炮、舞狮、敬香、祭酒、诵经……摆了很大的阵仗。主管教育的副县长、教育局长等相关领导和人士，校友代表陈静先等也都应邀回校。我则作为朱画师的徒弟也就是石狮子的敬献者出场。

两尊石狮子一左一右一公一母安放在旧校址门口两侧，红布包眼，发后结花，石墩的位置刚好，看来确实是原来的旧物，与周围环境极为融洽。公狮子的前脚已修补完整，做了旧，仔细看还是能分辨出来。仪式过程冗长，繁文缛节，先由副县长致辞，教育局长讲话，蔡校长讲话，灯光寺住持开光点睛，我和陈静先则上前为石狮子系上大红花。红花太大，系在石狮子的鬃毛上，竟把它们的身体和头部几乎给遮住了，远处看过去,像是门口开出两朵大红花,不见瑞兽的身影。

不管怎么样,两尊石狮子的物归原主,确实给沉闷的县城带来了一丝生机,其中最为得意的非蔡校长莫属。蔡校长自掌舵曲山中学以来,经历了一系列挑战,先是学生频频出事,不是从教学楼往下跳就是从宿舍楼往下跳,高考成绩也明显下降,多年包揽前三的金字招牌有了松动的迹象,去年就让一家民办学校拿走了"榜眼"。消沉之时,两尊瑞兽的回归,可视为提振人心、恢复斗志的美好征兆。

曲山中学的事我并不关心,那和我没什么干系,倒是对蔡校长,我有很强烈的窥探欲望,这跟他是当年那个逼迫"姜明河"起杀心的当事人身份有关。我对蔡校长的印象其实并不好,从"回乡团"那次见面开始就是——仿佛他跟多年前那个时常出现在月眉庵的历史老师已经不是同一个人,他看人的眼神总是飘浮不定,眼神从未在我脸上停留三秒以上,这让他整个人显得时刻都在寻找着什么,显然我身上没有他需要的东西。不过,他对我还算尊敬,却一直刻意保持距离,也许是我曾经的冒犯让他心怀芥蒂。当然这不是最主要的,我们之间走不近,除了人与人天生的亲疏好恶,还有就是他不觉得我能帮到他什么。我一眼就能看出他这种小城大人物的势利和故作的傲慢。后来因为石狮子的事,让他始料未及,竟那么快就和我扯上了关系,致使他有些懊悔和着急,像是某种应急措施,一时之间对我表现出巴结式的友好,彼此之间都感觉到突兀和不适。私下我却暗自欢喜,终于能以窥探"案情"的目的接近蔡校长了。

回县城后,我有意多方打听过当年蔡老师妻子被杀的案件,还找了"姜明河"的同班同学,以及数位围观过案发现场的曲山中学的老师了解过。他们有的已经退休了,有的还是普通老师，郁郁不得志，下了班还得去马街卖快餐，说起蔡校长，却都是一致的说辞——无论做人还是做事，他都挺过分的。

　　当年，姜明河不叫姜明河，叫杨善志。杨善志是从鹿河考进曲山中学的，不过不是正式录取生，是编外生，说白了就是分数差，花钱买的名额。按规定，编外生学校是不给分配宿舍的。问题是，杨善志在城里没亲戚，没地方落脚。他起初是在马街上租房，后来可能是因为租房子费钱，家里又穷，便整天背着包裹守在宿舍楼门口不走。据他的同学说，确实挺可怜的，都差点给分管宿舍的蔡老师跪下了。他白天蹲在走廊里啃番薯，晚上就蜷在发黑的被褥上凑合一宿。刚开始蔡老师还好言相劝，后来就直接不再搭理，甚至好几次还把杨善志的包裹给扔到楼梯口，指名道姓让他滚，声称学校不是慈善园，是考大学的神圣地方，容不得任何人胡闹，败了风气。蔡老师脾气坏是出了名的，在曲山中学，同学们私下里给他起了个绰号叫"金刚"。悲剧发生在几天后。周五晚上，杨善志手里提了一袋苹果，兜里却藏了一把刀，独自一人来到教师宿舍楼下，走上几何形的水泥楼梯。他估计走得很慢，每上一个台阶都是犹豫的，一直到了五楼，站在蔡老师的宿舍门口。直到那时，他心里肯定多么希望蔡老师能收下他用生活费买来的苹果，而不要逼迫他拿出兜里的刀。凑巧的是，蔡老师不在家，出去打麻将了，宿舍里只有他老婆在。他老婆不知情，面对突然上门的学生，只好打电话给蔡老师。电话一通，事情还没说清楚，蔡老师一边喊着"碰"一边让老婆把人撵走，两人又因打麻将的事在电话里吵了一阵。撂下电话，见杨善志还畏畏缩缩地站在门口，她只好把气全撒了出去，"滚啊，他让你滚啊！"。我想杨善志几乎没有半点犹豫，一步就跨了进去。两人据说在宿舍里足足搏斗了半小时，楼下的人以为蔡老师夫妻俩又吵架了——他们平时关系就不好，隔三岔五要打一架。直至第二天清早，蔡老师打完麻将回来，才发现老婆倒在血泊里，身上中了十几刀，地板上撒了一地红彤彤的苹果。事情一声张，在学校炸了锅，都跑去现场，楼梯上站满了人，趴在护栏上朝门窗里张望——尸体就趴在地板上，异常肥胖，几乎全是血，可能是挨的刀太多，还是睡衣被拉扯掉了，远远看过去，赤身裸体的样子。三五个警察懒洋洋的，站在尸体边上抽烟，法医现场解剖验尸，也没把门窗关上……当天看了现场的人，足足好几天睡不着觉吃不下饭。奇怪的是，警察勘查完，发现现场多出了三根手指头，不知从哪儿来的。后来怀疑是凶手与死者搏斗时被削下来的，不过看它们齐刷刷的样子，倒像是凶手自己砍下的……对了，杨善志潜逃时还顺走了蔡老师一件西装，大概是为了掩盖身上的血迹。据马街开三轮的师傅说，出城后，杨善志突然跳车滚下了望洋桥，从此不知所终……

有一回，蔡校长竟邀请我去他家。我有些诧异，不过还是坐上了他的车。他早就搬离了学校分配的宿舍，居住在海东大道一个叫凤凰城的高档小区里。在他家里，我见到了他的现任妻子，一个相当富态的女人，以及他一男一女两个孩子。我不知道他和前妻是否留下骨肉，看样子应该没有，那一男一女都在十岁上下，看起来跟他的现任妻子长得很像。

自然，那个重新布置的家不会有任何前妻的痕迹，仿佛她就不曾存在。时间确实可以掩埋一切。不但是蔡校长，估计连警方也都遗忘了吧，那个还未落网的杀人犯。这时候，我作为写作者，或者说一个暗中关注的旁观者，却开始显露出敏感的一面。

我试图在蔡校长装修奢豪的家里寻找死者的痕迹，尽管知道是徒劳，仿佛又能看见她的身影，凭着想象力，以及我在小说里写到的场景，我故意把杀人现场照搬到后来的家里——杨善志当时就站在沙发前，蔡校长的前妻倒在电视柜旁边，之前他们有过长达半小时的搏斗，家里肯定一片凌乱，饮水机倒了，水流了一地，玄关的花瓶和陶瓷扑满也摔碎在地，一地残缺，沙发上的坐垫离开了原来的位置，溅上了斑斑血迹……总之，搏斗之后一个家是怎么样这里就应该是怎么样。我仿佛看见杨善志走过去，再三确认女人是否已经断了气，血正从她身上所有挨过刀的地方汩汩流出来，像是山间的泉眼。他肯定是慌了，脸色煞白，不知道该怎么办好。他后悔一时冲动，干了这么傻的事情，可也没办法了，时光不可能倒流。他最终又干了一件傻事，右手握刀，砍下了左手三根手指。他以为就此能赎罪，继而把刀丢弃在沙发上，又从边上的木衣架上取下西装，穿上，离开了蔡校长的家，走时，他还不忘把门带上……

我想着这些时，蔡校长正在给我泡茶，他身上正好穿着合身的西装，柔美的线条把他微胖而不显臃肿的身材勾勒得恰到好处。这真是一个穿西装的好身材，肩膀有那么宽广壮实，身高也刚好。他的西装看起来价格不菲，以前也便宜不到哪去，估计是黑色的，粗布的休闲装，足以掩盖血迹。

从蔡校长家里回来后，我又对小说进行了一番修改，使它更符合现场的真实性。我知道这么写小说是一种无可救药的怪癖，成了永无休止的工作。似乎，我还在期待着什么发生，尽管没有任何启示提醒我将会发生什么。然而一个月，或者说两个月后，我指的是开光仪式一个月，或者两个月后，我忘了，蔡校长终于出事了。蔡校长的落马，其实仅仅是所有事情的开端。如果要说源头，大概就源自那两尊残旧的石狮子。以我的敏感，一直觉得那两尊旧物的回归具有某种寓意，蔡校长操之过急，又操之过大，给他后来的落马埋下了伏笔。

罗一枪把蔡校长被带走审查的消息告诉我时，我眼前浮现的也是那两尊系了红花的所谓"瑞兽"。

> 海东县曲山中学校长蔡盘海涉嫌严重违纪违法，目前正接受纪律审查和监察调查。

新闻报道就简简单单一句话，没有任何多余的说明。

曲山中学校长被调查这事，在县城不算小，尤其是他刚刚为百年老校做了一件功德无量的事情，人们赞扬他的声音还来不及停歇，就得开始改口咒骂他了，这挺让人尴尬的。关键是，小城人在传播蔡盘海落马时，又开始挖掘出多年前他妻子被杀的案子，一起流传，仿佛前后两个案子有着因果关系。我想蔡盘海在里面如果知道外面的人这么传言，肯定很苦恼，那应该是他最不愿意面对的现实。

罗一枪对此没什么惊奇，他说蔡盘海为人做事太高调了，早晚要出事，满城找石狮子就是他最后的疯狂，就像人死前的回光返照。罗一枪的比喻还真贴切，他不当作家有点可惜。

更让人唏嘘慨叹的是，蔡盘海出事后没多久，人们传言杨善志回来自首了，潜逃隐匿十年之久，积案终于告破。相比于前者，后者更让我讶异。杨善志被带到曲山中学指认现场那天，楼梯上同样挤满了围观的人群——确实如我所愿，在生活长河的某个节点上，他突然又像一朵浪花一样冒出来了。

这样的结局，作家绞尽脑汁也是想象不出来的吧。我恍然大悟，这难道不就是我苦苦追寻的完美结尾吗？杀人者和被害者最终以不同方式锒铛入狱，殊途同归……

我激动得浑身发抖，立刻把自己关进书房，着手改写小说，中间除了去报社参加会议，没干任何与之无关的事情。

开春前，我终于把崭新的小说稿拿出来了，它焕然一新，仿佛凤凰涅槃。我看着电脑里的文档，激动得泪流满面，可以把它放心地交给出版社了。它是我的第一部长篇作品，也会是我最好的作品，就像无数大师那样，回头看，最好的作品还是他最早的作品。

19

蔡盘海的落马仅是多米诺骨牌的第一张，很快，多名小城领导牵涉入案，像是藤蔓植物，拉扯到最后才发现统战部长陈志军才是幕后大鳄。可能还有更大的，只是到处为止，不再往上，往下却插翅难逃。不用说，陈静先也被卷了进去。"回乡团"之后，陈静先利用叔叔的关系，拿下好几个大项目，那些项目几乎都有一笔查不清去向的巨额账目。陈静先涉嫌假以投资合作之名，帮贪官陈志军洗黑钱，牟取暴利。

陈静先从光鲜亮丽的企业家，一夜之间沦为通缉犯，公司也随之垮掉，他本人下落不明。这事让我痛心不已，罗一枪虽然早有担忧，也没想到事情会这么快，前后大概也就一年光景。我想陈静先一失踪，潘红霞应该是唯一能松口气的人吧，她终于可以不用提出分手，明目张胆和曹金在一起了。这当然只是我个人的想法，具体情况并不知情。从此，我没有潘红霞的任何消息，她仿佛也跟陈静先一样，人间蒸发了。

县城经过这场地震，似乎人人自危，不过很快就恢复了平静，倒下一个就会有另一个站起来代替，我指的不仅仅是官职。倒是，关于世界末日的预言在坊间愈演愈烈，网络上，闲聊间，玛雅预言2012年12月24日就是世界末日的话题，像是人与人之间流传着的一种病毒。人类即将迎来一场史无前例的大灾难，在灾难到来之前，他们希望掀起最后的"疯狂"。当然，大多数人只当是好玩，一起迎接圣诞前夜的到来。

有一天，罗一枪问我："如果世界末日真的到来你怎么办？"

我说："还能怎么办，死呗。"

罗一枪一脸凝重，"那也太没意思了。"

我把手放在罗一枪的额上，问，"你没发烧吧？"

罗一枪突然笑了。

我知道罗一枪想表达什么，死之前，他得干点什么事情，否则会死不瞑目。罗一枪不像我，我就是想干什么事情也不知道干什么好，我没有真正爱的人需要表白，也没有一个能在世界末日到来之前提刀杀掉的仇人。这么看来，我活得还挺没劲。如若末日真的逼在眼前，罗一枪提着刀去杀老猴时，我却只能像个傻瓜无所事事，坐等死亡到来。

田景倒是挺有商业嗅觉，她借着世界末日的话题炒作，在野棕榈酒吧策划了一系列末日主题活动，邀我和罗一枪一起参加。

还挺好玩，其实就是一些年轻人以末日为借口疯狂玩乐，教唆不抽烟的人拼命抽烟，不喝酒的人大胆喝酒，不会唱歌的人上台嘶吼，不敢泡妞的人撕下伪装的嘴脸，互有怨恨的人还可以当众打骂……

酒吧里音乐嘈杂，灯光耀眼，一帮年轻男女正纠缠在舞池里疯狂扭动。田景也在人群中间，一个喜欢唱民谣的文艺女青年跳起舞来有种异样的魅惑力。我能看出来，她的心情并不好。她是在宣泄。

我和罗一枪退到门口的位置，站着抽烟。

罗一枪说："她的狗死了，就在几天前，被一辆泥头车给轧了过去，成了一块肉饼。她不敢过去收尸，特意喊我去帮忙，哭得跟死了老爸似的。"

田景养的似乎是很小的吉娃娃，我记不太清楚了。

"我们第一天认识时，她就跟我说起她的狗。两年前，她还没有开酒吧呢，每天早上去医院上班，在路上总能遇见它，那时它在玉照公园流浪，总是跟着她，甩都甩不掉。她以前怕狗，小时候被狗咬过，后来呢，天天那样，她有点喜欢上它了，吃早餐时还特意留了一点肉包，用纸巾包好，带上，路上扔给它吃……她心地还蛮好吧，你要是喜欢她的话，我帮你跟她说说。"罗一枪叼着烟，灯光闪烁，我看不出他的表情是认真呢还是在开玩笑。

一会，田景叫嚷着过来了，把我们拉扯到了舞池中央。

"叫你们干吗来了？跳舞，陪老娘跳舞。"

我们瞬间被人群冲散，淹没在音乐和吼叫声中。我不知道身边这些十几岁的年轻人是否真的相信世界末日，不过在某种氛围的渲染下，有人竟然大声恸哭——那一刻，他们是真信了。即便完全不信的我，在某个时刻，也会产生怀疑，万一是真的呢？这事谁也不敢保证，就像到底有没有神的存在，毕竟那一天还没有到来。这么一想，我也跟着小伙子小姑娘们扭动起来，尽管节奏不是很协调。

田景还有一个压轴节目，她让所有人都蒙上眼睛，随机配对，率先摸到谁就是谁，无论男女，当天晚上就得在一起，至于干什么，那是你们的事。我不想参加如此暧昧的活动，不过确实喝得有点多，糊里糊涂的，就被人蒙住了眼睛。我故意躲在角落里，偷偷揭开眼前的布条，成了全场唯一看得见的人。他们纠缠在一起，欢笑着拥抱抚摸，有人甚至当众接吻。我仔细一看，接吻的竟然是田景和罗一枪，他们彼此都蒙着眼睛，不知道他们是事先约好了的，还是随机摸到的。我正诧异呢，突然被某个人拦腰抱住了，回头一看，是个小男孩，我竟然没有挣开，小男孩的身体让我的下体可耻地勃起了……

县城开始沉浸在末日将至的颓废里，曲山中学相继又发生了几宗学生跳楼事件，新任校长为了避邪，把蔡盘海花了大力气请回来的两尊石狮子又从旧校址门口撤了下来；人们时不时地，还总能在螺河里发现浮尸，大多是寻短见的人，或者其他什么原因，不得而知。灯光寺一时之间，人满为患，县里人没事就喜欢去那求神拜佛。

没过多久，在螺河入海口的水闸捕鱼的人，捞起了一具浮肿的尸体。流言瞬间在城里传开——那是大老板侯水塔的尸体。尸检结果证明，老猴系溺水身亡，他身上没有任何伤口和捆绑的痕迹。警方基本排除了他杀的可能。老猴生前有个爱好，喜欢开着保时捷卡宴去螺河入海口钓鱼，有时邀上几位朋友，大多时候是一个人，拉着一后备厢的工具和诱饵过去，在芒花丛边，小马扎一坐就是一傍晚。也不见得能钓回什么鱼，人家钓鱼实际不为钓鱼，就是有钱人的烧钱爱好。也就是说，如果不是自杀，老猴有可能是钓鱼时，失足落水，溺水身亡，尸体顺着河水，漂到了水闸前，幸好还有水闸，否则肯定被裹挟到大海里去了。

人们想不出老猴有寻短见的可能，别人都开始倒霉的时候，他运气最盛。"回乡团"后，最大的赢家可以说就是老猴，他的菜脯厂一下子打通了深圳市场，生意越做越大。陈志军等人的倒台，也奇迹般没牵连到他。在这种情况下，老猴怎么可能自杀呢？

我想到的竟是罗一枪。

恰巧，就在老猴死后不久，罗一枪也失踪了，连同他一起失踪的，还有他那辆二手卡罗拉，以及一名叫田景的县人民医院妇产科护士。我联系不上罗一枪，又不见他回来，害怕他也和老猴那样死于某处，才选择了报警。警方试图把罗一枪的失踪和老猴的死联系在一起侦查，不过很快就放弃了，没有任何证据证明他们之间有任何联系，除了事情就那么巧以外，两个案子没有丝毫瓜葛。因为失踪的还有田景，警方把他们定性为私奔。

这个事情让我措手不及，它来得太突然了。我开始相信真如人们所传言的那样，世界末日到来之前，人类"疯狂"行径的征兆。不过，没多久，县城警察又找我问话，他们问我是否知道，罗一枪早在半年前就把他的房产转到了我名下。我吓一跳，我真不知道。这么说来，半年前他就已经做好出走的准备了。

罗一枪把房产转到我名下这事，确实让我感到意外。我不知道他什么时候偷偷完成了这件事，印象中是有一次带我去办个什么手续，帮忙签名做个证明人什么的，当时没细看也没细问。对于罗一枪，我是完全不设防的，再怎么样，他也不会害我，事实证明，也确实如此。

我开始借助各种渠道打听罗一枪的消息，最终都是徒劳，倒是从他人口中得知，他这些年在小城，除了明面上的身份，实际上还充当了某些权贵的打手，卸人一只胳膊一条腿甚至要了人家的命，在江湖人那里已经不算什么秘密。这样一来，海东官场震荡之后，罗一枪的突然失踪，也就很好理解了。我想他和田景开着破旧的卡罗拉，肯定是去世界尽头迎接世界末日的到来了。

回头想，野棕榈酒吧举办那些疯狂的活动，应该是罗一枪和田景共同策划的，那就是他们两人在末日到来之前的"疯狂"，他们借此疯狂，终于也走到了一起。

20

罗一枪失踪后，我在县城的生活开始变得枯燥而乏味。

好多事情，我觉得无所谓了，说不定，在某年的某一天，我也会突然离开县城，像罗一枪那样，去往另一个陌生的地方，彻底消失。

这期间，我倒是为家里人做了一些事情，应该是我身为长子长兄第一次尽了责任。这让我感到开心。我说服了母亲，把她接到了身边，住进罗一枪留给我的房子。我对母亲说是我自己买的房子。我还通过发稿的机会，认识了民政局的局长，为大学毕业的细妹谋了个办事员的职位。这样一来，即便我要离开县城，罗一枪留给我的房子，也不会被荒弃了。

年底，我的新书终于出版了。

出版社为了宣传需要，在好几个大城市安排了签售活动，其中就有一站在深圳。我当然得配合，在这个即便作者站出来走秀也不一定能把书卖掉的时代，写作者已经无法清高。

时隔一年，我重返深圳，在几家装潢时尚的特色书店开展新书签售活动。

完了，我抽空去麻布村走了一圈。麻布村果真变了模样，成了一处打桩机轰鸣的巨大工地，据说不久的将来就会是区域奢华的 CBD 了。我很快离开，步行横过西乡天桥到 107 国道上坐公交车，去光明看望罗大炮。罗大炮转行开了家不锈钢门窗店，在红花山附近的城中村里，生意看起来还不错，接单、计料、制作、安装，夫妻俩一条龙合作完成。看他们忙碌又和谐的样子，根本就不知道还有"世界末日"这回事吧。那一刻，我还挺羡慕罗大炮的，他已经是三个孩子的父亲了，转眼孩子就会长大，他家的门店会越做越大，生意也会越来越好。

我们没有提及罗一枪，似乎都在刻意回避。

离开时，天色昏暝，出了城中村，我站在灯火初升的街上，突然很伤感，那种情绪真实得像是紧身衣一样贴着我的皮肤，颗粒可感，仿佛末日已经提前在我的身体里汹涌而至。这时下起了小雨，冬天的雨水像冰碎子，飞满整个天空——街灯下，它们的身影更为明显。

2011年—2012年　草稿

2017年—2018年　重写

2019年—2020年　修改

2020年7月7日　定稿

后　记

父亲去世一年多了，猛一想起还是会心酸。有一次在小区花园看见一个老人，长得有点像他，回来路上，哭得一塌糊涂。

前些年，我喜欢玩点摄影，买了个单反，每次拿回家，父亲最喜欢我帮他拍照，镜头对准他时，他有种难以形容的满足感。现在想，他是把镜头当成我的目光了，父亲渴望被我注视，被我肯定。这点我做得太欠缺，甚至在我看来，父亲是不及格的，是失败的，是到处有他的身影却又缺席的存在。

也幸好为父亲拍了些照，不至于在葬礼时找不到合适的照片，像小说里写的那样，乡间是普遍存在的，他们有的一辈子都不曾被记录过，影像也好，文字也好。从这点看，父亲还算"幸运"，不过我还是觉得亏欠，至少在他生前，我们没有机会好好谈一谈，他一直想跟我谈谈的，尤其是读过我几篇写家族的小说之后。即便父亲已经老到伸手向我要钱买烟了，我还是"羞怯"于在他面前坐下来；如今梦里倒是谈过几回，有一回梦见他像个庞然大物挡在我面前，说要问我几个问题，我老老实实地回答着，像个儿子该有的屁样。醒来后，他问了什么我都忘了，却清晰地记得手被他握着的感觉。

今年清明，我们家可以上山扫墓了。按照风俗，家里有人去世，带了丧，当年就不能为祖坟扫墓。祖坟荒废了一年，早就被茅草和树木遮掩了，我们兄弟几人扒拉了半天，才从草丛里找到埋有父亲骨灰的位置。父亲的骨灰就寄存在我爷爷也就是他父亲的坟墓边上，还没有单独修坟。那天天气很热，三哥执意要把骨灰罐周边的茅草都锄掉，我们说算了，没过几天又长起来了，三哥不听，一个人弯着腰，在日头底下默默锄草。那一刻，我感觉三哥像极了父亲。父亲有一回因为上街市买物件，被母亲责怪，他一时赌气，一个人坐在桌上，默默地吃粥，一碗又一碗，足足吃了十几碗，一大锅粥都快被他吃完了。母亲只好示弱，她不是怕父亲把粥吃完了，她是怕父亲撑死了。然而，父亲在世时，和三哥的关系最不好，算命先生说他们八字不合，要吵到死，死了就好了。

像是一种诡异的弑父心理，我也多次在小说里写到"父亲"的死，仿佛真的"死了就好了"——现实中的父亲却还健在。2011年我起草写《出花园记》时，刚开始题目就叫《葬礼》。2017年拾起重写，有些情节还是保留了，甚至单独用一个章节的篇幅来写"父亲"的葬礼，可以说事无巨细，如果这是隐喻，至少说明，一个父亲的尊严，有时真的需要以死相搏，这很悲壮，也很哀伤。

重写后，小说最终改名为《出花园记》，这是我满意的题目，它带着未知与希望，和原先的题目截然相反。"出花园"作为家乡人的成人礼，其实还有"脱胎换骨"的寓意。这就有意思了，它既是开始，又是结束，既是结束，又是开始，多像我们所处的每一天。

最后我想，谨以此书，献给我的父亲陈乃樟——他在世时我没有送过他像样的物件，当然这也不是什么像样的物件，不过我确定他不会嫌弃。

陈再见

2020.7.7